KB251166

한국 대소설의 사랑

한국 대소설의 사랑

조광국 지음

머리말

한국 대소설은 조선시대에 오랜 세월 동안 많은 작품으로 출현했습니다. 나는 20여 년 동안 대소설 연구를 해오면서 이념과 혼맥 그리고 사랑, 세 가지가 대소설의 요체임을 가늠하게 되었습니다. 얼마 전 『조선시대 대소설의 이념적 지평』(2023.02.)과 『한국 대소설의 혼맥』(2023.12.)을 내놓았습니다. 이번에 『한국 대소설의 사랑』을 썼습니다. 세 권의 책은 상호 보완적입니다.

제1장에서는 상층 가문의 부부 조합과 사랑에 대해 살펴보았습니다. 대소설은 부부 이야기와 사랑 이야기를 많이 담아냈는데, 그 이야기는 무분별하게 펼쳐지지도 않고, 판박이처럼 획일적으로 되풀이되지도 않습니다. 즉, 다양성 속에서 정형성을 획득하고, 정형성 속에서 다양성을 확보했습니다. 〈유씨삼대록〉은 그 지점을 선명하게 보여줍니다.

남녀의 사랑을 펼쳐낼 때도 그랬습니다. 특히 〈유이양문록〉은 첫눈에 반하는 사랑을 무려 일곱 쌍에 걸쳐 다양하게 펼쳐냈습니다. 그런 중에 남녀 쌍방이 모두 첫눈에 반하는 경우 그리고 남성만이 첫눈에 반하는 경우와 여성만이 첫눈에 반하는 경우로 나누어 정형성을 확보했음은 물론입니다.

물론 모든 대소설 작품이 〈유이양문록〉이나 〈유씨삼대록〉과 같이 부부 이야기와 사랑 이야기를 펼쳐냄에 있어서 정형성과 다양성을 엄정하게 확보한 것은 아닙니다. 하지만 대부분 그 지점을 지향했음을 부인하기가 어렵습니다. 제1장에서는 두 작품 분석을 통해 그 점을 효과적으로 보여주고자 했습니다.

제2장에서는 상층 여성의 애정애욕에 대한 부정적 시각을 살펴보았습니다. 제1장이 상층 남녀 양쪽에 초점을 맞춘 것이라면, 제2장은 상층 여성 쪽에 주안점을 둔 것입니다. 상층 남성과 달리 상층 여성은 애정애욕적 성향과 부덕 성향의 여성으로 이원화되어, 애정애욕 성향의 여성은 음녀이자 악녀로 제시되고, 부덕 성향의 여성은 선인으로 형상화됩니다. 그 지점을 선명하게 보여주는 작품이 〈벽허담관제언록〉과 〈천수석〉입니다.

〈벽허담관제언록〉은 정실·남편·부실의 삼각구도를 통해 상층 여성의 애정애욕과 부덕을 이원화하여 대조적으로 펼쳐냈습니다. 부덕 성향의 여성은 선인의 모습을 띠며 정실로 안착하여, 가문의 안정에 이바지합니다. 애정애욕 성향의 여성은 음행과 악행을 서슴지 않다가 비극적 결말을 맞고 맙니다. 그런 이원화 구도가 무려 네 조합을 통해 반복·변주됩니다. 이는 상층 여성의 애정애욕 억압 의식을 선명하게 드러냈다고 할 것입니다.

〈천수석〉은 한 사람에 초점을 맞추어 상층 여성의 애정애욕의 성향을 주도면밀하게 그려냈습니다. 특히 그 여성이 남성과 함께 욕정의 커플이 되어, 주인공 커플을 깨뜨리고 상대 교환을 노리는 쪽으로 육체적 사랑을 예각화하여, 그런 육체적 사랑의 관능화·수단화 풍조에 의해 황실과 국가가 망하는 것으로 이야기를 끝냈습니다. 정신적 사랑을 중시하는 부부는 은둔의 세계로 들어가 행복한 삶을 누리는 것으로 처리했습니다.

제3장에서는 대소설에서 상층 여성의 애정애욕에 대한 긍정적 시각이 자리 잡는 지점을 고찰했습니다. 대소설은 대체로 상층 여성의 애정애욕에 관한 부정적인 시각을 견지합니다만, 거기에 틈새를 두지 않은 것은 아닙니다. 그 점에서 〈유이양문록〉과 〈임화정연〉을 새삼 눈여겨볼 만합니다.

여성 인물이 애정애욕적 성향을 띠는 경우 여사지향적 여성으로 거듭나는 길이 차단되는 게 대소설의 일반적인 경향입니다. 하지만 〈유이양문록〉의 이차염은 애정애욕형 악녀였다가 여사지향형 선인으로 거듭나는 길이 열립니다. 이차염은 경계를 깬 인물로 창출되었다고 볼 수 있습니다.

〈임화정연〉의 여미주는 한 걸음 더 내디뎠습니다. 그녀는 첫눈에 반한 남성과 결혼하기 위해 많은 악행을 저질렀지만, 그 때문에 비극적 종말을 맞지 않습니다. 그 대신에 연인의 아이를 잉태하고 연인에게 수절하여 시가에서 받아들여지는 일련의 과정이 촘촘하게 펼쳐집니다. 거기에서 주목할 것은, 여미주가 자신의 애정애욕적 성향을 죄악시하지 않았고, 그로 인해 애정애욕과 수절이 양립하는 여성 인물로 창출되었다는 것입니다.

제4장에서는 상층 여성의 애정애욕에 관한 대소설의 지평을 제시해

보았습니다. 곁들여 제3장에서 다룬 내용을 새롭게 대폭 보완했습니다.

〈사씨남정기〉와 〈창선감의록〉은 대소설에 많은 영향을 끼친 작품이어서 눈길을 끕니다. 애정전기소설과는 달리 두 소설은 여성 인물을 애정애욕형과 비애욕적 부덕형으로 이원화하여 앞쪽은 애욕훼절형으로 끌고 가서 죽임을 당하는 것으로 설정하고, 뒤쪽에는 해피엔딩을 부여했습니다.

그런 설정은 〈소현성록〉으로 이어집니다. 그런데 이 작품에서 주목할 것은 애정애욕형 여성 인물을 셋으로 확대하고 모두 상층 여성으로 설정했다는 것입니다. 먼저 애욕훼절형 상층 여성을 두 명으로 확대하되, 하나는 죽임을 당하는 것으로 처리했고 다른 한 명은 쫓겨나는 것으로 처리했습니다. 그리고 훼절하지는 않지만, 애정애욕형 상층 여성을 새로 설정하여 악행을 일삼다가 병들어 죽는 것으로 끝냈습니다. 이는 상층 여성의 애정애욕에 대한 부정적 시각을 강화한 것인바, 상층 벌열의 가문 중심주의 이념의 강화와 맞물립니다.

그런 시각을 전면에 설정한 작품이 〈벽허담관제언록〉과 〈천수석〉입니다. 〈벽허담관제언록〉은 상층 여성의 애정애욕과 부덕의 이원화 구도 위에 애정애욕 서사를 네 차례 반복·변주하여 펼쳐내고 모조리 비극적으로 처리했습니다. 그리고 〈천수석〉은 애정애욕형 상층 여성을 한 명으로 예각화하여 작품의 전면에 부각시켰는데 거기에서 주목할 것은 그 애정애욕이 황실·나라를 망하게 하는 핵심 요소라는 것입니다. 두 작품은 상층 여성의 애정애욕이 벌열의 가문 중심주의 이념과 대치된다는 생각을 극단화한 작품이라 할 것입니다.

한편 대소설은 그 이후 여사지향형 선인과 애정애욕형 악인의 대립 구도를 바탕으로 하되, 거기에 상층 여성의 애정애욕을 점차 수용하는 길을 열었고 그 편폭을 넓힘으로써 그런 성향을 긍정적으로 설정하는 흐름을 보이기도 했습니다. 대표적으로 〈현씨양웅쌍린기〉 〈명주기봉〉 연작과 〈유이양문록〉 그리고 〈임화정연〉 〈화문록〉에서입니다.

〈현씨양웅쌍린기〉에서는 애정애욕형 악인에서 우인(愚人)으로 바뀌는 육취옥을 설정했고, 속편 〈명주기봉〉에서는 애정애욕형 악인에서 여사지향형 선인으로 거듭나는 사마영주를 선보였습니다. 애정애욕형 여성인 육취옥은 수용되었지만, 우둔한 여성으로 내몰렸고, 그와 달리 사마영주는 여사지향형으로 거듭나는 여성으로 창출되었습니다. 〈유이양문록〉은 애정애욕형 악인에서 여사지향형 선인으로 거듭나는 여성을 둘로 확대하는 한편, 여사지향형 선인에 애정애욕적 성향을 가미한 여성을 창출하고, 애욕훼절형으로 파멸을 맞는 악인 중에서 삶의 돌파구를 부여하는 길을 설정하기도 했습니다.

〈임화정연〉은 한 여성이 애정애욕과 수절(守節)을 모두 확보하는 길을 열었습니다. 〈화문록〉에서도 마찬가지입니다. 여사지향형 여성이 가문의 안정에 이바지한다는 것이 작품 의식이지만, 그 틈새에서 상층 여성의 애정애욕이 긍정적으로 수용되었다는 것은 소홀히 처리할 수는 없습니다.

보론으로 〈청백운〉에 구현된 천민 기첩의 팜므파탈에 대한 글을 덧붙여 놓았습니다. 기첩이 상층 여성에 해당하지는 않습니다만, 기첩의 팜므파탈은 상층 여성과 마찬가지로 비극적 종말을 맞는 것으로 끝납니다. 신분의 고하를 가리지 않고 여성의 애정애욕적 성향은 가문의 존립과 양립하기 어렵다는 것, 그게 대소설의 작품 의식임을 말해줍니다.

대소설은 긍정적이든 부정적이든 상층 여성의 애정애욕을 빼놓지 않고 설정했습니다. 여기에서 거론하지 않은 대소설일지라도 그 애정애욕의 모습은 이 책에서 제시한 틀로 해명되리라 봅니다.

세월이 많이 흘렀고, 올해 무더위도 흘러가고 있습니다. 감사해야 할 분들이 많습니다. 지도교수 이상택 교수님, 건강하시기를 바랍니다. 그리고 고인이 되셨지만, 김진세 교수님의 은혜를 생각해 봅니다.

이 책을 출간하기까지 애써주신 한국학술정보 채종준 대표를 비롯하여 편집진께 감사의 인사를 드립니다. 내게 교육과 연구의 자리를 베풀어 준 아주대학교에 고마움을 표하지 않을 수 없습니다.

예수 그리스도, 내 구주의 끝없는 사랑과 한없는 은혜를 생각하며, 신약성경 한 구절을 되새겨봅니다. "하나님이 세상을 이처럼 사랑하사 독생자를 주셨으니 이는 저를 믿는 자마다 멸망치 않고 영생을 얻게 하려 하심이라"(요한복음 3:16)

2024. 8. 17.

조광국

목 차

머리말 / 4

제1장 상층 가문의 부부 조합과 사랑

Ⅰ. 부부 조합의 정형성과 다양성: 〈유씨삼대록〉 14

Ⅱ. 첫눈에 반한 사랑의 스펙트럼: 〈유이양문록〉 50

제2장 상층 여성의 애정애욕에 대한 부정적 시각

Ⅰ. 애정애욕과 부덕의 이원화: 〈벽허담관제언록〉 80

Ⅱ. 육체적 에로스의 풍조에 의한 왕조의 멸망: 〈천수석〉 108

제3장 상층 여성의 애정애욕에 대한 긍정적 시각

Ⅰ. 애정애욕형에서 여사지향형으로 변모:
〈유이양문록〉의 이차염 142

Ⅱ. 애정애욕과 수절의 양립: 〈임화정연〉의 여미주 170

제4장 상층 여성의 애정애욕에 대한 소설사적 지평

Ⅰ. 대소설에 구현된 상층 여성의 애정애욕에 대한 조망 192

Ⅱ. [보론] 천민 기첩의 팜므파탈: 〈청백운〉 231

참고문헌 / 255

제1장

상층 가문의 부부 조합과 사랑

I 부부 조합의 정형성과 다양성

〈유씨삼대록〉

1. 문제 제기

대소설이 장편 분량으로 오랜 세월 동안 출현할 수 있었던 이유는 무엇일까? 여러 가지가 있겠지만, 상층부 독자들의 흥미를 끌기 위해 작가들이 캐릭터와 서사구조에 변화를 주었기 때문이다.

그동안 대소설과 관련하여 작품의 구조적 반복 원리, 서사 문법의 원리, 능동적 보조 인물, 여성 인물 등에 관한 선행 연구[1]는 작품이 지니는 흥미를 다소간 밝혀주었다고 할 것이다. 그런데 선행 연구의 수준은 여러 작품을 한 자리에 놓고 포괄적으로 논의하는 틀을 고수했다고 할 수 있다. 이제는 미시적 차원에서 개별 작품별로 흥미를 불러일으키기 위한

* 「고전소설의 부부 캐릭터 조합과 흥미」(『개신어문연구』 26, 개신어문학회, 2007, 55~85쪽)의 제목과 일부 내용을 이 책의 체제에 맞게 고쳤음.

1 이상택, 「보월빙연작의 구조적 반복원리」, 『한국고전문학 연구』, 신구문화사, 1983; 송성욱, 「혼사 장애형 대하소설의 서사문법 연구」, 서울대 박사논문, 1997; 한길연, 「대하소설의 능동적 보조인물 연구」, 서울대 석사논문, 1997; 장시광, 「대하소설의 여성 반동인물 연구」, 서울대 박사논문, 2004.

작품 내적 시도들에 대한 논의가 이루어져야 할 시점에 있다고 본다.

이 지점에서 생각해야 할 것은, 조선 후기 독자들에게 대소설이 거의 비슷비슷하게 받아들여지지는 않았으리라는 것이다. 마치 오늘날 로맨스 코미디 영화를 보는 관객들이 한 편만 보는 것에 그치지 않고 다른 로맨스 코미디 영화를 관람하는 것처럼…. 조선시대에 유흥물 중에서 빼놓을 수 없는 것이 소설이었다. 당시 소설에서 얻는 흥미는 오늘날 영화나 TV 드라마에서 얻는 것과 비슷했으리라.

그렇다면 대소설 개개 작품은 독자에게 흥미를 제공하기 위해 독특한 캐릭터를 창출하고 참신한 구성을 꾀하려는 작가의 산물일 것이라는 점을 부인하기 어렵다. 이런 시각에서 〈유씨삼대록〉에 한정하여 캐릭터와 서사구조가 주는 흥미를 살펴보고자 한다.

나는 〈유씨삼대록〉에 대한 선행 연구를 검토한 후,[2] 〈유효공선행록〉과 〈유씨삼대록〉의 연작 관계를 고려하여, 전편은 소인형 벌열가문이 군자형 가문으로 거듭나는 것을 주도면밀하게 형상화한 작품이고, 후편은 전편의 연장선상에서 군자형 가문이 가격(家格)을 유지하면서 환로형 인물들의 배출을 통한 가문의 창달을 형상화한 작품이라고 진단한 바 있다.[3]

일찍이 후편 〈유씨삼대록〉은 벌열가문의 위상 정립 과정을 펼쳐낸 작품이라는 평가와 함께, 여러 세대에 걸쳐 다양하게 펼쳐진 부부 문제가 그 틀 안에서 다루어졌음이 언급된 바 있다. 이승복은 3대에 걸친 정실·

---

2 연구사에 대해서는 조광국, 「〈유씨삼대록〉의 가문 창달 재론」, 『한중 인문학 연구』 20, 한중 인문학회, 2007, 147~148쪽 참조.

3 위의 논문, 162~163쪽.

부실의 갈등 구조가 유씨가문의 창달로 수렴된다고 보았다.[4] 박일용은 이승복의 논의를 비판적으로 수용·심화하여 8쌍의 부부 이야기를 거론했거니와, 아들 부부와 딸 부부로 양분하여 살펴본 후, 그 부부 이야기는 가부장제 사회에서 나타날 수 있는 모든 형태의 부부 갈등을 유형화하여 여성적인 관점으로 형상화한 것이라는 결론을 내렸다.[5] 두 연구는 정실·부실 갈등과 부부 갈등을 가부장제 질서와 연계함으로써 작품세계를 일정 부분 규명하는 성과를 올렸다.

한편 이 작품은 다양한 부부 문제와 장편화 사이의 연관성 그리고 그와 상응하는 흥미에 대해 상세하게 분석해 볼 여지가 남아 있다. 이 작품은 갈등형 부부 8쌍에 이상형 부부 3쌍을 합하여, 11쌍의 다양한 부부 이야기를 펼쳐낸다. 물론 부자 갈등과 옹서 갈등을 비롯한 여러 갈등이 있지만, 이들 갈등은 부부 갈등이 심화·확대되는 차원에서 유발되는 양상을 보여주거니와, 다양한 부부 이야기는 장편화의 근간이 된다고 할 만하다.

주목할 것은, 다양한 부부 이야기들을 다루었으니 당연히 길어질 수밖에 없지 않겠느냐는 그런 상식을 넘어선다는 것이다. 왜냐하면 여러 부부 이야기가 무분별하게 제시되지도 않으며, 그 반대로 판박이처럼 획일적으로 되풀이되지도 않기 때문이다. 부부 이야기들은 다양성을 꾀하면서 정형성을 확보하고 정형성을 꾀하면서 재차 다양성을 획득한다. 그게

---

4 이승복, 「〈유씨삼대록〉에 나타난 정-부실 갈등의 양상과 의미」, 『국어교육』 77·78합, 한국국어교육연구회, 1992, 221~238쪽.

5 박일용, 「〈유씨삼대록〉의 작가 의식 연구」, 『고전문학 연구』 12, 한국고전문학회, 1997, 197~219쪽.

작품의 내적 원리로 보이며, 그런 성향이 작품의 흥미와 밀접한 관련이 있을 것으로 보인다.

2. 부부 캐릭터 조합의 정형성

2.1. 이상형 부부

부부상은 크게 이상형과 갈등형으로 양분된다. 이상형 부부는 '군자형(君子型) 남편-여사형(女士型) 아내'의 일부일처형의 모습을 보여준다. 제3대 유백경·조부인 부부, 제4대 유세기·소부인 부부, 제5대 유견·여부인 부부 등 3쌍이 있다.

군자형 남편		여사형 아내
유백경	---(3대 종장·종부)---	조부인
유세기	---(4대 종장·종부)---	소부인
유 견	---(5대 종장·종부)---	여소저

대표적으로 유세기·소부인 부부의 경우를 예로 들어보자. 유세기는 '예의군자'로 지칭되며, 소부인은 '풍채 쇠락하여 운중 명월이요 금분 모란이라 한갓 색모뿐 아니라 합가를 정제하고 오복이 구전한' 여성이다. 이들 부부는 남편과 아내가 모두 덕성을 지닌 자들로서 서로 존중하며 한 번도 다투어 본 적이 없는 화목한 부부로 묘사된다. 또한 이들은 유세

형·진양공주·장혜앵의 부부 갈등에서 훈계,[6] ㈁유영주·소경문의 부부 갈등에서 훈계,[7] ㈂유세필·박부인·순부인의 부부 갈등 해소,[8] ㈃유세광·위부인·유흥의 종통 찬탈 모의[9] 제어 등을 통해 가문의 화평과 안정을 도모한다.

제4대 유세기·소부인 부부와 제5대 유견·여부인 부부도 그런 모습을 보여준다. 그리고 세 쌍의 이상형 부부는 3대에 걸쳐 가문의 종통을 담당하는 종장·종부, 차세대 종장·종부, 종손·종부의 역할을 감당하며, 가문이 군자형 가문의 명성을 유지하는 데 중심적인 역할을 하는 부부로 제시된다.

이러한 노력은 가문의 유지와 창달로 수렴된다. 예컨대 귀비·진수·장경의 무리가 국정을 주무르자, 유세기는 가문의 존립을 위해 사임하고, 본부 사졸과 가정(家丁)을 이끌고 간신 무리를 제거하고자 하는 병마대장군 유세형을 만류했으며, 훗날 유세형 자식들의 출사로 가문 창달이 이루어진 후에는 자기 자식들의 출사를 막았다. 이러한 모든 행위는 군자 가문의 명성을 유지하기 위한 일환이었다.

---

6 유세기는 공주의 덕행을 칭찬하는 반면 유세형과 장혜앵을 질책했고, 진양공주에게 유세형의 오해를 풀어주었으며, 장혜앵의 과오가 유세형 때문임을 짚었다.

7 소경문·유영주의 부부불화가 소경문·유세형의 옹서 갈등으로 확대되는 상황에서 소부인은 조카 소경문을 꾸짖고 바로 잡았다.

8 유세기는 하남 하북 지역을 진압하러 나갔다가 도적을 피해 민가에 의탁하고 있던 박부인을 구해냄으로써 유세필·박부인의 부부 화락에 기여했다.

9 유세광·위부인·유흥은 유세기에게 종통을 돌려달라고 요청했고, 유세기·소부인을 독초로 해치려고 했고, 유세기·소부인 부부를 모함했으며, 유세기·유견 부자를 죽게 해달라고 저주했다. 유세기는 그들의 죄악을 자기 탓으로 돌렸으며, 소부인은 치독 사건을 감춰주는 등 효우에 힘써 유세광·위부인·유흥을 회개케 했다.

2.2. 갈등형 부부의 경우

한편 갈등형 부부는 다음 표에서 보듯 총 8쌍이다. 제4대 부부 이야기가 위주로 되어 있고, 제3대와 제5대의 부부 이야기도 안배되어 있다.

	아들·며느리 부부		**딸·사위 부부**	
	일부일처	일부이처	일부일처	일부이처
3대	①유우성·이명혜			
4대		②유세형·진양공주·장혜앵 ⑤유세창·설초벽·남부인 ⑥유세필·박부인·순부인	④유옥영·사강	③유현영·양선·민순랑
5대		⑦유현·양벽주·(장설혜)·왕부인		⑧유영주·소경문·양성공주

(원 번호: 이야기가 펼쳐지는 순서)

남편의 캐릭터는 두 가지로 나뉜다. 하나는 애정애욕의 성향과 출세지향의 모습을 보이는 호방풍정형(A)이고, 다른 하나는 차분한 성품을 바탕으로 유교 이념을 지향하며 고인의 가르침을 따르는 군자지향형(B)이다.[10]

아내의 캐릭터는 여사지향형(O), 투기질투형(X), 적극활발형(Y), 오만불손형(Z)으로 나뉜다. 그런데 이런 캐릭터는 엄정하게 구별되는 게 아니라 일정 부분 겹치기도 하고 다른 성격을 포괄하기도 한다. 이를테면 적극활발형은 부덕을 갖추어 투기를 부리지 않아서 여사지향형과 겹치기

10 이상형 부부에서처럼 군자형이라 하지 않고 군자지향형이라 한 까닭은, 부부 갈등을 일으키는 지점이 있기 때문이다. 아내의 경우 여사지향형이라고 한 것도 마찬가지다.

도 하지만, 다소곳한 모습보다는 활달한 모습을 보임으로써 여사지향형과는 다른 모습을 보인다. 오만불손형은 적극활발형의 성향을 보이지만 그 정도가 지나쳐 부정적인 성향을 보이므로 독립적 캐릭터로 세울 만하다. 한편 애정추구형을 별도로 설정할 수도 있겠지만, 이 캐릭터는 대체로 남편의 애정을 독차지하기 위해 투기질투를 보이는 성향을 강하게 보이기 때문에 투기질투형으로 다루어도 된다.

이상, 〈유씨삼대록〉에서 설정된 갈등형 부부는 다음과 같이 일부일처의 대립관계와 일부이처의 삼각관계로 조합되는 모습을 보여준다.

1) 일부일처의 대립관계: 두 가지

두 커플에서 기대되는 흥미의 요소는, 두 커플 모두 군자형 남편과 여사형 아내의 이상형 부부의 조합에서 얼마만큼 비켜 있는지이다. 왼쪽 커플은 이상형 부부에서 군자형 남편 자리에 호방풍정형 남편이 놓인 경우에 해당한다. 오른쪽 커플은 거기에서 한 걸음 더 나아가 여사형 아내마저 오만불손형 아내로 바뀐 경우에 해당한다.

그와 관련하여 기대되는 흥미는 위의 두 커플이 펼쳐내는 부부 갈등내지는 부부 문제가 보여주는 흥미다. 마지막으로 위의 두 커플이 함께 펼쳐짐으로써 보여주는 대조적인 흥미를 기대할 수 있다. 남편이 공통적으로 호방풍정형 인물이거니와, 여사지향형 아내와 오만불손형 아내의 대조적인 모습으로 흥미를 끄는데, 그게 관심거리가 되는 것이다.

2) 일부이처의 삼각관계: 네 가지

다음으로 일부이처의 삼각관계를 보자. 아내의 캐릭터는 여사지향형(O), 투기질투형(X), 적극활발형(Y)의 세 가지이고, 남편의 캐릭터는 호방풍정형(A)과 군자지향형(B) 두 가지여서, 이론상 여섯 가지의 조합이 나온다. 그런데 일부이처의 삼각관계는 여사지향형 아내가 고정적으로 설정되면서 다음과 같이 네 가지 조합이 만들어진다.

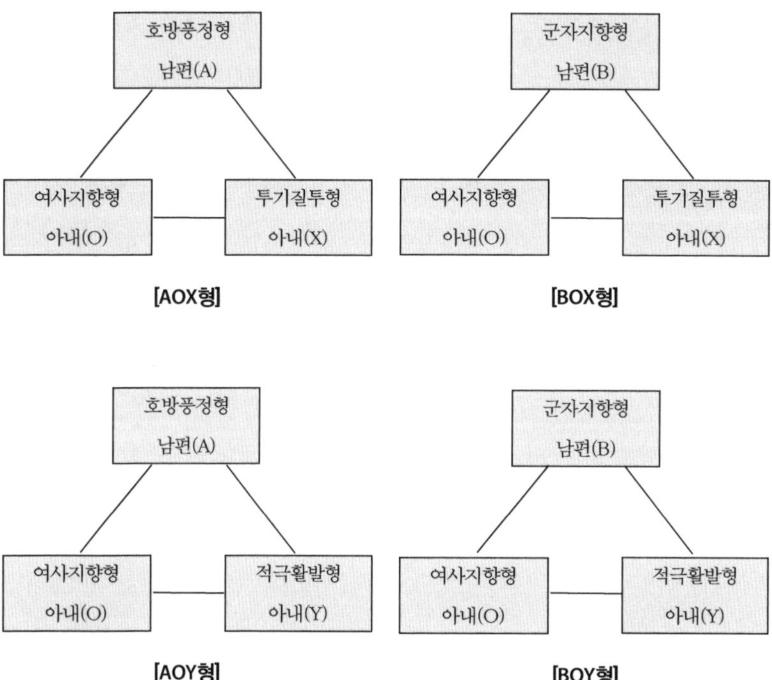

AOX형과 BOX형의 경우 그리고 AOY형과 BOY형의 경우에는 각각 남편의 캐릭터 대조(A와 B의 대조)에서 시작하여 커플과 커플의 대조로 확대된다. 그리고 세로줄에 있는 AOX형과 AOY형의 경우와 BOX형과

BOY형의 경우에는 1처의 캐릭터 대조(X와 Y의 대조)에서 시작하여 커플과 커플의 대조로 확대된다. 그리고 대각선에 놓인 커플들의 경우에는 AOX형과 BOY형의 대조와 AOY형과 BOX형의 대조에서 보듯, 남편과 아내의 캐릭터가 대조를 이루면서 커플과 커플의 대조로 확대된다.

이처럼 갈등형 부부의 조합은 일부일처 부부 두 가지와 일부이처 부부 네 가지를 합쳐서 모두 여섯 가지로 설정된다. 그런데 두 가지의 일부일처의 갈등형 부부 중에서 AO형은 일부이처형 중에서 AOX형 또는 AOY형에 포함시킬 수 있다. 그리고 일부일처의 갈등형 부부인 AZ형의 경우에는 오만불손형 아내(Z)는 남편과 시가를 무시하는 캐릭터인바, 일부이처형 중에서 투기질투형에서 아내의 경우에도 그런 모습이 보이기 때문에 투기질투형에 포함시킬 수 있다. 이에 이들 여섯 가지의 부부 조합은 네 가지 조합을 바탕으로 하여 부분적으로 약간의 변화를 주었다고 할 수 있다.

그리고 이상형 부부 조합에서 '군자형 남편-여사형 아내'의 조합은 이들 부부 이야기의 기준이 되는데, 넓게는 '군자지향형(B)-여사지향형(O)'과 유사한 모습을 보인다고 할 수 있다. 요컨대 〈유씨삼대록〉에서 비중 있게 다루어지는 커플 이야기는 11쌍인데 이들 커플의 이야기는 무질서하게 펼쳐지지 않고 네 가지 조합을 기본으로 하는 정형성을 획득한 것이다.

3. 부부 캐릭터 조합의 다양성

부부 캐릭터의 조합이 정형성을 띠지만, 세부적으로는 캐릭터 조합에서의 모방, 변형, 대조, 심화 등을 통해 다양성을 확보한다. 이상형 부부는 11쌍 부부 이야기의 정형이 됨을 이미 언급했거니와, 여기에서는 갈등형 커플을 중심으로 살펴보기로 한다.

3.1. 일부일처의 대립관계

일부일처의 대립적 부부 조합은 다음과 같이 2개가 있다.

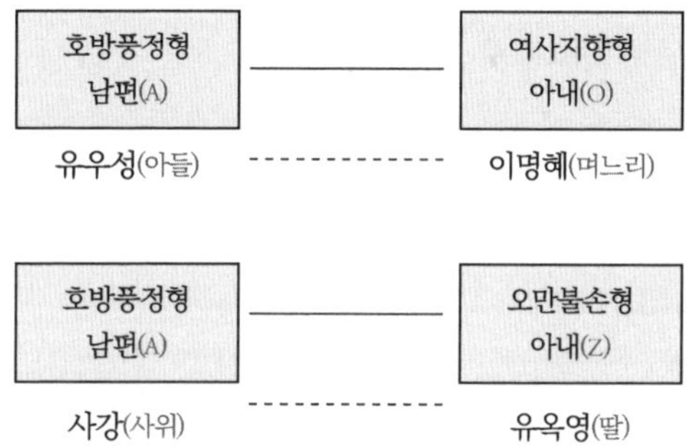

두 커플의 이야기는 아들·며느리 커플과 딸·사위 커플의 대조를 통한 흥미를 유발한다. 또한 남편을 둘 다 호방풍정형으로 설정하고, 아내는 여사지향형과 오만불손형으로 각기 다르게 조합됨으로써 대조적인 흥미를 제공한다.

(1) 조혼과 성폭력:

'호방풍정형 남편(유우성)-여사지향형 아내(이명혜)'(①)

㉠ 가부장 유연과 이제현에 의해 12세 유우성·이명혜 혼인.

㉡ 가부장 유연의 부부 합방 유예 권면.

㉢ 유우성에 의한 강제적인 성관계.

㉣ 가부장 유연의 유우성 징치.

㉤ 유우성의 개과 및 부부화락.

이들 부부는 남편과 아내 모두 12세 어린 나이로 조혼의 부부로 제시된다. 그 조혼의 여건이 문제의 발단이 된다. 가부장은 아들과 며느리에게 합방을 수년간 미루도록 권했지만, 아들 유우성은 순종하지 않은 것이다.

유우성이 '신장거지 십이 세 아동의 거동이 없어 언건(偃蹇)한 장부', 즉, 조숙한 사내요, 호방하고 애욕을 주체하지 못하는 호방풍정형 남성이었던 탓에, 그는 아내에게 접근하여 호시탐탐 육체관계를 맺고자 하는 남성이었다. 하지만 아내는 나이도 어리지만 약질이었으며, 더욱이 여사지향형 여성이었던지라, 시아버지의 말을 순종하여 남편의 요구를 이리저리 피할 뿐이었다. 이에 화가 난 남편이 아내 앞에서 두 기생을 불러 놓고 희롱하더니, 급기야 아내를 구타하여 기절시켜 놓은 채 성관계를 맺었다.

그 성관계의 실체는, '연연 약질로 버들이 채 푸르지 못한' 약골의 아내, 육체적 정신적으로 미숙한 아내에게 행사한 성폭력이었다.[11] 그 성폭력은 부부 모두 조혼 상태에서 조숙한 남편에 의해 미약한 아내가 당하는 성폭력의 형태를 띤다.

문제 해결은 가부장의 단호한 징계로 이루어진다. 부친 유연은 이런 성폭력을 '인세에 듣지 못하던 거조', '예를 멀리하여 덕을 염히 여기'는 행태, '오문을 망하게 할' 악행으로 단정하고, 종통을 유우성에게서 조카 유백경에게로 넘겨버리는 특단의 처방을 내린다. 훗날 유우성은 수신에 힘써 군자적 인물로 거듭남으로써 부부화락을 이룬다.

(2) 기세 싸움과 내면의 상처:

'호방풍정형 남편(사강)-오만불손형 아내(유옥영)'(④)

㉠ 유옥영·사강의 혼인.

㉡ 유옥영의 교만 방자한 처신, 사강의 기녀 대동 풍류, 부부싸움, 유옥영의 친정행.

㉢ 양가 부친들의 질책, 사각로의 권유로 사강의 사죄.

㉣ 친정 식구들의 옥영 길들이기: 친정 남형제와 남편의 기녀 대동 풍류, 모

11 후편 〈유씨삼대록〉의 내용은 전편 〈유효공선행록〉에 비해 간략함: 싱이 대로ᄒᆞ야 쳘여의로 어즈러이 치고 쓰어 난간하의 ᄂᆞ리치니 이은이 혼결ᄒᆞ야 인ᄉᆞ를 모ᄅᆞᄂᆞᆫ지라. … 싱이 그 ᄉᆡᆨ태용광을 보며 광증 가온대 더욱 년ᄋᆡᄒᆞ야 옥슈를 잡고 ᄑᆞᆯ을 ᄲᅢ혀 쥬표를 보니 임의 흔젹이 업ᄂᆞᆫ지라. … 쇼제 본ᄃᆡ 싱으로 말ᄒᆞ미 업던지라 참연 부답ᄒᆞ고 이러 나가ᄆᆡ 어즐ᄒᆞ여 업더지니 다시 벽을 의지ᄒᆞ여 문밧긔 나가 유모의게 븟들녀 ᄂᆡ당의 드러가 ᄂᆞᆺᄎᆞ ᄡᆞ고 ᄒᆞᆫ번 누으ᄆᆡ 이지 못ᄒᆞ니 유뫼 의아ᄒᆞ여 쇼져를 보니 좌우싊 다 샹ᄒᆞ여 피육이 ᄶᅧ러졋고 머리 ᄶᅡ야져시며 운환이 ᄯᅳᆺ기여 만신을 움즉이지 못ᄒᆞ니(〈유효공선행록〉 권5)

친의 주찬 공궤.

ⓜ 유옥영에 대한 사강의 감정적 앙금, 옥영과 사강의 거듭되는 화해와 반목.

ⓑ 유옥영과 관계 회복을 위한 사강의 계교 및 사과.

ⓢ 유옥영·사강의 화목.

이들 부부의 모습은 호방풍정형 남편과 오만불손형 아내의 조합 형태를 띤다. 아내 유옥영의 캐릭터는 '언어가 방자하고 행사가 교만'하여 남편에게 고분고분 처신하지 않고 친정의 위세를 믿고 시가를 얕잡아보는 오만불손형 여성으로 제시된다. 남편 사강은 평소에 기녀와 풍류 향락적으로 생활하는 호방풍정형 인물인데, 그런 자신의 풍류 행각을 고분고분하게 받아들이지 않고 반발하는 아내를 대하여 여필종부를 들이대며 아내의 자존심을 짓밟는 남편으로 그려진다.

이렇듯 성격이 부딪치는 이들 부부의 갈등은 신혼 초 '기세 싸움'으로 분출된다. 남편이 아내의 기를 꺾기 위해 매일 외당에서 풍악을 울리며 미모의 기생들과 놀아난다. 아내는 남편에게 험담하며 남편이 가까이한 기생들을 때리고 남편을 향해 분풀이를 하지만 분을 삭이지 못하자 친정으로 가버린다. 하지만 친정으로 간 아내는 예도를 배워 남편에게 순종하는 여성으로 변하고 만다.

여기에서 흥미로운 것은, 친정이 아내의 기를 되살리는 공간이 아니라 '출가 여성을 길들이는 공간'의 성향을 띤다는 것이다. 친정의 남형제인 세형·세창·세필은 누이 편을 드는 게 아니라 사강과 함께 기녀를 대동하고 풍류를 즐길 뿐이었고, 심지어 친정어머니는 사위에게 음식을 대접하며 투기하는 딸을 내치지 않아 고맙다는 말을 전했을 정도다.

그렇다고 해서 아내의 대응이 순종하는 모습을 보이는 것은 아니었고, 그 때문에 남편의 분노가 커지면서, 부부 갈등은 더욱 깊어진다. 처가의 도움을 받은 남편은 아내의 침소에서 두 시비의 무릎을 베고 누워서 아내를 희롱하고, 그에 대해 아내가 불편한 기색을 부리자, 아내에게 투기한다고 고함치며 책상을 들어 던지는 행위를 서슴지 않았고, 아내는 아내대로 기가 뻗쳐 기절했다가 깨어난 후에 발악할 뿐이었다. 그런 과정을 거치면서 아내는 기세를 누그러뜨리고 예도를 배워 남편에게 순종하는 여성으로 변해갔던 것이다.

그런데 부부 갈등은 해소되지 않고 재차 점화되는데, 그 일련의 과정은 '감정싸움'의 양상을 띤다. 문제의 발단은 아내가 꼬리를 내렸음에도 남편은 감정의 응어리를 풀지 못하여 아내를 멀리한 데에 있었다. 그런 남편을 대하자, 아내의 감정 또한 상하지 않을 수 없었던바, 그 후로는 아내의 마음은 다시 편협해지더니 마침내 병이 들고, 아예 죽기를 작정하는 지점에 도달하고 만다.

이 지점에서 부부싸움이 역전된다는 것을 주목할 만하다. 남편은 매일 아내를 병문안하여 위로하지 않을 수 없었다. 남편은 지난날 아내의 불평을 대했을 때, 아내가 창기를 난타했을 때, 아내가 친정으로 갔을 때 등 여러 상황 속에서 자신의 참담한 심정을 소상하고 정겹게 말해주었다. 그 결과 아내의 꼬였던 감정이 점차 풀어지게 되었고, 결정적으로 남편이 거짓으로 병이 든 체하여 아내의 간호를 받으면서 부부 화목을 이루게 된다. 아내의 순종만을 내세우지 않고 남편의 너그러운 아량을 환기함으로써 부부 이야기에 흥미를 더해준다고 할 것이다.

이렇듯 이들 부부의 갈등은 기세 싸움에서는 남편이 이기고 아내의 반발이 잦아드는 듯했지만, 의외로 남편이 감정의 응어리를 풀지 못하여 감정싸움을 벌였다가 도리어 아내의 마음을 상하게 하는 식으로 처지가 뒤바뀌는 양상을 보여준다. 남편이 한 걸음 물러서서 아내의 상한 감정을 풀어준 뒤에야 부부간 화해가 이루어지게 된다. 그 일련의 과정이 흥미가 끊이지 않고 이어진다.

3.2. 일부이처의 삼각관계

(1) '호방풍정형 남편-여사지향형 아내-투기질투형 아내'의 삼각관계

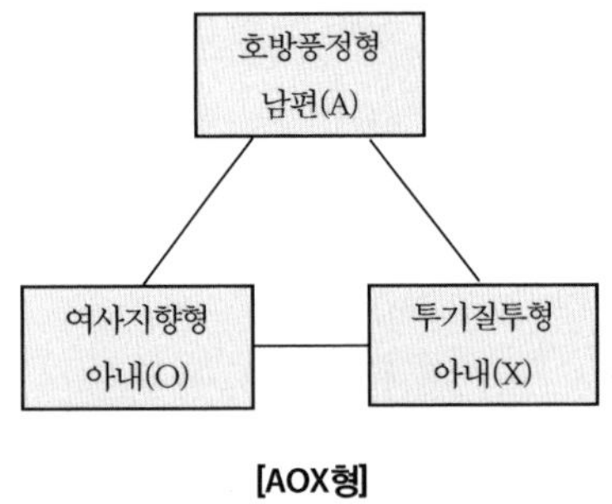

[AOX형]

이 유형에 속하는 부부는 유세형 부부와 유현 부부다. 도표로 제시하면 다음과 같다.

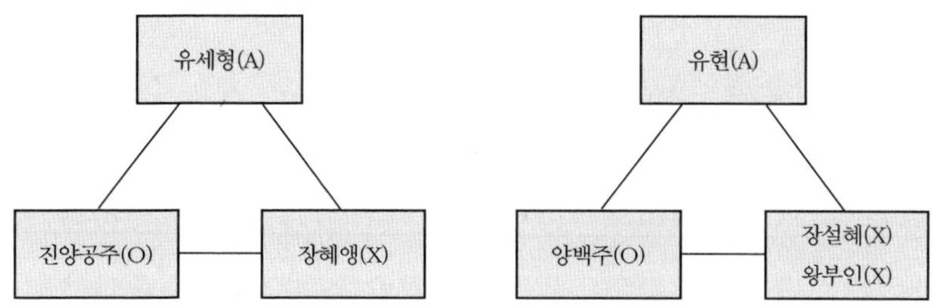

유세형 부부와 유현 부부 이야기는 대를 이어 '호방풍정형 남편-여사지향형 아내-투기질투형 아내'의 삼각관계를 되풀이함으로써, 구성적 유형성을 확보하고 그 과정에서 흥미를 제공한다. 그리고 유현 부부의 삼각관계는 앞세대 삼각관계를 수용하되 투기질투형의 아내를 2명으로 설정함으로써, 구성적 유형성을 확대하고 한편으로 결이 다른 지점을 확보한다.

㈎ 애정과 덕성의 대조: 유세형 · 장혜앵 · 진양공주(②)

㉠ 양가 가부장 유우성과 장준에 의한 혼약, 혼인 전 유세형과 장혜앵의 사랑.

㉡ 유세형·진양공주의 사혼, 유세형·장혜앵의 파혼.

㉢ 유세형의 공주 박대, 장혜앵에 대한 상사병, 유우성·세형의 부자 갈등.

㉣ 공주의 개입으로 유세형·장혜앵의 혼인, 유세형·장혜앵의 애정 심화.

㉤ 장혜앵의 공주 음해, 유세형의 공주 박대.

㉥ 공주의 환궁, 유세형의 회과, 유세형의 계교로 진양공주 환가(還家).

㉦ 공주의 장혜앵 설득과 장혜앵의 개심, 유세형·진양공주·장혜앵의 화목.

유세형·장혜앵·진양공주의 일부이처 이야기는 다음과 같은 양상을 보여준다. 첫째, 혼약 이전에 당사자의 적극적 개입과 사랑을 들 수 있다. 양가의 가부장이 정혼(定婚)하려고 하는데, 그에 앞서 유세형은 장혜앵을 직접 만나본 후에 결혼을 정하겠다는 당돌한 태도를 보였으며, 유세행과 장혜앵은 서로 만나자마자 사랑에 빠지더니, 주저없이 혼인하기로 약속했다. 이런 애정혼의 행태는 주혼자의 가부장권에 배치되는 것이어서 그 자체로 큰 흥미를 안겨준다.

둘째, 황제의 사혼(賜婚)으로 발생하는 갈등을 들 수 있다. 의도치 않게 유세형과 장혜앵의 약혼이 깨지고 유세형이 진양공주와 결혼하게 된다. 그 주된 요인은 황제의 사혼 때문이었다. 흥미로운 것은, 유세형과 장혜앵은 둘 다 상사병에 걸리게 되고, 유세형이 진양공주를 박대한다는 것이다. 그 과정에서 가문을 중시하는 부친과[12] 애정을 중시하는 아들 사이의 부자 갈등은 흥미를 한층 끌어올린다.

셋째, 복잡하게 펼쳐지는 일부이처 사이의 갈등을 들 수 있다. 진양공주는 장혜앵을 둘째 부인으로 들어오게 함으로써 유세형·장혜앵·진양공주의 일부이처 부부관계가 형성되는데, 새롭게 불협화음이 일게 된다. 장혜앵은 진양공주를 투기·음해했고, 유세형은 장혜앵을 사랑했던지라 그녀의 말만 믿고 분별력을 잃은 나머지, 진양공주를 '금수의 행실을 하는 자', '장혜앵을 죄인으로 만든 자', '남편을 불효자로 만든 자'로 몰아붙

12 ᄎᆞᄋᆡ 심히 편협ᄒᆞ야 고집이 과ᄒᆞ니 만일 ᄉᆞᆺ치지 아닌즉 문호에 ᄃᆡ화오 … 우리 집이 누ᄃᆡ 국은을 입ᄉᆞ와 군신 졍분이 심샹치 못ᄒᆞ고 더옥 션뎨 우리 선ᄃᆡ인 춍ᄋᆡᄒᆞ심이 호텬망극ᄒᆞ니 우리 등이 간뢰도지ᄒᆞ야 만분지일에 보답ᄒᆞ기를 바라거날 도로혀 사량ᄒᆞ시ᄂᆞᆫ 공주를 경홀이 ᄃᆡ접ᄒᆞ리오(권2, 『유씨삼대록』 1)

였다. 이로써 일부이처 사이의 갈등은 걷잡을 수 없는 상황에 놓이게 된다.

넷째, 애정과 덕성의 대조적 구성을 들 수 있다. 처음에는 '애정-부부 화합'과 '덕성-부부불화'의 대조적인 모습을 보였다가 나중에는 그게 '애정-부부불화'와 '덕성-부부 화합'으로 반전된다. 그 반전의 요체는 진양 공주의 부덕이다. 공주는 남편의 언어폭력과 장혜앵의 악행을 가려줄 뿐 아니라, 남편과 시가를 얕잡아보는 장손 상궁을 꾸짖었고, 치독(置毒) 사건 등 악행을 일삼는 장혜앵에게 개선의 길을 열어주었다. 마침내 유세형과 장혜앵이 회심함으로써, 이들 일부이처는 화목한 관계를 이룬다.

(나) 극단화된 애정혼의 파국, 투기 질투의 지속:
유현 · 양벽주 · 장설혜 · 왕부인(⑦)

㉠ 유현과 양벽주(유설영의 남편인 양관의 조카딸)의 혼인.

㉡ 유현의 풍류 생활, 유현의 양벽주 홀대.

㉢ 유현·장설혜의 애정혼, 장설혜 축출 이후 시부 참소, 유현의 장설혜 처형.

㉣ 유현의 살상 행위에 대한 양벽주의 불평, 모란·장후에 의한 양벽주의 감금.

㉤ 사혼으로 인한 유현·왕부인의 혼인과 불화.

㉥ 양벽주 무죄 확인, 양벽주의 연국부인 피봉, 양벽주에 대한 왕부인의 투기·악행.

㉦ 왕부인 사건 처리로 유현·양벽주 부부 갈등, 왕부인의 개과, 일부이처의 부부화락.

유현의 일부이처 이야기는 두 가지로 펼쳐진다. 먼저 유현·양벽주·장설혜의 일부이처 이야기가 펼쳐진 후에 장설혜의 죽음 이후 다음으로 유현·양벽주·왕부인의 일부이처 이야기가 펼쳐진다.

그중 유현·양벽주·장설혜의 일부이처 이야기는 다음과 같은 양상을 보여준다. 첫째, 호방풍정형 유현이 양벽주와 혼인하지만, 풍류를 일삼으며 양벽주와 가까이 지내지 않다가 장설혜에게 한눈에 반해 상사병에 빠지게 된다는 것이다. 이는 앞서서 유세형·장혜앵·진양공주의 일부이처와 비슷하지만, 그 순서를 바꾸어 놓았다는 점에서 흥미를 끈다. 유현·양벽주·장설혜의 일부이처 이야기는 유현과 양벽주의 결혼이 성사된 후에, 유현과 장설혜가 서로 사랑하여 부부로 맺어지게 되는 것이다.[13]

둘째, 장설혜가 악행을 일삼다가 죽임을 당한다는 것이다. 장설혜는 독이 든 향다(香茶) 사건, 정인과 내통 및 남편 살해 시도, 요예지물 사건 등을 일으켜 양벽주에게 모함하는 악행을 일삼으면서 처처 갈등과 부부 갈등을 일으켰다. 친정으로 쫓겨난 후에는 앙심을 품고 모친과 짜고 시부가 역모죄를 지었다고 참소했다가 그 죄상이 밝혀져 남편에게 죽임을 당하고 만다.

이로써 유현·양벽주의 일부일처만 남게 되어 문제가 해소될 듯했지만, 그 지점에서 둘 사이에 새로운 부부 갈등이 발생한다. 그 갈등은 호방풍정형 남편과 여사지향형 아내의 갈등 양상을 띤다. 장설혜를 살해한 유현의 극단적인 행위를 양벽주가 탓함으로써 부부 갈등이 발생한 것이다.

거기에 더해 양벽주가 모란(장설혜의 시비)의 참소로 궁궐 북각에 갇혀 사경을 헤매고, 그 상황에서 황제의 사혼으로 유현·왕부인이 혼인함으로

13 유현과 장설혜의 애정혼 과정에서 심각한 부자 갈등을 일으킨 것도 흥밋거리다.

써, 유현·양벽주·왕부인의 일부이처는 새롭고 심각한 삼각 갈등의 국면으로 진입한다. 유현은 왕부인과의 사혼에 불만을 품고 왕부인을 미워함으로써 둘 사이에 갈등이 발생하고, 훗날 양벽주가 아들을 낳아 귀가하자 왕부인이 투기함으로써 두 아내 사이에 처처 갈등이 발생하고, 그런 왕부인에 대한 처리 문제를 두고 양벽주와 유현이 대립하게 되는 것이다. 왕부인이 개과함으로써, 세 남녀는 화목하게 된다.

유현을 둘러싼 두 개의 일부이처 이야기는 부친 유세형의 일부이처 이야기에 비해 극단화되는 양상을 보인다. 호방풍정형인 유현의 캐릭터는 부친의 모습을 빼닮았지만, 장설혜에게 빠져서 상사병으로 죽을 위기에 처한 것이나, 시비와 아내 장설혜를 죽이는 것에서 보듯, 부친보다 훨씬 과격한 면이 드러난다. 그에 상응하여 투기질투형 장설혜는 장혜앵의 조카로서 고모와 비슷하게 투기질투의 친숙성을 제공하되, 극단적인 지점으로 나아간다. 장설혜는 자기 잘못으로 시아버지에 의해 친정으로 내쫓겼음에도 아랑곳하지 않고 오히려 시아버지에게 원한을 품고 친정어머니와 짜고 시아버지가 역모했다고 무고하여, 시가의 존립을 위태롭게 했다가 결국 남편의 손에 죽임을 당하고 만다.

그리고 주목할 것은, 이들 부부의 경우 앞세대(유세행)처럼 애정의 축과 덕성의 축이 대조적으로 펼쳐지고 그 와중에서 부자 갈등을 보이는데, 그 갈등이 앞세대보다 심각하게 펼쳐진다는 것이다. 유현은 부친 유세형에 의해 장설혜와의 혼사가 깨지자, 부친에게 항거하고 상사병으로 죽을 위기에 처할 정도였다. 부친 또한 아들이 가문을 망하게 한다며 피를 토하며 꾸짖었고, 심지어 상사병으로 죽어가는 아들을 보면서 관을 짜두라며 단호하게 대응할 뿐이었다. 이런 부자 갈등은 '그 아비(유세행)에 그 아들(유현)'이라는 식으로 세대를 이어 반복하는 짜임새를 갖추었거니와 그 자체가 흥밋거리다. 나아가 그 갈등의 정도가 자식 세대에서 더욱 강도 있게 펼쳐지면서 새삼 흥미를 고취한다.

한편으로 짚어볼 것은, 이들 부부 캐릭터는 앞세대의 캐릭터를 유지하되 약간의 결이 다른 지점이 곁들여졌다는 것이다. 장설혜의 죽음 후에 들어온 둘째 부인인 왕부인은 투기질투형으로 장혜앵 및 장설혜와 비슷하지만, 그들과 달리 과오를 뉘우치게 된다. 양벽주는 앞세대의 진양공주와 비슷한 여사지향형이지만, 남편에게 인내로 일관하는 진양공주와는 달리 불평을 표출하기도 한다.[14] 이로 인해 흥미가 높아짐은 물론이다.

(2) '군자지향형 남편-여사지향형 아내-투기질투형 아내'의 삼각관계

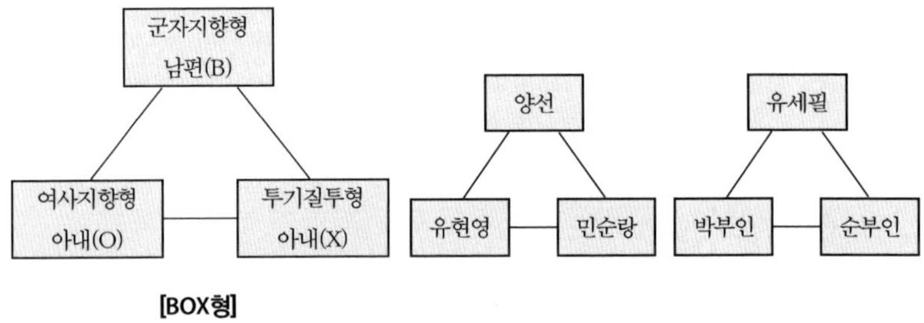

[BOX형]

양선 부부와 유세필 부부 이야기는 '군자지향형 남편-여사지향형 아

14 쳡이 군ᄌᆞ의 슈ᄒᆡ오니 ᄎᆞᆯ아리 치고 죽일지언뎡 엇지 ᄉᆞ람을 박멸ᄒᆞ시미 이 디경에 미ᄎᆞ시ᄂᆞ닛고 쳡이 비록 우용ᄒᆞ오ᄂᆞ 구고와 부모의 명으로 결발 뉵칠 년에 칠거를 범치 아니ᄒᆞ얏고 강상의 ᄃᆡ죄를 범치 아니ᄒᆞ와왓거ᄂᆞᆯ 거취와 ᄉᆞ싱을 반ᄌᆞᆼ할 ᄉᆞ이 갓치 ᄒᆞ시니(권 15, 『유씨삼대록』 2)

내-투기질투형 아내'의 조합에 속한다. 두 부부 이야기는 대조성을 띠거니와, 전자는 '군자지향형 남편-여사지향형 아내' 축이 화목을 이루는데 반면, 후자는 불화로 빠져드는 양상을 보여준다. 거기에 더해 앞엣것은 딸 부부이고 뒤엣것은 아들 부부여서 두 부부 이야기가 펼쳐내는 대조적 흥미는 한층 높아진다.

(가) 화목한 부부 '여사지향형 아내-군자지향형 남편'의 수난: 유현영 · 양선 · 민순랑(③)

㉠ 유현영과 양선(참정 양계성의 아들)의 혼인, 부부화락.

㉡ 시계조모 팽씨의 강짜, 손자 양선과 조카딸 민순랑의 혼인.

㉢ 팽씨·민순랑에 의한 현영의 정실 자리 탈취, 현영의 갖은 수난.

㉣ 양선·유현영의 계조모 팽씨에 대한 지극한 효행.

㉤ 팽씨의 염병, 민순랑의 피신, 유현영의 지극한 간호, 팽씨의 쾌차.

㉥ 팽씨의 회심, 손부 유현영 인정, 귀가한 민순랑 폐출.

㉦ 진양공주의 설득으로 민순랑 개가, 양선·유현영의 해로.

유현영·양선 부부는 이상적인 부부 결합의 모습을 두루 갖추고 있다. 그 결혼이 양가 가부장에 의해 원만하게 성사되었으며, 부부 당사자들 또한 여사지향형 신부와 군자지향형 신랑으로 금실이 좋은 사이였음은 물론이다. 이들 부부는 유세기·소부인의 부부와 같이 이상적인 부부의 모습과 흡사하다.

그런 유현영·양선 부부가 의외로 박해받는 게 흥미의 요소로 자리를 잡는다. 박해하는 자는 시조모 팽씨다. 팽씨는 계실로 들어왔지만, 친아들을 낳지 못하여 집안에서 위상이 낮다고 여기고, 이를 만회하기 위하여 조카딸 민순랑을 손부(孫婦)로 들이려 했다. 자신의 의도와는 달리 유현영이 손부로 들어오자, 아들과 손자에게 강짜를 부려 기어코 조카딸 민순랑을 손부로 들이고 만다. 이로써 유현영·양선·민순랑 일부이처의 부부 문제가 발생하게 된다.

그 부부 문제의 근원은 팽씨와 민순랑의 악행이다. 민순랑은 투기를 부리며 악행을 서슴지 않는 인물이다. 그녀는 팽씨와 짜고 유현영의 정실 자리를 빼앗은 뒤에 현영을 천인으로 취급하는가 하면, 유현영의 아들을 가로채기까지 했다.

이로써 선처 유현영과 악처 민순랑의 대립이 형성되며, 거기에 시조모 팽씨가 개입함으로써 그 양상은 시조모·조카딸과 손부의 대립으로 확대된다. 이들 부부 이야기는, 이상적인 부부라도 어떤 좋지 않은 외적 요소가 개입하면 부부가 수난을 당하고, 특히 남편보다 아내의 수난이 큰 쪽으로 펼쳐진다.

팽씨의 악행은 그 점을 잘 보여준다. 팽씨는 전실 자식인 양계성·임부인 부부가 화목한데도 육부인을 재실로 들이도록 강요한다. 이로써 팽씨에 의해 일부이처의 삼각관계가 양계성 세대와 양선 세대, 두 세대에 걸쳐 되풀이되는 형국을 이룬다. 그런데 팽씨의 기대와는 달리, 육부인이 양계성·임부인의 화목한 양자관계에 자신을 포함한 삼자관계를 돈독히 함으로써 부친 세대와 자식 세대의 삼자관계가 대조적인 양상을 띠게 된다. 팽씨에 의해 들어온 부실들은 대조적인 모습을 보이는바, 작게는 캐릭터 차원에서 민순랑(손부)과 육부인(자부)의 대조적 흥미가 주어지고,

크게는 세대 차원에서 '팽씨·민순랑↔유현영'과 '팽씨↔육부인·임부인'의 대조적 흥미가 주어진다.

한편 남성들의 방관적인 태도가 흥미를 끌기도 한다. 계조모와 둘째 부인이 부당하게 정실을 소실 취급하는 등 여러 악행을 일삼아도, 양선은 지효(至孝)를 다할 뿐이고, 정작 억울하게 고통을 당하는 첫째 부인에게 농담을 던지는 여유를 부린다. 시아버지 양계성은 함구하고, 친정 식구들은 딸에게 인내와 지효를 권면할 뿐이다. 이로써 유현영은 시계조모의 부당한 가모권(家母權) 행사와 둘째 부인의 악행 앞에서 시부, 남편 그리고 친정아버지에 의한 3겹 방관에 둘러싸인 출가외인의 고단한 모습을 보여준다.

㈏ 몰상식 · 박색 아내를 향한 남편의 사랑, 그 아내의 투기: 유세필 · 박부인 · 순부인(⑥)

㉠ 유세필·박부인(예부상서 박영의 딸)의 혼인, 세필의 부부관계 외면.

㉡ 모친의 책망, 유세필이 취중 부부관계 시도, 박부인의 분노.

㉢ 박부인의 자진 출가, 귀양 가던 친정아버지와 동행, 박부인의 수난.

㉣ 유세필·순부인(유우성의 친구인 순화의 딸)의 중매혼, 추녀인 순부인과 부부 화락.

㉤ 박부인의 귀가, 유세필·박부인의 갈등, 순부인의 박부인 구박.

㉥ 박부인 와병, 유세필의 간호와 애정, 순부인의 박부인에 대한 투기.

㉦ 유세필·박부인의 합심으로 순부인의 회심, 일부이처의 화목.

남편은 군자지향형이고, 아내는 교양과 미모를 갖춘 여사지향형이어서 부부 사이가 순탄할 것 같으나, 의외로 남편의 고지식한 태도가 문제가 된다. 남편은 삼십 세를 넘어서야 아내를 취한다는 고인의 말을 따라 혼인한 지 4년이 지나도록 아내와 부부관계를 맺지 않았다가, 모친으로부터 꾸지람을 받는다. 마지못해 남편은 술에 취한 채 동침하려 했지만, 그런 남편에게 아내가 분노하면서 부부 갈등이 발생한다.

또다시, 왜 합방하지 않느냐는 부모의 질책이 이어지고, 그게 발단이 되어 부부 갈등은 깊어진다. 부모로부터 꾸지람을 들은 남편은 아내를 미워하게 되고, 아내는 그런 남편에게 강하게 반발하는[15] 악순환이 되풀이된다. 급기야 아내는 친정에서 일생을 지내려고 출문을 자처했는데, 의외로 친정아버지가 '부모의 자식 사랑은 피차 없으니 어찌 가련치 않으리오'라며 자신의 귀양길에 딸을 데리고 나선다.

친정아버지의 그런 행위는 유세필과 유씨가문 쪽에서 보기에는 파행일 수밖에 없었기 때문에, 곧이어 유세필·순부인의 결혼이 진행된다. 그런데 새로 맞이한 순부인은 외모가 추할 뿐 아니라 상식적인 예의범절마저 모르는 인물이어서 주변 사람들의 웃음을 산다. 그런데 예상과는 정반대로, 유세필은 순부인과 화목하게 지내는 것으로 그려진다. 이 대목은 여타의 대소설과 다른 흥밋거리로 자리를 잡는다.

---

15 쳡이 ᄒᆞᆫ문에 ᄌᆞ라ᄂᆞ 교훈이 업시니 군ᄌᆞ의 관〃ᄒᆞᆫ 쌍이 아니무로 그 더려이 너기믈 바드니 감수ᄒᆞ오ᄂᆞ 심규에 ᄒᆞᆫ설을 ᄌᆡ비홈이 업고 ᄌᆞᆼ문 기럭이 쇼리를 늣기미 업서 구고의 셩은과 숙당의 성ᄃᆡᄒᆞ심으로 ᄎᆞ싱 긔활안상ᄒᆞ고 친당이 구경ᄒᆞ야 형뎨 번성ᄒᆞ니 진퇴에 즐거올 짜름이ᄅᆞ 엇지 구〃히 군ᄌᆞ의 ᄌᆞ최를 첨망ᄒᆞ미 우식을 구고 안전에 보이미 잇시리오 ᄎᆞ언이 진실노 ᄀᆞ쇼오니 쳡이 비록 블민ᄒᆞᄂᆞ 항복지 아니ᄒᆞᄂᆞ이ᄃᆞ(권7, 『유씨삼대록』 1)

더욱 흥미로운 것은 순부인의 투기다. 유세기의 도움으로 박부인이 시가로 복귀하는데 박색의 순부인은 미모와 덕성을 겸비한 박부인을 대하자, 투기질투심이 일어나 박부인의 옷을 뜯는가 하면, 머리카락을 잡아채고, 박부인을 구타했다.[16]

유세필·박부인·순부인의 일부이처 이야기에서 색다른 흥미는 캐릭터 설정에서 찾을 수 있다. 유세필은 군자지향형 인물이지만 혼인 후 4년 동안이나 아내와 부부관계를 맺지 않을 정도로 고지식하고 아내에게 접근하는 방법마저 서투른 남성이다. 박부인은 미모와 예의범절을 갖춘 여사지향형 인물이지만 남편의 취중 관계 요청을 불쾌히 여기고 부부관계를 거절하는가 하면 출문을 자처할 정도로 강한 성격을 보이는 여성이다. 순부인은 박부인과는 정반대로 추하고 예의범절을 모름에도, 남편의 사랑을 받았는데, 자신의 부족한 점을 모르고 안하무인격으로 투기를 부렸다. 이들은 기존의 캐릭터와 다른 새로운 캐릭터라 할 것이다.

이를 바탕으로 그 일부이처의 삼각관계는 구성상 흥미를 획득하기에 이른다. '교양·미모의 아내-남편의 애정 부재'와 '몰상식·박색의 아내-남편의 애정 확보'의 대조를 보인다. 즉, '미(美)-교양'을 갖춘 여성이 남편의 사랑을 받지 못하고, '추(醜)-몰상식'의 여성이 남편의 사랑을 받는 지점을 선보였다. 그런 대조적 설정은 다른 대소설에서는 찾아보기 힘들다. 일반적인 통념을 뒤집음으로써 참신성을 획득했다고 할 수 있다.

한편 부부 조합의 측면에서 유세필 부부 이야기는 유세형 부부 및 유현 부부 이야기와 대조적 흥미를 고취한다. 뒤쪽의 두 부부의 경우에서

---

16 그 후로 유세필·박부인의 관계가 친밀해지고, 박부인과 시아버지 유우성의 노력으로 순부인이 회개하기에 이른다. 이로써 원만한 일부이처 관계가 형성된다.

는 '남편의 애정을 획득한 미모 아내의 투기 질투'의 틀을 설정함에 반해, 유세필 부부의 경우에는 '남편의 애정을 획득한 박색 아내의 투기 질투'의 틀을 설정했다.

요컨대 유세필·박부인·순부인의 일부이처 이야기는 부부의 친밀성은 외모와 관계 없다는 것을 보여줌으로써 새로운 맛을 느끼게 해준다.

(3) 다소곳한 아내를 외면하고 활달한 아내를 사랑한 남편:
유세창 · 남부인 · 설초벽(⑤)

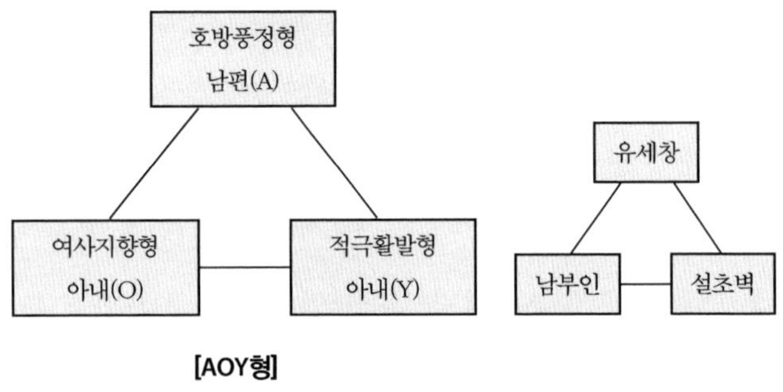

[AOY형]

유세창·남부인·설초벽의 일부이처 조합은 투기질투형 아내가 있는 자리에 적극활발형 아내가 들어간 형국을 보여준다. 이들 삼각관계에서 특징적인 것은, 적극활발형 아내가 투기심을 전혀 부리지 않고 자기를 향한 남편의 애정을 여사지향형 아내 쪽으로 돌리게 하는 긍정적인 모습을 보인다는 것이다.

㉠ 유세창·남부인(추밀공 남효공의 딸)의 혼인.

㉡ 유우성·세창·세명 3부자의 풍양의 난 평정, 유세창과 남장 설초벽의 결의형제.

㉢ 설초벽의 문무 양과 장원급제, 병부시랑 제수, 여성 신분 고백, 유세창과 혼인.

㉣ 유세창의 설초벽 사랑, 유세창의 남부인 홀대.

㉤ 유세창·남부인의 화락을 위한 설초벽의 귀향, 매월 1회 시부모 문안차 상경.

㉥ 매몰찬 설초벽에 대한 유세창의 한탄, 소원한 남부인에 대한 유세창의 책망.

㉦ 유세창·남부인의 금슬 회복, 설초벽의 상경. 일부이처의 화락.

유세창은 호탕하며 친구들과 어울리기를 좋아하는 호방풍정형 인물이다. 그런데 그가 다소곳하며 규범에 맞는 생활을 하는 여성을 좋아하지 않고, 다소 거칠고 활발한 여성을 선호하는 성향을 지녔던바, 그게 일부이처의 삼각관계가 불협화음을 일으키는 요인으로 자리를 잡는다.

유세창은 첫째 부인인 남부인이 부덕을 갖추었지만 가까이하지 않았다가, 무예를 좋아하고 활달한 설초벽을 만나 기꺼이 둘째 부인으로 들인다. 그 결혼이 성사되는 과정을 보면, 설초벽의 적극성이 도드라진다. 유세창은 풍양의 난을 평정한 후, 남장한 설초벽을 만나 의기를 합하는 사이가 되는데, 설초벽 또한 무예를 좋아하고 활달한 여성이어서 과거급제 후 당당히 여성임을 밝히고 황제의 도움을 받아 유세창과 혼인한 것이다.

그때 유세창이 설초벽만을 사랑하고 남부인과 거리를 두면서 부부 문제가 발생한다. 유세창은 모친으로부터 남부인과 가까이 지내라는 훈계를 듣자, 남부인이 고자질한 것으로 오해하여 남부인을 타박하기에 이르고, 그동안 온화하고 순종적이던 남부인이 남편에게 억울한 감정을 표출하면서, 부부 갈등이 발생한다. 이런 중에 설초벽은 유세창·남부인의 화목을 유도하기 위해 유세창에게 매몰차게 일부러 귀향하고 만다. 유세창은 설초벽의 매몰한 태도와 남부인의 소원한 태도를 불만족스럽게 여기지만, 시간이 흐름에 따라 자연스럽게 남부인과 가까워지게 된다. 그 이후 설초벽이 상경하여 일부이처의 화목이 이루어진다.

이들 부부 이야기에서 흥미 요소는 설초벽의 캐릭터다. 설초벽은 호방하고 무예를 좋아하는 거침(toughness) 그리고 좋아하는 남성에게 공개적으로 청혼하는 활달함, 여기에 투기를 부리지 않는 덕성까지 갖춘 여성으로 흥미를 끈다. 이러한 성향의 설초벽은, 처음에는 조용하고 전통적인 여성으로 인내하다가 나중에는 남편에게 불평을 털어놓음으로써 부부 갈등을 일으키는 남부인과는 상이하게 그려진다.

한편 유세창·남부인·설초벽의 일부이처의 삼각관계에서 보이는 특징은, 다른 일부이처의 삼각관계에서 형성된 애정 중시의 축을 이어받음으로써 친숙성을 획득하고 거기에 변화를 꾀했다는 것이다. 즉, '투기질투형 아내-호방풍정형 남편'의 조합에 담긴 애정혼(장혜앵, 장설혜의 경우)을 수용하되, 그 조합에 변화를 꾀하여 '적극활발형 아내-호방풍정형 남편'으로 바꾸었다. 물론 장혜앵 부부나 장설혜 부부에 비해 설초벽·유세창 부부의 애정은 약한 편이다. 하지만 장혜앵이나 장설혜가 남편의 사랑을 믿고 시기 질투하는 것에서 방향을 틀어, 설초벽을 적극적이고 활발하게 남성을 주도하는 캐릭터로 설정함으로써 신선한 흥미를 고취했다고 할 수 있다.

(4) 둘째 부인을 주선한 여사지향형 아내에 대한 남편의 불평: 소경문 · 유영주 · 양성공주(⑧)

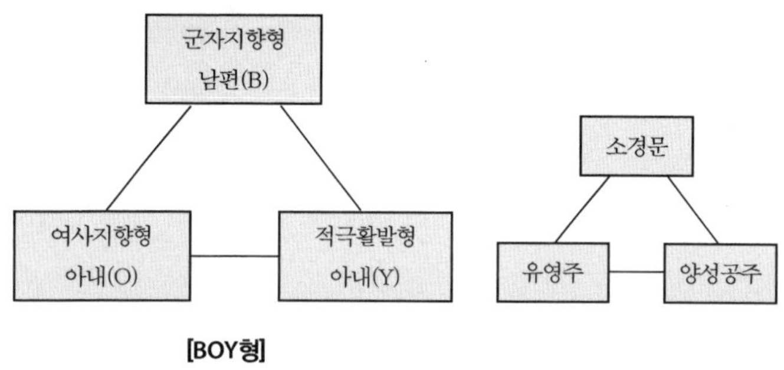

소경문·유영주·양성공주의 일부이처 조합은 '군자지향형 남편-여사지향형 아내-투기질투형 아내'의 조합에서 투기질투형 아내 자리에 적극활발형 아내가 놓이는 형태를 띠고, '호방풍정형 남편-여사지향형 아내-적극활발형 아내'의 조합에서 호방풍정형 남편 자리에 군자지향형 남편이 놓이는 형태를 띤다.

㉠ 유영주·소경문(소우의 장자)의 혼인, 부부화락.

㉡ 소경문의 번왕의 청혼 거절 및 유배, 번왕의 속임수로 소문의 수난.

㉢ 유세경·유현의 출정, 번왕의 항복, 소경문의 생환, 볼모가 된 양성공주와 동반.

㉣ 유세경·유현에 의한 소경문·양성공주의 성혼.

㉤ 소경문의 유영주 박대, 소경문·유영주의 부부 갈등, 유세형에 의한 영주의 친정행과 옹서 갈등.

㉥ 소경문의 유영주 책망, 양성공주의 항변, 소경문의 노력에도 유영주 거절.

㉦ 양가의 노력으로 유영주의 분노 해소, 소경문·유영주·양성공주의 화목.

유영주·소경문 부부는 '군자지향형 남편-여사지향형 아내'의 조합으로 이상적인 부부관계를 유지하고 있었다. 그런데 양성공주(번왕의 딸)를 둘째 부인으로 들임으로써, 소경문·유영주·양성공주의 일부이처 관계는 삼각 갈등을 맞게 된다.

먼저 유영주·소경문의 화목한 관계가 깨지고 그 때문에 소경문·양성공주의 부부관계가 원만하지 않게 되는 양상을 보여준다. 그 과정에서 이상적인 부부관계를 유지하던 소경문과 유영주가 왜 갈등을 일으키게 되었는지 그 일련의 과정이 흥미를 끈다.

원나라 잔당들이 침범하자, 동평장사 소경문이 황제의 칙서를 호왕(번왕)에게 전했는데, 호왕은 소경문의 충절에 탄복하고 딸 양성공주와 억지로 결혼시키려 했지만, 소경문이 받아들이지 않자 그를 죽이고자 했다. 그리고 호왕(번왕)은 소경문이 호왕의 부마가 되어 중원을 침입한다는 거짓말을 퍼뜨리고, 소경문이 쓴 것으로 꾸민 거짓 격서를 명 황제에게 전했다. 명나라 조정에서는 그게 호왕(번왕)의 계략임을 꿰뚫어 보고, 유세경·유현(삼촌·조카)이 대원수·부원수로 출정하여 항복을 받아내고, 세자 천목달과 양성공주를 볼모로 삼고 귀국한다. 양성공주가 세자는 돌려보내달라고 간청했는데, 유세경(소경문의 처삼촌)은 황제에게 요청하여 변방의 안정을 위해 사위인 소경문과 양성공주의 정략결혼을 성사시켰다.

그 후 일부이처의 부부 갈등이 발생한 것은 양성공주가 부덕(不德)했기 때문이 아니며 소경문이 양성공주를 멀리했기 때문도 아니다. 소경문이 유영주를 박대한 근본적인 사유는 소경문과 양성공주의 정략결혼이 처삼촌인 유세경의 발언에서 시작된 것이 못마땅하여 그 분풀이 대상을 아내 유영주로 삼았기 때문이다. 그 과정은 다음과 같다.

소경문은 매몰찬 낯빛으로 유영주를 대했다. 소경문은 양성공주의 침실에 머물면서 유영주에게 번번이 음식을 다시 차려오라고 했으며 문창군주가 늦게 왔다면서 짐짓 노하면서 술그릇을 던지면서 유영주가 투기심을 보인다고 질책했다. 마침 유영주가 친정에서 머무르며 시가에 오곤 했는데 소경문은 그게 부도(婦道)에 어긋나는 일이라며 유영주를 처가로 보내지 않았다. 유영주는 소경문의 허락을 받고 친정으로 가고자 하나, 소경문은 일부러 잠든 체할 뿐이었다. 시어머니의 허락을 받고 유영주가 집을 나서자, 소경문은 뒤따라가 유영주를 잡으려고 했지만, 처가에서 선수를 쳐서 유영주를 빼돌렸다.

유영주를 향한 분풀이는 심각하지 않고 일부러 해보는 식으로 표출된다. 그에 상응하여 장인 유세형은 '양성공주를 맞이하게 한 공사(公事)를 가지고 사실(私室)에서 분을 풀고 장인을 시험하려 한 것을 이미 알고 있었다'라며 가볍게 받아들이는 태도를 보인다. 그리고 그 말을 들은 소경문은 장인의 도량에 감탄하는 모습을 보여준다. 소경문과 유영주의 부부 갈등은 남편으로서는 일부러 해보는 것이었고, 장인으로서는 그 상황을 이미 짐작하고 너그럽게 봐줄 만한 것이었다. 이렇듯 장인과 사위의 입장에서는 부부 갈등이 그리 심각하지 않은 것으로 제시된다.

하지만 그 일부이처의 부부 갈등은 정실과 둘째 부인의 태도가 부각하면서 흥미로운 지점에 들어선다. 두 아내가 남편에게 맞서는 갈등의 조짐을 보였기 때문이다. 둘째 부인 양성공주는 남편 소경문이 첫째 부인을 박대하는 것은 실제 양성공주 자신을 박대하는 것이라고 문제 삼았다. 그 문제를 풀기 위해 소경문이 유영주와 애정을 회복하려 하지만, 이번에는 유영주가 그동안 감정이 상한 탓에 마음의 문을 쉽사리 열지 않는 태도를 보였다. 이렇듯 남편의 처사에 대한 양성공주의 항변과 유영주의 풀리지 않는 감정으로 일부이처의 부부 갈등이 제법 생생하게 펼쳐진다.[17]

소경문과 유영주의 부부 갈등은 일부일처를 고수하고자 하는 남편 그리고 둘째 부인을 들이라고 권유하며 시기 질투하지 않는 아내가 충돌하는 양상을 띤다. 남성 중심적 가부장제 사회에서 일부일처를 고집하는 군자지향형 남편의 행태가 흥미를 끌고, 부덕을 갖춘 여사지향형 아내가 남편의 태도에 감정이 상하는 것에서 흥미가 더 커진다. 덧붙여 군자지향형 소경문이 일부일처를 고집하던 인물에서 일부다처를 수용하는 인물로 거듭나는 것, 그런 캐릭터의 변화가 흥밋거리가 됨은 물론이다.

한편 양성공주에게서 주목할 것은, 그녀가 남성을 향한 애정을 성취하는 여성 캐릭터라는 점이다. 양성공주는 오랑캐 출신이지만, 첫눈에 반한 남성을 끝까지 사랑하여 상층 가문의 둘째 부인이 된다. 그런 캐릭터는 〈창선감의록〉의 양아공주와 비슷하다. 그런데 〈창선감의록〉에서는 '부왕-양아공주'가 남편감(유성희)과 좋은 관계를 맺는 상황에서 결혼이 성사된다. 그와 달리 양성공주의 경우에는 부왕이 소경문을 죽이려 하

---

17 소경문이 유부에서 환대를 받고, 처가의 형제들과 지기(知己)처럼 지내고, 유영주가 시부 생신 잔치 때 시가로 가면서 이들 일부이처는 화목한 관계를 이룬다.

고, 그 위기에서 공주가 부왕에게 요청하여 가까스로 남편감을 유배 가도록 하고, 그 후로 공주가 남편감을 몰래 보살피는 과정을 거쳐 결혼하는 것으로 마무리된다. 양성공주는 극적으로 애정을 성취한 상층 여성의 캐릭터라는 점에서 흥미를 끈다.

한편 소경문·유영주·양성공주 이야기는 유현영·양선·민순랑 이야기와 비슷하면서도 대조적인 모습을 보인다는 점에서 흥미를 끈다. 두 일부이처 이야기 모두 '여사지향형 정실-군자지향형 남편'이 화목한 관계를 유지하는 중에 둘째 부인이 들어옴으로써 갈등이 발생하는 지점을 포착했다. 그런데 두 일부이처 이야기는 서로 결이 다른 부부 갈등의 모습을 보여준다.

유현영·양선·민순랑의 경우에는 정실과 남편 사이의 갈등은 발생하지 않고, 남편과 둘째 부인 사이의 갈등이 심각하게 펼쳐지는데, 그 갈등은 둘째 부인(민순랑)의 시기 질투에서 비롯된다. 그와 달리 유영주·소경문·양성공주의 경우에는 둘째 부인이 투기하지 않는바 남편과 둘째 부인의 갈등은 심각하지 않으나, 정실과 남편 사이의 갈등이 발생하고 거기에 옹서 갈등까지 보태진다. 요컨대 소경문·유영주·양성공주 이야기는 유현영·양선·민순랑 이야기와 어우러지면서 대조적 흥미를 고취한다고 할 것이다.

4. 마무리

〈유씨삼대록〉은 유문의 3세대(제3대, 제4대, 제5대)에 걸쳐 다양한 부부 이야기를 펼쳐냈는데, 이상형 부부 이야기와 갈등형 부부 이야기를 기본적인 틀로 하여, 그 위에서 다채로운 부부 이야기를 펼쳐내는 방식을 택했다.

이상형 부부 이야기는 유백경·조부인(제3대), 유세기·소부인(제4대), 유견·여부인(제5대)에 걸쳐 각각 세대마다 한 쌍씩 설정했는데, 이들 세 쌍의 부부는 '군자형 남편-여사형 아내'의 조합에 군자 가문에 부합하는 이상적 일부일처의 부부상을 구현한다.

갈등형 부부 이야기는 크게 일부일처의 대립관계와 일부이처의 삼각관계로 펼쳐냈다. 일부일처의 경우 '호방풍정형 남편-여사지향형 아내'의 조합과 '호방풍정형 남편-오만불손형 아내'의 조합이 있고, 일부이처의 경우 '호방풍정형 남편-여사지향형 아내-투기질투형 아내'의 조합, '군자지향형 남편-여사지향형 아내-투기질투형 아내'의 조합, '호방풍정형 남편-여사지향형 아내-적극활발형 아내'의 조합, '군자지향형 남편-여사지향형 아내-적극활발형 아내'의 조합 등 네 가지가 있다.

넓게 보면 일부일처 조합은 일부이처 조합에 포함된다. 그리고 이상형 부부상은 갈등형 부부 이야기가 펼쳐지는 기준이 된다. 이에 일부이처 이야기에서 갈등형 부부의 네 조합이 부부 조합의 근간으로 자리를 잡는다고 할 수 있다. 그 틀 위에서 11쌍의 부부 이야기가 다양하게 펼쳐지는 양상을 보여주거니와, 그 이야기들은 모방과 변이, 확대와 심화 그리고 비교와 대조를 이루면서 흥미롭고 다채롭게 펼쳐진다.

요컨대 〈유씨삼대록〉은 부부 이야기에 초점을 맞춰 다양성을 지향하되 정형성을 획득하고, 또한 정형성을 지향하되 다양성을 확보하는 구성 원리를 지니며, 그 구성 원리는 장편화를 가능케 하는 서사적 원리이자,

장편화 과정에 흥미를 부여하는 요소가 된다고 할 수 있다.

〈성현공숙렬기〉 〈임씨삼대록〉 연작, 〈쌍천기봉〉 〈이씨세대록〉 연작을 비롯하여 여타 대소설에 다양한 부부 이야기가 들어 있다. 여기에서 그것까지 다루지 않았지만, 부부 캐릭터 조합의 방식은 이들 연작으로까지 확대될 수 있다고 본다.

II 첫눈에 반한 사랑의 스펙트럼
〈유이양문록〉

1. 문제 제기

우리 고전소설에서는 첫눈에 반하는 사랑을 어떻게 그려냈을까? 첫눈에 반하는 사랑을 '상대방을 만나본 지 한 시간 안에, 사랑에 빠지는 것'[1]이라고 정의할 때, 남녀의 내외 구분이 엄격했던 조선시대에 그런 사랑이 거의 불가능했을 것으로 생각하기 쉽다.

하지만 작품의 실상은 그렇지 않다. 〈이생규장전〉의 '규장(窺墻)'은 '담장을 넘어서는 시선'을 뜻하는바 제목에서부터 첫눈에 반하는 사랑을 암시하고, 작품세계에서 그 지점을 섬세하게 펼쳐냈다. 〈운영전〉에서 운영은 김 진사를 처음 대하자마자 정신이 혼미해지는 사랑에 빠져들고 말았다. 〈춘향전〉에서 이몽룡이 그네 타는 춘향을 보고 상사지심(想思之心)을

* 「〈유이양문록〉에 구현된 '첫눈에 반하는 사랑'의 양상과 의미」(『국문학 연구』 22, 국문학회, 2010, 103~128쪽)의 제목과 일부 내용을 고쳤음.

1 얼 나우만 지음, 김은우 옮김, 『첫눈에 반한 사랑(Love at first sight)』, 뿌리와이파리, 2002, 15쪽.

느낀 것도 또한 첫눈에 반했기 때문이다.

대소설에서도 예외가 아니다. 남녀가 서로 보자마자 첫눈에 반하여 정신이 혼미해지는가 하면, 마음의 평정을 잃고 상대방에게 집착하기도 하고, 상사병에 걸려 식음을 잊기도 하는 등 사랑에 빠진 모습이 다채롭게 펼쳐진다. 애정전기소설 못지않게 대소설에서도 첫눈에 반하는 사랑을 서사 전개의 중요한 축의 하나로 설정했으며, 심지어 그런 사랑을 미학적 수준으로까지 끌어올렸다고 해도 지나치지 않다.

그런데 대소설의 경우 우리 학계에서는 첫눈에 반하는 사랑에 초점을 맞추지 않은 것으로 보인다. 다만 혼사 장애, 애정 결연, 애정혼, 애정 형상 등에 초점을 맞춰 연구한 게 현실이다.[2] 이제는 첫눈에 반하는 사랑에 초점을 맞출 때가 되었다고 본다.

첫눈에 반하는 사랑이란 용어를 학술논문에서 사용하는 것이 다소 거리껴질 수 있다. 그러나 '첫눈에 반하는 사랑'의 애정담을 통해 대소설의 애정 양상을 보다 심도 있게 논의하고, 넓게는 근대의 중매혼 비판과 자유연애 옹호의 흐름에 대한 문학사적인 맥락을 짚어낼 수 있다면, 그런 용어의 사용은 오히려 적극 권장할 만하다.

애정전기소설과 대소설을 망라하며 근대에 이르기까지 첫눈에 반하는 사랑의 소설사적 전개 양상을 밝히기는 어렵다. 그 방면에 대한 논의가 축적되지 않은 연구 상황에서는 무리이기 때문이다. 그런 연구의 시발점으로 대소설 분야[3] 그중에서도 〈유이양문록〉에 한정하여 첫눈에 반하는

2 선행 연구사 정리는 고은임, 「〈명주기봉〉의 애정 형상 연구」, 서울대 석사논문, 2010, 3~9쪽 참조.

3 대소설 분야에서 상층의 벌열 계층에 초점을 맞추어 남녀의 애정에 관해 논의를 본격화

사랑 이야기의 양상을 밝혀보고자 한다.

다행히 이 작품은 여느 대소설에 비해 첫눈에 반하는 사랑을 다양한 층위로 집대성한 작품이다.[4] 서사 전개에서 큰 비중을 차지하는 12쌍의 결연담[5] 가운데 첫눈에 반하는 사랑의 커플은, 남녀 1:1로 세분화하면 모두 일곱 쌍이 된다.[6] 그 일곱 커플이 펼쳐내는 다채로운 사랑 이야기는 미시적이고 차별적인 애정담을 형성한다.

이들 애정담은 애정 주체의 성별에 따라 (1) 남성과 여성 쌍방의 '첫눈에 반하는 사랑'의 경우, (2) 남성 일방의 '첫눈에 반하는 사랑'의 경우,

---

한 것으로 〈창란호연록〉에서 중매혼과 대비한 애정혼을 고찰한 양혜란의 연구와 〈소현성록〉의 가문혼, 사회혼, 개인혼을 고찰한 임치균의 연구가 있다. 그리고 이런 혼인 논의에서 비켜서서 〈명주기봉〉의 애정 형상을 분석한 고은임의 연구가 있다. (양혜란, 「〈창란호연록〉에 나타난 양반 가문의 애정혼 고찰」, 『고소설연구』 2, 한국고소설학회, 1996; 임치균, 「〈소현성록〉에 나타난 혼인의 양상과 의미」, 『한국고전연구』 13, 한국고전연구학회, 2006, 32~33쪽; 고은임, 앞의 논문, 1~122쪽)

4 다음 선행 연구는 '첫눈에 반하는 사랑'에 초점을 맞추지 않았다.: 김기동, 「화산선계록과 유이양문록」, 『현평효 박사 화갑 기념논총』, 형설출판사, 1980; 이수봉, 「유이양문록연구」, 『개신어문연구』 4, 개신어문연구회, 1985; 조광국, 「〈유이양문록〉의 작품세계-서사구조와 결연 장애를 중심으로-」, 『고소설연구』 26, 한국고소설학회, 2008; 차충환, 「유이양문록의 구성적 성격 연구」, 『어문연구』 139, 한국어문교육연구회, 2008; 이지영, 「중국 배경 대하소설에 나타난 금강산의 의미-〈유이양문록〉을 중심으로-」, 『어문논총』 49, 한국문학언어학회, 2008,; 차충환, 「〈유이양문록〉의 인물과 공간 연구」, 『국어국문학』 151, 국어국문학회, 2009.

5 조광국, 앞의 논문, 190쪽.

6 유세행·유세윤과 최일벽·최차벽의 쌍둥이 커플, 이연기·한소주·(유필염) 커플, 이차염·설영문 커플, 윤운빙·이창원 커플, 이창희·(장빙염)·영릉공주 커플, 장계성·이몽혜·(여경요)·양연화·(범옥주·3희첩)의 커플인데, 마지막에서 장계성·양연화 커플과 장계성·이몽혜 커플로 세분되어 총 7커플이 된다. 괄호 안의 인물은 일부다처로 맺어진 여성이되 본고에서 논의의 대상이 아님을 뜻한다. 이들 커플은 작품의 중심 가문인 유문, 이문, 장문을 중심으로 맺어지는 것들로서 그에 상응하는 작품적 비중을 지닌다.

(3) 여성 일방의 '첫눈에 반하는 사랑'의 경우로 나누어 '첫눈에 반하는 사랑'의 양상과 의미를 살펴보고자 한다. 세부적으로 남성은 호방풍정형과 군자지향형, 여성은 애정애욕형[7]과 여사지향형으로 나뉘는데 그에 준하여 결연 형태[8]별로 첫눈에 반하는 사랑의 세부 편차를 제시하고자 한다. 결론 부분에서는 각각의 양상과 의미를 요약하면서 자연스럽게 〈유이양문록〉에 구현된 첫눈에 반하는 사랑의 전체적인 모습을 가늠해 볼 것이다.

2. 남성과 여성 쌍방의 첫눈에 반하는 사랑, 그 양상과 의미

남성과 여성 쌍방이 첫눈에 반하는 사랑을 보여주는 커플로는 유세행·세윤과 최일벽·차벽의 쌍둥이 커플, 이차염·설영문 커플과 장계성·양연화 커플이 있다. 이들 커플의 캐릭터 조합은 군자지향형 남성과 여사지향형 여성의 커플과 호방풍정형 남성과 애정추구형 여성의 커플로 세분된다.

2.1. 군자지향형 남성과 여사지향형 여성 쌍방의 첫눈에 반하는 사랑

㉮ 셰힝 셰뉸이 최가 두 쇼져롤 만나니 졍히 젼셰(前世)의 늣거온 면목을 만

7 처음 논문에서는 애정추구형과 애욕추구형이 분리했는데, 이 책에서는 체제와 내용에 맞게 애정애욕형이라는 용어를 썼다.

8 부부의 캐릭터와 캐릭터 조합 방식은 다음 논문의 방식을 따른다.: 조광국, 「고전소설의 부부캐릭터 조합과 흥미-〈유씨삼대록〉을 중심으로」, 『개신어문연구』 26, 개신어문학회, 2007, 55~84쪽.

낫ᄂᆞᆫ지라 ᄉᆞ인(四人)이 ᄃᆡᄒᆞᄆᆡ 서로 용ᄉᆡᆨ(容色)을 놀날 분 아니라 반갑고 슬픈 졍이 뉴동ᄒᆞ여 한훤 냥구(良久)의 ᄉᆞ인이 츄파빵셩의 눈물이 어ᄅᆡ여 옥안 년험의 슬픈 긔운이 가득ᄒᆞ여 문득 오열ᄒᆞ물 ᄭᆡ닷지 못ᄒᆞ여 눈물이 ᄯᅥ러지ᄂᆞᆫ지라(권17)

[나] 냥 쇼졔 나직이 ᄉᆞᄉᆞᄒᆞᆯ ᄯᆞ름이오 녀ᄂᆞ 말이 업시니 뉴공ᄌᆞ 등이 투목으로 ᄌᆞ로 도라보고 탄식고 그윽이 흠ᄋᆡᄒᆞᄂᆞᆫ 졍이 간졀ᄒᆞ니 이즁 셰힝은 댱쇼져(長小姐)ᄅᆞᆯ 반기고 셰윤은 ᄎᆞ쇼져(次小姐)ᄅᆞᆯ 반기니 냥 쇼져의 ᄯᅳᆺ이 ᄯᅩᄒᆞᆫ 다르미 업ᄉᆞᆫ 즁 슬픈 ᄯᅳᆺ이 더운지라 뎌ᄅᆞᆯ 보ᄆᆡ 놀납고 각각 심ᄉᆡ 됴치 아냐 언어슈작ᄒᆞᆯ ᄯᅳᆺ이 업ᄉᆞ되 (…) 날이 어두오ᄆᆡ 잇그러 나갈ᄉᆡ 뉴공ᄌᆞ 이인이 작읍 왈 '현ᄆᆡ(賢妹) 등은 무양(無恙)ᄒᆞ라 진실노 니별이 섭섭ᄒᆞ나 후일의 만나미 잇시리라'(권17)

[가]와 [나]에서 보듯 유세행·세윤 형제와 최일벽·차벽 자매는 처음 만나는 순간부터 서로 반갑고도 슬픈 정을 나누면서도 '흠애하는 정이 간절함'을 느꼈다. 헤어진 후로는 서로를 향한 그리움의 정이 양가의 부모들에게 알려지면서 쌍둥이 커플로 맺어지기에 이른다.

눈길을 끄는 것은, 두 커플이 공통적으로 군자지향형 남성과 여사지향형 여성의 커플이라는 점이다. 유세행·세윤 쌍둥이는 정인군자풍의 인물이다. 최일벽·차벽 쌍둥이는 "장강(莊姜)의 고움과 임사의 덕량(德量)이 겸전(兼全)한"(권17) 여사지향형 인물이다. 그런 성향을 띠는 커플의 경우, 일반적으로 애정혼으로 맺어지지 않으며 더욱이 첫눈에 반하는 사랑과는 거리가 먼데, 두 커플에서 그런 예상은 깨지고 만다.

그 정도에서 그치지 않는다. 두 커플이 쌍둥이 형제와 쌍둥이 자매 사이의 사랑이고 더욱이 남편과 아내가 서로 이종사촌이어서, 초기 단계에서부터 주변 사람들을 경악하게 했고 모친의 불평을 샀다.[9] 거기에 조백명·조완(삼촌 간)의 매파 수뢰·사주, 최부 노비와의 공모, 술법사 금강탑과의 제휴 등 외부 인물에 의한 파란만장한 고난이 설정된다. 주변 사람들의 놀람과 모친의 불평 그리고 악인들에 의한 혼사 장애를 극복하는 과정을 거쳐 두 커플의 사랑은 결혼으로 이어진다.

한편 두 커플은 전생에서 한왕의 역모에 희생된 부부였다가 현세에 환생하여 부부 인연을 이어나가는 것[10]으로 설정되어 있다. 여기에서 주목할 것은, 그런 천정연(天定緣)이 현세에서 두 커플 사이의 첫눈에 반한 사랑에 긍정적 시선을 확보해 주는 기능을 한다는 것이다. 이것은 군자지향형 남성과 여사지향형 여성 사이의 첫눈에 반하는 사랑과 결혼이 긍정적인 시각을 확보하게 되었음을 의미한다.

2.2. 호방풍정형 남성과 애정추구형 여성 쌍방의 첫눈에 반하는 사랑

㉰ 싱이 슉모롤 보라 나부의 왕ᄂᆡ 빈빈터니 ᄎᆞ염이 슉모 침방의 와 한담ᄒᆞ

9 '첫눈에 반하는 사랑'을 맺으려 하는 어떤 커플도 양가의 심각한 반대를 피해 가지는 못한다. 이에 관해 상세히 제시하는 것은 피하고 이렇게 거론해 두는 정도로 그치고자 한다. 이하 커플의 경우에서도 동일하다.

10 유춘·남부인 부부와 유준·윤부인 부부는 한왕의 역모에 가담하지 않았다가 한왕에게 죽임을 당함. 그 원한을 풀기 위해 유춘·유준 형제는 동생 유진의 쌍둥이 아들로 환생하고, 남부인·윤부인은 최옥의 쌍둥이 딸로 환생함. 어사 최옥의 꿈에 현몽하여 자신들이 쌍둥이로 태어날 것임을 밝힘. 이들이 태어나자, 주변 사람들은 외모가 유춘·유진과 남부인·윤부인을 빼닮은 것을 보고 놀람. 유문의 가부장 유진은 자신이 간직하고 있던 미인도에 그려진 여인들의 모습이 쌍둥이 자매의 모습과 일치하는 것을 보고 놀람.

더니 (…) 졀식가인이라 호샹ᄒᆞ고 인ᄉᆡ 피ᄒᆞᆯ 쥴 모로고 셔셔 보니 셜부인이 급히 딜녀를 창 밧그로 밀고 딜ᄋᆞ를 칙왈 '션ᄇᆡ(先輩)되여 힝실을 ᄉᆞᆷ가지 아냐 여ᄎᆞ 무례ᄒᆞ뇨' ᄉᆡᆼ이 ᄃᆡ참ᄉᆞ죄(大慙謝罪)ᄒᆞ고 도라가니 ᄎᆞ염이 침소의 도라가 셜ᄉᆡᆼ의 옥면유풍이 진즛 가랑이라 제 또 날을 보ᄂᆞᆫ 눈이 무심치 아니니 필연 유졍(有情)ᄒᆞ미라 (…) ᄒᆞ여 셜ᄉᆡᆼ을 ᄉᆞ모ᄒᆞ여 ᄎᆞ인 곳 아니면 취가(娶嫁)ᄒᆞᆯ 뜻이 업ᄉᆞ니(권11)

[라] 셜ᄉᆡᆼ 이 또ᄒᆞᆫ ᄎᆞ염의 졀미ᄒᆞᆫ ᄉᆡᆨ 보고 졍신이 흐터져 ᄉᆡᆼ각ᄒᆞ되 (…) ᄂᆡ 브ᄃᆡ ᄌᆡ취ᄒᆞ여 향방(香房)의 낙ᄉᆞ(樂事)를 온젼히 ᄒᆞ리라 이쳐로 ᄉᆡᆼ각ᄒᆞ여 상ᄉᆞ난 념이 방계곡경(傍蹊曲徑)의 밋ᄎᆞ나 계괴 업고 셔로 보물 핑계ᄒᆞ고 니부의 년일(連日)ᄒᆞ여 나들며 (…) 가마니 셔간을 지어 날니니 ᄎᆞ염이 셜ᄉᆡᆼ ᄉᆞ모ᄒᆞ미 병이 되엿더니 의외 져의 졍셔(情書)를 보ᄆᆡ 깃브며 놀나 답셔를 지어 후졍(厚情)을 칭ᄉᆞᄒᆞ고 인연을 도모ᄒᆞ여 뉵녜로 마ᄌᆞ물 원ᄒᆞ여시니 음비ᄒᆞᆫ 셜화를 엇지 다 긔록ᄒᆞ리오(권11)

[마] 냥구히 셔셔 보니 츄파쌍셩(秋波雙星)이며 월ᄋᆡᆨ봉미(月額鳳眉)와 홍험단슌(紅臉丹脣)이 졀셰미려(絶世美麗)ᄒᆞ고 교염찬난(嬌艶燦爛)ᄒᆞ야 (…) 그 미인과 눈이 마조치니 미인이 ᄃᆡ경ᄒᆞ야 드러가거ᄂᆞᆯ ᄉᆡᆼ이 또ᄒᆞᆫ 두려 나와 동ᄌᆞ로 ᄒᆞ여금 밧그로 가 뉘 집인고 아라오라 (…) ᄒᆞ고 낭즁의 필연을 취ᄒᆞ야 쇼지의 써 왈 '숑하지인(松下之人)을 ᄎᆞᆺ고져 ᄒᆞ거든 산셔 슌무어ᄉᆞ 댱계셩이라 계셩의게 도라올 쓰지이시면 의신을 딕희여 져ᄇᆞ리지 아니리라' ᄒᆞ야 송엽 ᄉᆞ이에 ᄶᆡ우고 도라가며 (…) 밧비 취ᄒᆞᆯ 뜻이 나ᄂᆞᆫ지라(권51)

[바] 송하의 일위 쇼년 남ᄌᆡ ᄌᆞ가을 향ᄒᆞ야 ᄯᅮ러질 ᄃᆞ시 보ᄂᆞᆫ 눈의 마조치니 경괴ᄒᆞ야 드러가며 몸을 감초아 다시 보니 그 쇼년이 벅벅이 뎍강션ᄌᆡ(謫降仙者)라 동탕(動蕩)ᄒᆞᆫ 골격과 츌인ᄒᆞᆫ 풍되 ᄐᆡᄇᆡᆨ(太白)의 호샹ᄒᆞᆷ과 두목지(杜牧

之)의 화려ᄒᆞ물 겸ᄒᆞ야시니 (…) ᄃᆡ경실ᄉᆡᆨᄒᆞ야 만심흠탄(滿心欽歎)ᄒᆞ여 어린 ᄃᆞ시 인ᄉᆞ롤 아지 못ᄒᆞ거놀 (…) 양시 묵연 탄왈 (…) ᄌᆞ금 이후로 나의 신셰롤 타인의게 의논치 못ᄒᆞᆯ지라 (…) 일노뼈 나의 동신을 의탁ᄒᆞ리니 부뫼 힝혀 타문의 의논코져 ᄒᆞ시ᄂᆞᆫ 일이 업게 ᄒᆞ라'(권51)

[다]와 [라]는 이차염과 설영문, 쌍방이 첫눈에 반하는 대목이다. 이차염은 설영문의 옥면유풍(玉面遺風)에 반하여 그에게 마음을 빼앗기고, 설영문은 이차염의 미모에 정신이 흩어지는 것을 느끼는 순간 그녀를 부실로 들이기로 작심했다. 그 후로 두 남녀는 편지를 주고받으며 몰래 만나 사랑을 나누었다. 유부남인 설영문은 부모에게 재취의 뜻을 밝히지 못해서 상사병에 걸리고 이차염 역시 심한 심적 고통을 겪게 되는데, 양가에서는 피치 못해 혼인을 허락하고 만다.

[마]와 [바]는 장계성과 양연화, 쌍방이 첫눈에 반하는 장면이다. 장계성은 양연화와 마주치는 순간 그녀의 절세미려(絶世美麗)하고 교염찬란(嬌艶燦爛)한 미모에 빠져들었고,[11] 양연화도 대경실색하여 인사불성의 상태에 빠져 부모가 다른 집안에 혼처를 구하지 않게 하고 그와 혼인하리라 결심했다. 두 남녀는 편지를 주고받으면서 사랑을 하다가 본가에 알리지 않고 당사자끼리 불고이취(不告以娶)의 혼례를 올렸다.

두 커플의 첫눈에 반하는 사랑은, 애정전기소설 혹은 재자가인소설에서 구현된 풍류랑과 가인 사이의 사랑과 흡사하다. 풍류랑은 호방풍정형 남성으로 이어지고, 가인은 애정추구형 여성으로 이어지는 것이다.

---

11 장계성은 첫눈에 반한 이몽혜와 혼약했지만, 그녀가 죽은 것으로 아는 상태였다. 양연화를 보자마자 반한 것은 그녀가 이몽혜와 흡사해서였다.

그와 관련하여 그런 사랑을 인정하는 지점을 별도로 설정했음을 짚어 보지 않을 수 없다. 이차염과 설영문 커플의 경우에는 시누이인 유필염이 이차염의 첫눈에 반하는 사랑을 애초부터 긍정했다. 유필염은 덕성이 있고 사려 깊은 여성으로 가부장의 결정에 순종하여 중매혼으로 들어온 유문의 종부(宗婦)였는데, 그런 여사지향형 종부가 시누이(이차염)의 애정 행각을 지지하고 나선 것이다. 그녀는 당황하고 불쾌하게 여기는 시어머니를 위로하고 나아가 남편에게는 '이는 천수(天數)요 소매(小妹)의 기상이 복 받을 자이니, 상공은 염려 말고 혼사를 수이 이루게 하소서'(권12)라고 설득하여 이차염이 설영문의 재실로 들어가도록 도왔다.

장계성과 양연화 커플의 경우에는 쌍방의 첫눈에 반하는 사랑이 천정연으로 맺어진다. 양연화는 장계성을 만나기 전에 꿈속에서 백두옹으로부터 '그대의 백년가우는 명일 송하에 이를 것이니 모름지기 인연을 어기지 말라'(권51)라는 지시를 받고 나갔다가 장계성을 만나 첫눈에 반하는 것으로 되어 있다. 이런 천정연은 애정혼으로 이어진다.

그런데 두 커플의 모습은 애정전기소설과 다른 지점으로 나아간다. 그것은 설영문과 이차염이 각각 군자지향형 남편과 여사지향형 아내로 변한다는 것이다. 먼저 이차염이 여사지향형 인물로 거듭나 남편과의 애정 교류를 꺼리자, 남편은 의처증을 품고 '음란한 여자가 그 새를 참지 못하여 다른 데 나와 같이 언약함이 있어 나를 거절함이라'(권12)라며 이차염을 음녀로 몰아세웠다. 그 후로 심각한 부부 갈등의 과정을 거친 후에야[12]

12 두 창녀가 이차염을 음탕한 여성으로 무고함. 장인인 이윤수는 설영문을 증오하여 이차염이 죽었다고 거짓 장례를 치름. 이 문제는 가문 간 다툼의 문제가 되고, 다시 조정에서 판가름해달라는 문제로 비화됨. 두 창녀의 죄상이 밝혀짐으로써 설영문의 오해가 풀림.

설영문이 군자지향형 인물로 거듭나면서 비로소 해소된다.

장계성·양연화 커플의 첫눈에 반하는 사랑은 이차염·설영문 커플과는 약간 다른 편차가 있다. 이차염·설영문 커플의 경우 남녀 둘 다 덕성에 바탕을 두고 순수한 사랑을 하게 되는 변화를 담아냈다면, 장계성·양연화 커플의 경우에는 그 변화를 양연화에 한정했다.[13] 그리고 양연화는 애정추구형 여성에서 여사지향형 인물로 거듭나는 과정을 거친다. 그녀는 범옥주와 부용을 박해하고, 독살을 시도하며, 시비 영춘, 악소년 무리, 목군 일당에게 살해를 사주하는 등 온갖 악행을 저지른다. 하지만 시아버지 장문현과 이몽혜의 개입으로 그녀는 여사지향형 여성으로 거듭나는 바, 그런 캐릭터의 변화는 이차염과 비슷하다.[14]

설영문은 이차염에게 받아들여지기 위해 애씀.

13 장계성은 이몽혜, 여경요, 범옥주와 혼약·혼인한 상태에서 양연화와 사랑에 빠지고, 또 다시 양연화의 시비 부용과 육체관계를 맺는다. 장계성은 일부다처제 하에서 호방풍정형 남성으로 제시된다.

14 애정애욕형에서 여사지향형으로 변화는 〈유씨삼대록〉에서도 찾아볼 수 있다. 특히 그 과정에서 투기 질투 성향을 띠는 양연화의 변화가 그렇다. 〈유씨삼대록〉에서 유세형·(진양공주)·장혜앵 커플과 유현·(양벽주)·장설혜·왕부인 커플에서 남성은 호방풍정형 인물이고, 장혜앵, 장설혜, 왕부인 등은 애정애욕형 여성인데, 이들 세 여성은 모두 정실(진양공주, 양벽주)을 투기 질투하다가 그중 장혜앵과 왕부인은 여사지향형 여성으로 거듭나면 화목한 부부관계를 맞이하고, 장설혜처럼 여사지향형 여성으로 거듭나지 못하면 징치되고 만다. 이러한 설정은 대소설의 일반적인 설정으로 자리를 잡았다고 할 수 있다(조광국, 앞의 논문, 2007, 67~72쪽).

3. 남성 일방의 첫눈에 반하는 사랑, 그 양상과 의미

> [사] 일위 규슈(閨秀)의 나상(羅裳)을 잇글고 나와 듀란(朱欄)의 ᄇᆡ회ᄒᆞ니 반갑고 깃브물 이긔지 못ᄒᆞ야 눈을 다시옴 ᄡᅳ셔 보니 ᄉᆞ이 머러 아오라ᄒᆞ니 ᄌᆞ시 아지 못ᄒᆞ나 당시의 달 갓톰과 현비(賢妃)의 ᄒᆡ 갓튼 안광(眼光)이 ᄃᆡᄒᆞᄆᆡ 일월이 찬난ᄒᆞᆫ 듕 텬상 다람화 일지(一枝)ᄅᆞᆯ 옥호(玉壺)의 심거 찬란ᄒᆞᆫ 팔ᄎᆡ 명광이 옥난의 됴요ᄒᆞ니 듀옥(珠玉)이 슈퇴(羞退)ᄒᆞ고 요지(瑤池) 금ᄆᆡ(金馬) 자리ᄅᆞᆯ 피ᄒᆞ리라 현비(賢妃) 무ᄒᆞᆫ 용광이며 당시의 무궁ᄒᆞᆫ 광휘에 더ᄒᆞᆯ 거시 아니나 ᄌᆞ략ᄒᆞ야 아리ᄶᆞᆸ고 셤셤ᄒᆞ야 난초 갓ᄐᆞᆫ 긔질이 향염(香艶)ᄒᆞ야 션연뇨라ᄒᆞ야 텬ᄐᆡ만상(千態萬象)이 긔이치 아닌 거시 업셔 사ᄅᆞᆷ의 졍신이 황홀ᄒᆞ니 ᄎᆡ봉 갓ᄐᆞᆫ 엇ᄀᆡ와 신유(新柳) 갓튼 허리 경신(輕身)ᄒᆞ미 아니라 ᄐᆡ진의 비둔ᄒᆞ믈 나모라니 뉵쳑 경뉸이 임의 댱셩(長成)ᄒᆞ미 낫브지 아닌지라 댱싱이 뎡신(精神)이 어린 듯 ᄇᆞ라며 인ᄉᆞᄅᆞᆯ 일코 아득히 보더니 오ᄅᆡ지 아냐 몸을 두로혀 드러가셔 쥬렴을 지우니 낙포(洛浦)의 그림ᄌᆡ 묘연ᄒᆞ니 아연 실망ᄒᆞ야 반일(半日)이나 어린 듯ᄒᆞ다가(권46)

[사]에서 보듯 장계성은 완월루에서 이몽혜를 훔쳐보는 순간 정신이 황홀해지고 인사불성 상태가 된다. 그는 이몽혜의 미모를 확인하려고 안달이 나서 며칠을 기다리던 중이었는데, 이몽혜를 보자마자 첫눈에 반하고 만 것이다.

장계성의 모습에서 흥미로운 것은, 이몽혜를 보기 전부터 그녀가 아름다울 것이라고 예상하고 그녀와 결혼하고자 하는 마음을 품는 모습이다. 장계성은 일찍이 태자비인 이몽난의 미모를 보고 그녀의 여동생 또한 아름다울 것이라고 미루어 짐작하고 미지의 이몽혜와 혼인할 것이라고 결심했다. 그리고 그는 이몽혜의 미모를 확인하고자 이몽혜의 시비를 사주하여 원앙패를 훔쳐 오게 하는가 하면, 잠을 이루지 못해 뒤척거리기도 했다. 그런 상태에서 이몽혜가 실제로 아름다운 여성임을 확인하고, 그 순간 사랑의 감정은 격정적으로 솟구칠 수밖에 없었다.

한편 이몽혜는 애정과는 거리가 먼 여성, 규중심처에 은폐된 여사지향형 여성의 모습을 보여준다. 이몽혜는 집을 나서서 언니의 피신처(장문의 절부당)에 이르는데 타인의 시선을 차단하기 위해 가마를 탄 채 방안까지 들어갔다. 그런 그녀가 그만 방 밖으로 나와 화원 구경을 하다가 장계성의 시야에 포착되고 마는데, 이는 몇 날 며칠 동안 감시하던 장계성의 끈기의 결과였다.

이렇듯 장계성의 호방풍정형 캐릭터는 미지의 여인을 향한 사랑의 감정, 실제 보는 순간 그 사랑이 격정적으로 분출되는 방식을 통해 여느 호방풍정형 캐릭터와는 다른 특징적인 모습을 보여준다. 반면에 이몽혜는 자기의 감정이나 의도와는 상관없이 억울하게(?) 호방풍정형 남성의 첫눈에 반하는 사랑의 대상이 되고 만다. 규중심처 절부당에 은폐된 여성 그리고 그 여성을 연모하는 호방풍정형 남성, 두 남녀 사이의 거리는 쉽게 좁혀질 수 없는 정반대의 성향을 띠거니와 그 자체로 파장이 이는데, 그 이후로 장계성의 구애 행각으로 그 파장은 더 커진다.

장계성은 자신의 첫눈에 반하는 사랑을 성취하기 위해 중매혼을 중시하는 주변의 분위기에 주눅이 들지 않았다. 심지어 양가의 가부장과 첨예한 대립각을 세우기까지 했다. 단적으로 장계성은 이몽혜에게 연서(戀書)를 보내고 예비 장인인 이연기에게 편지를 보내어 양가에 커다란 물의를 일으켰다.

아 니소져 안상(案上)의 글을 올니나니 (…) 쇼제 졀부당의 머므러 겨실ᄉᆡ 완월누의 마춤 올낫다가 쇼져의 션풍화안(仙風和顔)과 셩ᄌᆞ광휘(聖姿光輝)ᄅᆞᆯ ᄇᆞ라본죽 비록 셩교(聖教)ᄅᆞᆯ ᄉᆡᆼ각ᄒᆞ야 명교(名教)의 유ᄒᆡᄒᆞ믈 아ᄅᆞᄃᆡ 눈의 암암ᄒᆞ야 닛지 못ᄒᆞ고 심듕 모시 되야 음식을 먹으려 ᄒᆞ면 가슴의 ᄂᆞ리지 아니ᄒᆞ고 ᄌᆞᆷ을 ᄌᆞ려 ᄒᆞ면 눈이 감기지 아니니 슉녀 ᄉᆞ복(思服)은 셩인도 면치 못ᄒᆞ신 ᄇᆡ니 나 댱계셩이 무ᄉᆞᆷ 마음으로 니쇼져 갓튼 슉녀ᄅᆞᆯ ᄉᆞ모치 아니리오 (…) 녕ᄃᆡ인은 망연이 아지 못ᄒᆞ시고 쇼ᄉᆡᆼ을 유의치 아니시고 타문의 ᄐᆡᆨ셔(擇壻)ᄒᆞ시미 분분ᄒᆞ니 만일 아득ᄒᆞᆫ 듕 지류ᄒᆞ다가 질족ᄌᆞ(疾足者)의게 아이미 되면 나 계셩은 ᄒᆞᆫ갓 쳥년원혼이 되면 쇼져의 ᄇᆡᆨ년 신세 엇더리오 쇼졔 비록 국공의 쳔금농쥬(千金弄珠)시나 계셩의 ᄉᆞ모ᄒᆞ미 이 지경의 미ᄎᆞᆫ 후ᄂᆞᆫ 타문의 유의치 못ᄒᆞ실 쥴노 고ᄒᆞ고 옥차 일ᄆᆡ로 쇼ᄉᆡᆼ의 뎡을 표ᄒᆞᄂᆞ니 쇼져ᄂᆞᆫ ᄇᆞ라건ᄃᆡ ᄉᆡᆼ의 일만 뎡ᄉᆞᄅᆞᆯ ᄉᆞᆯ피ᄉᆞ 답표ᄅᆞᆯ 도라보ᄂᆡ시믈 원ᄒᆞᄂᆞ이다(권46)

자 쇼ᄉᆡᆼ 댱계셩은 ᄌᆡ비ᄒᆞ고 당돌ᄒᆞ나 졀박ᄒᆞᆫ 졍ᄉᆞᄅᆞᆯ 초국공 ᄃᆡ인긔 고ᄒᆞᄂᆞ니 (…) 녕녀(令女)의 향명(香名)이 크게 광ᄉᆡᆼ(狂生)의 귀에 우레 갓치 들니니 엇지 ᄉᆞ모(思慕)ᄒᆞ미 업ᄉᆞ리잇고 외람(猥濫)ᄒᆞᆫ 졍셩이 명공(明公)의 동샹(東床) ᄉᆡᆼ시ᄂᆞᆫ ᄃᆡ 모쳠(冒忝)ᄒᆞᆯ가 듀야 영ᄃᆡᄒᆞᄃᆡ 명공의 평일 관홍ᄒᆞ신 쳐ᄉᆡ 도금(到今)ᄒᆞ야 박졀ᄒᆞ미 심ᄒᆞ야 녕녀ᄅᆞᆯ 공규(空閨)의 늘게 ᄒᆞ시고 동시 허ᄒᆞᆯ ᄯᅳ지 업ᄉᆞ니 ᄋᆡ닯고 노흡지 아니리잇고 ᄇᆞ라건ᄃᆡ 명공은 일죽 ᄉᆡᆼ각ᄒᆞ샤 화평ᄒᆞᆫ 쳐ᄉᆞᄅᆞᆯ 힝ᄒᆞ야 명뎡언슌(名正言順)이 길네(吉禮)ᄅᆞᆯ 슈히 일오게 ᄒᆞ쇼셔 조용이 소회ᄅᆞᆯ 알외여 블텽(不聽)ᄒᆞ시면 댱계셩이 형댱삼ᄎᆞ(刑杖三次) 극변원찬을 감심(甘心)ᄒᆞᆯ지언뎡 미친 거조ᄅᆞᆯ 그치지 못ᄒᆞ리로소이다 명공은 일ᄌᆞᆨ이 쳐치ᄒᆞ고 후의 뉘웃지 말으쇼셔(권47)

[아]는 장계성의 고백 편지다. 그는 이몽혜에게 첫눈에 반하는 사랑에 빠진 내력을 밝히고, 이몽혜와 결혼하지 못하면 청년 원혼이 될 텐데 그렇게 되면 이몽혜 평생의 삶이 어떻게 될 것이냐며 은근히 위협했다. 장계성의 이러한 일련의 행태에 대해 이문에서는 가성(家聲)을 훼손하는 것으로 여겨 그간 다른 가문과 오가던 이몽혜의 혼담마저 철회하고 이몽혜를 독신으로 살도록 결정하기에 이른다.

이런 상황에서도 장계성은 물러서지 않고 예비 장인 이연기(이몽혜의 부친)에게 편지를 보내어 자신의 소회를 밝혔다. 그 편지 내용의 일부인 [자]를 보면, 장계성은 이몽혜를 사모한다고 노골적으로 밝히면서 혼례를 올려 달라고 청하고, 자신의 요청이 관철될 때까지 미친 짓을 그만두지 않을 것이니 나중에 뉘우치지 말라며 으름장을 놓기까지 했다.

[아]와 [자]는 다른 대소설에서는 좀처럼 찾아보기 어려운 설정으로 첫눈에 반하는 사랑에 빠져 자기 통제력이 상실된 모습이다. 그의 행태에 놀란 이연기는 장계성의 부친에게 편지[15]를 보냈는데 그 편지에서 이연기

15 [이연기가 장계성의 부친에게 보낸 편지]: ᄎᆞ시 셰광말속ᄒᆞ여시나 샹한쳔뉴(常漢賤流)도 이런 놀으ᄉᆞᆯ ᄒᆞᄂᆞᆫ 니ᄅᆞᆯ 아직 듯지 못ᄒᆞ엿ᄂᆞ니 셩교(聖教)ᄅᆞᆯ 외오ᄂᆞᆫ ᄉᆞ유(士儒) ᄎᆞ마 이런 노르ᄉᆞᆯ ᄒᆞ리오 혼인은 인윤의 초관(初關)이라 듕ᄆᆡᄅᆞᆯ 힝ᄒᆞ며 길월(吉月)을 갈희여 ᄇᆡᆨ냥(百兩)을 수힝ᄒᆞ문 셩인(聖人)의 지극히 ᄆᆡᆫᄃᆞ신 ᄇᆡ라 엇지 이러틋 더러온 글을 날녀 규슈(閨秀)ᄅᆞᆯ 희롱ᄒᆞ고 ᄂᆡ 몸의 누덕(累德)을 만인이목(萬人耳目)의 드러ᄂᆡ야 셩교ᄅᆞᆯ 욕ᄒᆞ고 풍화(風化)ᄅᆞᆯ 난(亂)ᄒᆞ리오 평일 영낭(令郎)의 쥰발(俊拔)ᄒᆞᆫ 긔골과 초셰(超世)ᄒᆞᆫ 학문이 거의 현인군ᄌᆡ 될가 ᄒᆞ엿더니 엇지 금슈 갓튼 힝ᄉᆡ 잇셔 샹풍ᄑᆡ속(傷風敗俗)ᄒᆞᄂᆞᆫ 더러오며 ᄉᆞ오나온 위인인 쥴 알니오 쳐엄의 여ᄎᆞ여ᄎᆞᄒᆞᆫ 글이 이시나 다만 일시 발각(發覺)ᄒᆞ야 ᄃᆡ인

는 장계성의 행태를 세광말속(世狂末俗)으로 간주했을 정도였다. 중매혼이 정상적인 것으로 받아들여지는 풍속에서 장계성의 비이성적인 행위로 인해 이연기가 받은 충격이 크지 않을 수가 없었다.

그 충격은 첨예한 부자 갈등으로 번진다. 아들의 광패한 처사를 알게 된 장문현은 대참해연(大慙駭然)하여 만면(滿面)을 붉히고 미쳐 말을 이루지 못하는 상태에 빠졌다가 겨우 정신을 수습한 후에 아들 장계성에게 50여 대의 매질을 가했다. 그리고 장문형은 아들이 원하는 이몽혜를 들이는 대가로 여경요를 재취하게 했다. 이는 아들의 요구를 들어주는 한편 아들의 기를 꺾으려는 가부장의 모습에 해당한다.

상황이 이쯤 되면 상식적으로 용납되기 어려운 첫눈에 반하는 사랑의 욕망과 그에 바탕을 둔 애정혼을 접는 쪽으로 처리할 수도 있었겠지만, 그렇게 되지 않고, 그런 사랑이 수용되는 길이 두 국면으로 펼쳐진다. 첫째 국면은 조부 장연과 태자·황제를 통해 첫눈에 반하는 사랑이 수용되고 사혼(賜婚)이 진행되는 국면이다. 조부 장현은 아들(장문현)이 여경요를 며느리로 들인 처사가 성급했음을 나무라고 직접 나서서 이문으로 찾아가 손자(장계성)와 이몽혜의 혼사를 주선했다. 그때 태자가 개입하여 사혼을 끌어내 장계성과 이몽혜의 혼인을 성사되게 했다.

둘째 국면은 첫눈에 반하는 사랑에 바탕을 둔 애정혼과 중매혼을 상반되는 지점에 도달하게 하는 국면이다. 먼저 부친의 강요로 맺어진 장계

의 참괴(慙愧)ᄒᆞ시물 돕지 못ᄒᆞ여 스ᄉᆞ로 허물 ᄭᆡ다르물 기ᄃᆞ리고 누의ᄅᆞᆯ 깁히 감초와 인뉸을 ᄉᆞ졀(謝絶)케 ᄒᆞ엿거ᄂᆞᆯ 가지록 그치지 아니니 이ᄂᆞᆫ 우리 ᄃᆡ인의 약ᄒᆞ물 업슈이 너겨 긔롱ᄒᆞ며 만모(慢侮)ᄒᆞ미 ᄐᆡ심ᄒᆞᆫ지라 당ᄎᆞᆺ 감초지 못ᄒᆞ야 이의 알외나니 명공(明公)은 쇼싱의 당돌ᄒᆞ물 용ᄉᆞᄒᆞ쇼셔(권47)

성·여경요의 중매혼은 깨지고 만다. 즉 장계성이 사랑 없이 결혼한 여경요를 홀대하자, 여경요가 정실(이몽혜)에 대한 악행을 서슴지 않고 심지어 다른 남성과의 음행을 저지름으로써, 당사자들의 불행은 물론이고 가문이 패망의 위기로 치닫는다. 반면에 장계성과 이몽혜의 애정혼은 여러 시련 끝에 당사자들의 행복과 가문의 안정과 가문연대를 이루는 것으로 결말이 난다. 요컨대 가부장 주도의 중매혼은 부정적으로 그려지는 반면, 자식 주도의 애정혼은 긍정적으로 펼쳐진다.

여타의 대소설에서도 호방풍정형 남성의, 여사지향형 여성을 향한 첫눈에 반하는 사랑이 설정되어 있다. 그런데 대체로 호방풍정형 남성은 적대 인물로 설정된다. 예컨대 〈임화정연〉에서 화빙아·정연양·연영아를 보고 첫눈에 반한 진상문이 그렇고, 〈부장양문열효록〉에서 여사지향형인 부월혜를 향해 첫눈에 반한 위왕이 그렇다.

〈유이양문록〉에서는 그런 서사 방식에서 벗어나 첫눈에 반하는 사랑을 긍정적으로 펼쳐냈다. 그런 경우가 흔하지 않지만 〈명주기봉〉에 설정되어 있기도 하다.[16] 호방풍정형 현명린이 일방적으로 여사지향형 연소저에게 첫눈에 반하는 사랑에 빠져서 연소저의 혼사를 방해하는 등의 비상식적인 행동을 취하여 혼인한 후 이런저런 과정을 거쳐 부부화락을 이룬다. 그런데 현명린이 군자지향형 남성으로 거듭난다면, 장계성은 호방풍정형 성향을 끝까지 유지한다는 점에서 차이가 난다.

요컨대 호방풍정형 남성인 장계성이 주도한 애정혼이 행복한 결말을 맞는 것을 통해 첫눈에 반하는 사랑의 위상이 높아졌다고 할 것이다.

---

16 고은임, 앞의 논문, 119쪽.

4. 여성 일방의 첫눈에 반하는 사랑, 그 양상과 의미

한난혜·이연기 커플, 윤운빙·이창원 커플, 영릉공주·이창희 커플, 이렇게 세 커플은 여성만이 첫눈에 반하는 사랑에 빠지는 모습을 보여준다. 세 여성은 모두 애정애욕형이며, 남성들은 군자지향형 남성(이연기·이창원)과 호방풍정형의 남성(이창희)으로 세분된다.

4.1. 군자지향형 남성을 향한 애정애욕형 여성의 첫눈에 반하는 사랑

> [차] 쇼녀 난혜 우연이 니한님을 여어 보고 발분망식ᄒᆞ야 옥엽(玉葉)의 존ᄒᆞ므로써 ᄌᆡ실(再室)의 ᄂᆞ지믈 감심(甘心)ᄒᆞ나 부ᄃᆡ 좇고져 ᄒᆞᄂᆞᆫ지라 한부ᄆᆡ 녀ᄋᆞ의 원(願)ᄅᆞᆯ 좇ᄎᆞ 샹(上)게 쳥ᄒᆞ야 ᄉᆞ혼됴셔(賜婚詔書)ᄅᆞᆯ 어더 핍박ᄒᆞ니 ᄉᆞᄆᆡ 거역지 못ᄒᆞ야 뉵녜(六禮)ᄅᆞᆯ ᄀᆞᆺ초와 한쇼쥬ᄅᆞᆯ 마즈니(권4)
>
> [카] ᄒᆞᆫ 번 보ᄆᆡ 일쳔 궁인이 넉ᄉᆞᆯ ᄉᆞᆯ오니 운빙이 일견의 삼혼칠ᄇᆡᆨ이 유유히 흣터져 (…) 흉당(胸腸)이 놀나 져근 쥐 납씌ᄂᆞᆫ 듯ᄒᆞ고 흠션(欽羨)ᄒᆞᄂᆞᆫ 음졍(淫情)이 병츌(竝出)ᄒᆞ니 얼골이 푸르며 희여 어린 드시 좌위 고이히 넉이더라 (…) ᄂᆡ 그릇 ᄒᆞᆫ 번 져ᄅᆞᆯ 보물로븟터 삼혼칠ᄇᆡᆨ(三魂七魄)이 몸의 븟지 아니ᄒᆞ야 놀나오미 가ᄉᆞᆷ의 져금 진납이 씌ᄂᆞᆫ 듯ᄒᆞ니 ᄂᆡ 반ᄃᆞ시 졔 션원가ᄅᆞᆯ 보앗ᄂᆞᆫ지라 오ᄅᆡ지 아냐 죽으리로다'(권33)

[차]에는 한난혜는 이연기를 우연히 엿보고 발분망식(發憤忘食)하는 모습이 담겨 있고, [카]에는 윤운빙이 이창원의 풍채를 보는 순간 삼혼칠백(三魂七魄)이 흩어지고, 가슴에 잔나비가 뛰는 모습이 묘사되어 있다. 두 장

면 모두 처음 본 남자에게 반하여 사랑에 빠진 여성의 모습을 보여준다. 그 후로 윤운빙의 경우에는 이창원의 얼굴과 목소리가 이목(耳目)에 암암하고 밤에 잠을 이루지 못하고 음식도 먹지 못하는 상태에 빠져든다.

두 여성은 그 첫눈에 반하는 사랑이 스쳐 가는 대로 놓아두지 않았다. 한난혜는 부모(부마 한경과 양성공주)의 권세를 의지하여 사혼을 얻어내 재실로 들어가고, 윤운빙은 이복자매 윤 황후의 권세를 의지하여 사혼을 얻어내어 재실로 들어갔다. 두 여성은 첫눈에 반한 사랑을 적극적으로 성취하는 쪽을 선택한 것이다.

그런데 그 과정에서 주목할 것은, 두 여성의 사랑이 짝사랑의 성향을 띠며, 그게 부정적으로 채색된다는 것이다. 먼저 두 여성의 사랑은 시기 질투 및 악행과 연계된다. 한난혜는 남편 이연기가 유필염만을 사랑하자, 원한이 골수에 사무칠 만큼 유필염을 증오하여 유필염을 해코지했다.[17] 윤운빙은 친정어머니와 공모하여 정실 위군주와 시어머니 유필염을 모함하는 서찰 조작 사건을 벌였다.

이런 시기 질투로 인한 일련의 악행은 남편을 사랑하고 남편의 사랑을 받고자 하는 열망이 매우 컸음을 보여준다. 한난혜가 결혼한 지 1년이 되도록 부부관계를 맺지 못하고 쫓겨날 때 세상에 머물 뜻이 없다고[18] 말한

---

17 한난혜는 어머니와 시누이의 환심을 사면서 여러 차례 유필염을 참소함. 방술로 이연기·유필염 부부 사이를 이간질함. 시아버지 이윤수을 원방으로 나가게 한 후 거리낌 없이 유필염의 간음 사건을 조작함.

18 젼일 존고(尊姑)의 홍은혜턱(鴻恩惠澤)을 뫼ᄌᆞᆸ티 닙ᄉᆞ와 기리 슬하의 빅년을 뫼올가 ᄒᆞ엿숩더니 이졔 원민(怨悶)ᄒᆞᆫ 하졍(下情)을 감히 닷토지 못ᄒᆞ고 ᄒᆞᆫ 번 존문(尊門)을 하직ᄒᆞ오ᄆᆡ 하일하시(何日何時)의 슬하의 졀ᄒᆞ물 어드리잇고 … 쳡이 졍녜 일년의 비홍(臂紅)이 완연ᄒᆞ되 박명을 한치 아니ᄒᆞ오문 존괴(尊姑) 어엿비 너기시미 쇼낭ᄌᆞ와 일반이라 일노 위회(慰懷)ᄒᆞ더니 이졔 아조 츌뷔(黜婦) 되니 진실노 셰상의 머물 뜻이 업ᄉᆞ니(권5)

것은 그 점을 잘 보여준다.

윤운빙의 경우에도 마찬가지다. 시가 어른들에게 죄를 고하고 부덕을 갖추라는 남편의 권면을 대하고 마음이 풀어졌는데, 권면 자체보다는 권면하는 남편의 부드러운 태도 때문이었다. 남편의 부드러운 말투를 대하는 순간, 윤운빙은 남편의 사랑을 고대했거니와, 그만큼 사랑의 열망이 강했다. 물론 여전히 남편의 사랑을 받지 못하자 더 심한 좌절감에 빠져들지 않을 수 없었다. 그 좌절감은 사랑의 열정을 반증한다고 할 것이다.

한편 두 여성의 애정은 음욕과 성욕에 뿌리를 둔 것으로 설정된다. 한난혜는 어릴 적에 사찰에 들렀다가 천향국색 제안법사(여승)를 보자 겁칙하려 한 독종이고, 윤운빙은 이창원을 처음 보는 순간에 음정이 솟았고 혼인 첫날밤에는 즐거움이 미칠 듯하고 교태를 머금는 여성이었다. 흥미롭게도 두 여성의 음욕·성욕은 심화되는 쪽으로 펼쳐진다.

> [타] 한님이 한시ᄅᆞᆯ ᄒᆞᆫ 번 보ᄆᆡ 은뎡이 ᄌᆞ연 뉴츌(流出)ᄒᆞ여 슉시냥구의 위로 왈 '부인의 아름다오물 모로지 아니나 냥ᄋᆡᆨ이 가려던지 셩네(成禮) 슈ᄌᆡ(數載)의 학싱의 박(薄)ᄒᆞ미 인졍의 버셔나더니 금일 홀연 그ᄃᆡᄅᆞᆯ 싱각고 이의 이ᄅᆞ과라' 한시 눈물을 ᄲᅳ려 왈 '쳡이 군ᄌᆞ 바라ᄂᆞᆫ 졍이 하마 망부셕 되기ᄅᆞᆯ 감심(甘心)ᄒᆞᆯ너니 금야의 ᄎᆞ즈시물 보니 금야의 쥭다 무ᄉᆞᆷ 한이 잇시리잇가' 한님이 뎡파의 쳐연감동ᄒᆞ야 위로ᄒᆞ며 만동은ᄋᆡ 바라나 마음이 급ᄒᆞᆫ지라 블을 ᄭᅳ고 한시ᄅᆞᆯ 잇그러 금니의 나ᄋᆞ가니 운우양ᄃᆡ(雲雨陽臺)의 초몽이 유졍ᄒᆞ고 한시 평싱의 한님 싱각ᄒᆞ미 골슈의 ᄉᆞ못ᄎᆞ 쥭어 원혼(冤魂)이 ᄆᆡ칠너니 ᄒᆞᆫ낫 약의 녕험으로 금야의 무궁ᄒᆞᆫ 흥을 흐무시 푸니 견권지졍(繾綣之情)이 산이 낫고 바다히 엿튼지라 진실노 황금ᄃᆡᄅᆞᆯ 무어도 이의 밋지 못ᄒᆞ

리러라 날이 ᄉᆡᄆᆡ 한시로 더브러 모친긔 신셩(晨省)ᄒᆞ니 부인이 놀나고 의심ᄒᆞ더니 이후 발ᄌᆞ최 영셜각을 ᄯᅧ나지 아냐 한시로 더브러 화합ᄒᆞ미 금슬우지(琴瑟友之)ᄒᆞ고 둉고낙지(鐘鼓樂之)라(권6)

파 그윽이 상냥ᄒᆞ되 ᄂᆡ 창원을 흠션ᄒᆞ여 조ᄎᆞ문 그 젼혀 풍모ᄌᆡ화ᄅᆞᆯ 혹ᄒᆞ미러니 구ᄎᆞ히 구러 이의 니르런 지 ᄒᆡ 지나되 운우지낙은커니와 면목 어더보기도 어려오니 십오 쳥츈이 속졀업시 늙으미 우읍지 아니랴 뉴셰창의 풍뉴문당이 창원의게 지지 아니ᄒᆞ고 창원 ᄆᆡ몰ᄒᆞᆫ 뉘 아니라 호화ᄒᆞᆫ 긔샹이 미인의 ᄃᆞ경당뷔(多情丈夫)니 진짓 나의 ᄇᆡ필이어마ᄂᆞᆫ ᄂᆡ 그릇 창원 젹ᄌᆞ(賊者)의 긔물이 되여 텬인(賤人)가치 임의로 ᄉᆞ람을 좃지 못ᄒᆞᆯ 거시니 엇지ᄒᆞ여야 뉴가(劉家)의 긔물이 될 쥴 알니오 듀ᄉᆞ야탁(晝思夜度)ᄒᆞ여 번민초젼(煩悶焦煎)ᄒᆞ여 ᄌᆞᆷ을 일우지 못ᄒᆞ거ᄂᆞᆯ(권36)

타에서 보듯, 한난혜는 첫눈에 반한 사랑을 성취하고 마냥 기뻐했다. 이연기의 백부(伯父)가 미혼단 사건을 감지하고 이연기를 외방의 경주 태수로 내보낼 때, 한난혜는 '떠날 정이 아득 참연하여 … 눈물이 하수(河水)를 보탤지라 애애(哀哀)히 체읍(涕泣)하며'(권8) 사랑하는 이와 이별의 슬픈 정회를 쏟아냈을 만큼 진실한 사랑의 모습을 드러냈다. 하지만 그 사랑은 남편에게 미혼단을 써서 얻어낸 것인바, 왜곡된 자기 중심적 사랑에 불과할 뿐이다.

윤운빙은 그 수준을 넘어선다. 그녀는 이창원을 보고 반하여 그와 결혼했지만, 남편과 사랑을 얻지 못하자, 그녀의 시선은 다른 남자를 향했다. 파에서 보듯, 윤운빙은 남편이 아닌 다른 남자를 보고 또다시 첫눈에 반하는 사랑에 빠졌으며, 심지어 이창원과 결혼한 것을 후회했다. 그 후 윤운빙은 녹운동에 거처하면서 신운화로 개명하고 술사 호미랑의 도움으로 유세창과 깊은 사랑놀이에 빠져들더니, 부모에 알리지 않고 비밀 결혼을 했다. 그런 후에 황제로부터 사혼 조서를 받는 강압적이고 적절치 못한 방식으로 유문의 며느리로 인정을 받았다. 그리고 유세창에게 정실 장월주가 추녀로 보이게 하여 자신에게 미혹되게 하여 농염한 사랑을 벌여나갔다.

주목할 것은, 첫눈에 반하는 사랑을 이루지 못한 두 여성의 원한과 분노가 상대 남성의 집안을 망하게 하는 핵심 요소로 자리를 잡는다는 것이다. 윤운빙은 시부에게 해대는 발악, 시부모 독살 모의, 태자비 이몽난을 향한 태자의 박대, 이문의 역모 참소 등 일련의 악행을 일삼았고, 한난혜는 남편과의 사랑을 가로막는 큰시아버지에게 원한을 품고 그를 독살하고자 했다. 이렇듯 상대 남성 가문의 근간이 흔들릴 정도로 위험에 처해지지 않을 수 없었다.

두 여성이 저질렀던 죄상이 낱낱이 밝혀지면서 처형당할 때 이문과 유문에서 한난혜의 간과 염통을 번갈아 가면서 베어 먹음으로써 사무친 원한을 풀었다.[19] 이는 여성 일방의 첫눈에 반하는 사랑은 벌열 가부장제를 와해시키는 핵심 요소임을 방증한다. 한편 두 집안의 분노는 애초에 한난혜 그리고 윤운빙을 포함하여, 두 여성이 첫눈에 반한 사랑의 열정이 얼마나 컸는지 그리고 그 사랑의 좌절감이 얼마나 컸는지를 방증하기도

19 댱부인과 녀ᄉᆞ인이 블승분한(不勝憤恨)ᄒᆞ여 한녀의 비ᄅᆞᆯ 헤치고 간을 ᄂᆡ여 회 먹고 더러 남겨 뉴부의 보ᄂᆡ여 왈 ᄎᆞ인이 ᄯᅩ 존문 원쉬니 부인이 간을 맛보쇼셔 ᄒᆞ고 신톄ᄅᆞᆯ 문밧긔 ᄡᅳ어ᄂᆡ라 ᄒᆞ니 … 간과 념통을 닷토아 원슈의 고기라 ᄒᆞ여 먹고 오직 ᄉᆞ지만 남아 거리의 바렷거ᄂᆞᆯ(권8)

한다.

이렇듯 여성 일방의 첫눈에 반하는 사랑은 벌열 가부장제와 양립할 수 없는 것으로 제시되는바, 여성의 과도한 애욕·음욕과 연계되고 회과의 계기도 없이 비극적인 결말을 맞는다.[20]

4.2. 호방풍정형 남성을 향한 애정애욕형 여성의 첫눈에 반하는 사랑

호방풍정형 남성을 향한 애정애욕형 여성으로 영릉공주가 있다. 일방적으로 첫눈에 반한 남성에게 사랑에 빠진 한난혜와 윤운빙은 상대 남성이 군자지향형 인물이었다. 그와 달리 영릉공주이 사랑한 이창희는 호방풍정형 남성이기에,[21] 그녀의 사랑이 받아들여질 만했다. 하지만 그녀의 첫눈에 반한 사랑은 철저히 배제되는 것으로 그려지는데 그것은 앞의 두 여성과 같이 영릉공주의 사랑이 음욕·애욕으로 치닫기 때문이다.

영릉공주는 어릴 적부터 창녀 출신이었던 유모·보모·궁녀의 무리로부터 음란함을 배워 음욕이 요동하여 옥모가랑(玉貌佳郎)을 사모하는 정이 많은 여성으로 제시된다. 그녀의 애욕과 음욕은 두 국면에 걸쳐 심화하는 양상을 보여준다.

먼저 첫째 국면은 영릉공주와 이창희의 관계에서 펼쳐진다.

---

20 남녀 쌍방이 첫눈에 반하는 사랑에 빠지는 경우에는 비록 여성이 애정애욕형 인물일지라도 여사지향형으로 거듭남으로써 가문에서 수용되는 길을 확보한다. 이차염과 양연화에게서 그런 모습이 보인다.

21 성질이 급하고 맹렬하며 혈기가 방강함. 여색을 밝혀 열두세 살 때부터 집안 미인들과 관계함. 15세에는 지방의 기녀 10여 명과 정을 맺음.

한 대신이 두 쇼년으로 더브러 드러가 됴하(朝賀)ᄒᆞ고 나오ᄆᆡ 얼골이 바로 당젼ᄒᆞ니 냥귀인(兩貴人)의 텬신(天神) ᄀᆞᄐᆞᆫ 의표(儀表)ᄂᆞᆫ 니ᄅᆞ도 말고 (…) 픙치 동탕(動蕩)ᄒᆞ야 ᄐᆡ을진인이 하계(下界)의 ᄂᆞ려시니 일픔 쇼년의 엄엄규규(嚴嚴赳赳)ᄒᆞ며 뎨뎨호호ᄒᆞᆫ 픔격을 밋디 못ᄒᆞ나 어린 ᄐᆡ도와 ᄇᆞ드러온 거동이며 졀뉸ᄒᆞ미 크게 아름다오니 공쥬 실식(失色) 왈 '이 엇던 사ᄅᆞᆷ고' 젼근이 ᄃᆡ왈 '공쥬 엇디 모ᄅᆞ시ᄂᆞ뇨 이ᄂᆞᆫ 신임 한님혹ᄉᆞ 니챵희니 뎡궁낭낭(正宮娘娘) 아이시니이다' 공쥬 아연실식(啞然失色)ᄒᆞ야 어린 ᄃᆞ시 ᄇᆞ라더니 임의 뎐의 ᄂᆞ려 금문(禁門) 밧그로 나가니 일흔 거시 잇ᄂᆞᆫ ᄃᆞᆺᄒᆞ야 침소의 도라와 머리 ᄡᅡ며 누어 인ᄒᆞ야 슉식을 폐ᄒᆞ니 (…) 나의 ᄆᆞ음이 쳔관(千官) 문무ᄇᆡᆨ관즁(文武百官中)의 ᄎᆞ인의게 ᄆᆞ음이 도라가믄 텬의(天意)이시믈 알디라 만일 이 사ᄅᆞᆷ의게 도라가디 못ᄒᆞ면 결단ᄒᆞ여 셔방 맛디 아니리라'(권72)

영릉공주의 첫눈에 반한 사랑은 한림학사 이창희를 보고 아연실색하고 침소에 돌아와 머리를 싸고 누워 숙식을 폐할 만큼 강렬한 장면으로 제시된다. 그 사랑은 하늘의 뜻이라는 생각과 다른 남성을 서방으로 맞지 않겠다는 그녀의 결심으로 확고해진다.

바로 이어 흥미로운 것은 영릉공주에게 혼약한 남성이 있었는데 그 혼사를 물리치고, 자신의 마음에 드는 남성과 결혼했다는 것이다. 영릉공주에게 황제에 의해 정해진 배필로 설백경(설영문·이차염 부부의 장자)이 있었지만, 공주는 그런 상황에서 주저하지 않고 황제에게 혼사를 물려달라고 요청했다. 영릉공주는 그에 그치지 않고 무모할 정도의 행동을 취하기에 이른다. 다음은 공주가 자신의 소청이 거절당하자 주처사의 딸로 변장하고, 이창희에게 미혼주를 먹인 후 육체적인 관계를 맺는 장면이다.

영능이 쥬야(晝夜) 슌검의 자최ᄅᆞᆯ ᄇᆞ라다가 그 취ᄒᆞ야 날호여 텽보ᄒᆞᄂᆞᆫ 거동을 보ᄆᆡ 반갑고 깃븐 욕심이 밋칠 ᄃᆞᆺᄒᆞ야 쳔환만어(千歡萬語)로 다리여 취ᄒᆞ야 디오ᄆᆡ 나아가 블을 드러 겻ᄐᆡ 노코 ᄌᆞ시 보니 취안(醉顔)이 샹시 얼골도곤 ᄇᆡᆨ승졀는(百勝絶倫)ᄒᆞ야 픙영ᄒᆞ며 윤ᄐᆡᆨᄒᆞ야 옥이 ᄉᆞᆯ찌고 명월이 광ᄎᆡᄅᆞᆯ 비왓ᄐᆞ며 홍ᄇᆡᆨ 모란이 섯거 픠엿ᄂᆞᆫ ᄃᆞᆺ 니ᄇᆡᆨ(李白)의 츌쥬의 취ᄒᆞᆫ 긔상을 닐ᄏᆞᄅᆞ시나 엇디 이 얼골의 반이나 감당ᄒᆞᆯ ᄇᆡ리오 음녀의 졍혼이 구슈(九霄)의 흐터뎌 (…) 드ᄃᆡ여 오ᄉᆞᆯ 벗고 드러누으니 니한님이 다만 독ᄒᆞᆫ 주긔의 ᄎᆞᆼ명이 아조 ᄣᅢ며 옥 ᄀᆞᆺ고 ᄭᅩᆺ ᄀᆞᆺ흔 미인이 드러누어 겻지으ᄆᆡ 방탕ᄒᆞᆫ 취ᄀᆡᆨ이 엇디 삼갈 일이 이시리오 (…) 음녀의 삼ᄉᆞ삭 ᄆᆡ치고 ᄆᆡ친 졍욕이 쾌ᄒᆞ야 즐겨ᄒᆞᄂᆞᆫ 거동이 블가형언(不可形言)이라 ᄎᆞ마 긔록기 어렵더라(권72)

영릉공주가 이창희와 동침하는 장면은 정욕을 마음껏 발산하는 모습을 보여준다. 그녀의 모습은 정혼(精魂)이 흩어져 먼저 옷을 벗고 드러누워 삼사 개월 맺히고 맺힌 정욕을 쾌히 풀어내며 즐기는 음녀의 모습이다.

그 후로 공주는 이창희와 여러 차례 성희를 즐기다가 잉태하게 되자, 어미 정첩여와 짜고 황제로부터 설백경과 혼약을 깨는 허락을 받아냈다. 그리고 이창희와 결혼하기 위해서 이창희에게 책임을 전가하는 것은 일도 아니었다. 공주는 이창희가 영릉공주임을 알고 육체관계를 맺었다고 거짓말을 한 것이다. 그 거짓말이 들통나서 조정 회의에서 공주의 신분이 서인(庶人)으로 강등되기도 했지만, 우여곡절을 거쳐 이창희와 혼인하고 공주 신분도 회복했다.

다음으로 영릉공주의 애욕과 음욕은 미소년 영강과의 성관계로 심화하는 양상을 보여준다. 그 발단은 영릉공주가 남편의 사랑을 받지 못한

데 있었다. 그녀는 자기를 외면하는 남편에게 원한을 품더니, 급기야 다른 남자를 대상으로 애정을 느끼고 애욕을 채우는 쪽으로 방향을 바꿨는데, 그 남성이 미소년 영강이었다.[22]

영릉공주의 황음은 거기에서 그치지 않았다. 공주는 정실 장빙염마저 음욕에 빠지게 하려고 궁노 전충을 사주하여 궁궐 감옥에 갇혀 있던 정실 장빙염을 겁탈하게 했다. 이에 이르면 영릉공주에게 부부관계, 즉 1부 2처의 관계는 음욕과 애욕 그리고 겁탈로 얼룩진 성관계 이상의 의미를 지니지 않게 된다. 공주는 음욕의 화신이요 요부로 제시되는 것이다.[23]

그런데 흥미롭게도 주목할 만한 게 있다. 그것은 영릉공주의 애욕적, 음욕적 사랑에 일말의 긍정적인 시선이 주어진다는 것이다. 이문의 연부인은 영릉공주의 음란함을 알아채고 남편에게 알렸지만, 공주를 영릉궁으로 보낸 뒤 함구했고, 공주가 유배지에서 새 정인과 사랑에 빠져 자식을 낳았어도 내버려두었다. 그리고 이문에서 이창희와 영릉공주 사이에 태어난 혈육은 거두어 양육했다. 이처럼 영릉공주의 종말은 최악의 파국으로 치닫지는 않는다.

여기에 여성의 첫눈에 반하는 사랑이 애욕적, 음욕적 성향을 지닐지라도 그런 여성의 생명까지 빼앗을 수는 없지 않으냐는 생각이 조심스럽게 자리를 잡고 있음을 알 수 있다. 벌열 가부장제에 은폐되어 있던 여성의 애욕과 음욕이 부정적이고 거세되어야 할 것이라는 큰 틀이 변함없이 유

22 공주가 자진해서 영강을 만난 것은 아니고, 유모가 미소년 영강을 시켜서 영릉공주를 겁탈하게 했다. 하지만 그 사건 이후로 공주는 황음을 일삼게 되는바, 공주는 남편을 두고 다른 남성과 음욕을 불태우는 여성으로 부상하기에 이른다.

23 훗날 공주의 죄상이 낱낱이 밝혀지면서 공주는 직첩을 빼앗기고 귀양살이에 처하게 된다.

지됨은 물론이다.

5. 마무리

대소설 〈유이양문록〉은 벌열의 가문 중심주의 이념을 지향하면서도 그 과정에서 파장을 일으키는 첫눈에 반하는 애정담을 일곱 쌍에 걸쳐 다채롭게 펼쳐냈다.[24] 그 사랑은 애정 주체의 성별에 따라 (1)남성과 여성 쌍방의 첫눈에 반하는 사랑, (2)남성 일방의 첫눈에 반하는 사랑, (3)여성 일방의 첫눈에 반하는 사랑으로 나뉘는데, 이를 요약하면 다음과 같다.

(1)남성과 여성 쌍방의 첫눈에 반하는 커플은 세부적으로 ㉮군자지향형 남성과 여사지향형 여성의 커플, ㉯호방풍정형 남성과 애정추구형 여성의 커플로 나뉜다. ㉮의 경우, 대소설의 일반적인 서사 방식으로는 양가의 가부장에 의한 중매혼이어야 하는데, 그런 상례를 넘어서서 첫눈에 반하는 사랑으로 풀어내고 거기에 천정연을 부여함으로써 애정혼의 조짐을 인정하는 미묘한 반향을 일으켰다.

---

24 남녀결연을 집약화한 〈유씨삼대록〉, 〈명주기봉〉과 비교해 보면 이 점이 선명하다. 〈유씨삼대록〉에서는 11쌍의 결연이 나오는데 '첫눈에 반하는 사랑'은 호방풍정형 남성과 애정애욕형 여성의 커플 세 쌍에서 반복적으로 설정된다. 〈명주기봉〉에서는 일부다처인 경우를 1:1로 세분하면 15커플이 나오는데, 그중에서 '첫눈에 반하는 사랑'을 보여주는 커플은 3커플뿐이다. 이 세 커플로는 군자형 남성이 일방적으로 '첫눈에 반하는 사랑'에 빠지는 현교염·하옥경 커플과 애정애욕형 여성이 일방적으로 군자지향형 남성에게 '첫눈에 반하는 사랑'에 빠지는 사마영주·현웅린 커플, 호방풍정형 남성이 일방적으로 여사지향형 여성에게 '첫눈에 반하는 사랑'에 빠지는 현명린·연소저 커플이 있다. (고은임, 앞의 논문, 26~30쪽, 116쪽, 119쪽 참고)

㉯의 경우에는 이차염·설영문 커플과 양연화·장계성 커플 두 쌍으로 나누어 설정했는데, 앞쪽은 덕성을 갖춘 올케(유필염)가 시누이(이차염)를 지지하는 방식으로 그 사랑을 인정하는 길을 확보했고, 뒤쪽은 천정연으로 연계함으로써 그 사랑을 인정하는 길을 확보했다. 다만, 앞쪽은 부부가 각각 여사지향형 여성과 군자지향형 남성으로 거듭나게 하는 방식을 통해 첫눈에 반하는 사랑을 진정시키는 쪽으로 방향을 틀었고, 뒤쪽의 경우에는 남편이 초지일관 호방풍정형으로 설정되되, 아내는 투기질투형 여성의 면모를 보이는 과정을 부여함으로써, 결이 다른 흥미를 부여했다고 할 수 있다.

그리고 (2)남성 일방의 첫눈에 반하는 사랑은 호방풍정형 장계성과 여사지향형 이몽혜의 결연에서 보인다. 장계성은 이몽혜의 혼약 방해 및 파기, 장인과의 대립, 부친과의 심각한 갈등 등을 벌이는 것으로 설정하여 상층의 중매혼에 대립하는 첫눈에 반하는 사랑의 애정혼을 강조했다. 즉 아들 주도의 애정혼에는 행복한 결말을 설정하고, 그 반면에 가부장이 주도하는 중매혼에는 비극적인 결말을 설정함으로써 첫눈에 반하는 사랑의 위상을 높였다.

다음으로 (3)여성 일방의 첫눈에 반하는 사랑이다. 세부적으로는 ①한난혜·이연기 커플, 윤운빙·이창원 커플과 ②영릉공주·이창희 커플로 나뉜다. 남성들을 군자지향형 남성(①이연기, 이창원)과 호방풍정형 남성(②이창희)으로 편차를 두는 한편, 여성들은 모두 애정애욕형 여성으로 설정하고, 윤운빙과 영릉공주의 경우에는 다른 남성과 한 차례 더 첫눈에 반하는 사랑을 추구하는 음녀·요부의 모습을 보탰다. 이들 여성은 회과하여 여사지향형 여성으로 거듭나는 기회가 철저히 차단되고, 마침내 처형(한난혜와 윤운빙)과 귀양살이(영릉공주)의 비극적 종말을 맞는다.

여성의 일방적인 사랑은 애초부터 벌열 가부장제를 와해하는 것이어서 용인할 수 없는 것으로 그려지고, ⑵남성 일방의 '첫눈에 반하는 사랑'은 벌열 가부장제에 파장을 일으키지만, 용인할 수 있는 것으로 그려지거니와, 그런 설정에는 성차별적 요소가 자리를 잡는다. 물론 영릉공주가 새 정인을 사랑하여 자식을 낳는 것을 용인한 데에서 보듯, ⑶여성 일방의 첫눈에 반하는 사랑을 향해 일말의 긍정적인 시선이 보내지기도 한다. 이는 상층 여성의 애정애욕에 대한 일말의 틈새를 조심스럽게 설정해 놓은 것이라 할 수 있다.

대소설에서 애정과 애욕이 "부정된다 혹은 긍정된다는 식의 이분법적인 논의는 지양되어야 할 것"[25]이다. 〈유이양문록〉은 상층 벌열 사회의 첫눈에 반하는 사랑을 다채롭게 설정하여 흥미와 진중한 맛을 부여한 것으로 보인다.

이와 같은 우리 대소설의 첫눈에 반하는 사랑의 열망과 성취는 19세기 말엽과 20세기 초엽에 중매혼을 반대하고 자유연애와 애정혼을 선호하는 신풍속을 끌어낸 힘으로 작동했으리라. 현대문학 연구자 중에 우리 연애가 당시 유입된 외국의 연애에서 비롯되었다고 보는 이들이 있는데, 그 발언을 이렇게 수정해야 할 것이다. 외국의 연애는 우리 문화의 근저에 흐르던 연애에 불을 지른 촉발제였다고.

25 송성욱, 『조선시대 대하소설의 서사 문법과 창작의식』, 태학사, 2004, 76쪽.

제2장

상층 여성의 애정애욕에 대한 부정적 시각

I 애정애욕과 부덕의 이원화

〈벽허담관제언록〉

1. 문제 제기

〈벽허담관제언록〉[1]은 충·효·열·우애의 유교 사상, 가문의 창달, 이상적인 남녀결연 등 대소설의 일반적인 성향을 지니면서도, 여타의 대소설과는 달리 상층 여성의 애정애욕을 집약화·초점화했다.

이 작품에 관한 초창기 연구[2]는 해제 내지는 개략적 해설 수준이었다. 그 후 〈벽허담관제언록〉과 〈하씨선행후대록〉의 연작 연계성을 밝힌 연구[3]가 이어졌는데, 아직 작품별 특성에 대해 심도 있게 논의할 여지가 적

---

* 「〈벽허담관제언록〉에 구현된 상층 여성의 애욕담론」(『고소설연구』 30, 한국고소설학회, 2010, 285~314쪽)의 제목과 일부 내용을 고쳤음.

1 〈벽허담관제언록〉(26권 26책), 한국학중앙연구원 장서각 소장본.

2 정병욱, 「낙선재문고본 해제목록」, 『국어국문학』 44·45, 1969(정병욱, 『한국고전의 재인식』, 홍성사, 1979 재수록); 김진세, 「벽허담관제언록 해제」, 『국학자료』 17, 장서각, 1974; 김기동, 『한국고전소설연구』, 교학연구사, 1983.

3 최길용은 이 연작이 유형적인 인물과 사건의 반복을 바탕으로 혼사 장애 갈등과 처첩 갈등이 연속되는 적층 구조를 이루며, 충·효·열·우애, 투기징계·애욕징계 그리고 부모 주혼의 결혼 윤리 고수 등과 같은 유교적 윤리 규범의 수호를 천명한다고 보았다. (최길용, 「〈벽

지 않다. 단적으로 혼사 장애와 처첩 갈등의 원인 그리고 그와 관련한 주제를 심도 있게 밝힐 수 있겠다.

그와 관련하여 내가 주목하는 것은, 서사 세계를 견인하는 핵심 요소가 상층 여성의 애정애욕이라는 것이다. 이 작품은 애정애욕형 상층 여성이 혼사 장애와 처첩 갈등을 일으키고 가문의 위기와 국가의 혼란을 일으키다가 징치되는 일련의 과정을 다채롭고도 특징적으로 펼쳐낸다. 하씨가문 8자 3녀가 이루는 11쌍의 결연담을 다채롭게 펼쳐냈는데 그중에서 네 아들의 결연담이 모두 상층 여성의 애정애욕과 밀접한 관련이 있다.

한편 송성욱은 대소설에서 7개의 단위담을 추출하여 그 구성 원리를 밝혀내는 성과를 남겼는데[4] 그중에 애욕추구담이 주목할 만하다. 그런데 그 연구는 애욕추구담의 분석에서 남주인공의 애욕을 위주로 다루고 여성 쪽은 소홀히 처리함으로써 연구의 여지를 남겼다. 그런 상황에서 장시광은 주동인물 중심의 논의에서 벗어나 여성 반동인물의 욕망을 분석하는 쪽으로 방향을 틀었다.[5] 그중에 상층 여성의 '성에 대한 욕망의 발현'에 대한 논의는 내 연구에 적지 않은 시사점을 준다. 하지만 그 논의가 애정애욕의 서사 쪽으로 초점화되지 않고, 전반적으로 인물 분석 수준에

허담관제언록〉 연작」, 『조선조 연작소설 연구』, 아세아문화사, 1992, 267~289쪽)

4 7개의 단위담은 애욕추구담, 탕자개입담, 쟁총담, 동침갈등담, 박대담, 옹서대립담, 계후갈등담이다. (송성욱, 「조선조 대하소설의 구성 원리에 대한 방법론적 접근」, 『한국 고전소설과 서사문학 (상)』, 집문당, 1997, 225~243쪽)

5 장시광은 애정에 대한 욕망, 종통에 대한 욕망, 가권에 대한 욕망, 성에 대한 욕망, 재물에 대한 욕망, 권력에 대한 욕망 등을 다루었다. (장시광, 『조선시대 대하소설의 여성 반동인물』, 한국학술정보, 2006, 137~147쪽, 164~169쪽)

머무른 감이 있다.

애욕추구담 논의를 여성 인물 쪽으로 확대하고, 성욕을 지닌 여성 인물 분석을 서사 차원으로 끌어올리면, 상층 여성의 애정애욕에 대한 심도 있는 논의가 이루어질 것으로 보인다. 이에 다음과 같은 차례로 논의하고자 한다.

먼저 작품에서 상층 여성의 애정애욕이 지니는 위상을 살펴본 후, 애정애욕 서사의 기본형을 추출하고 그 변이 양상을 고찰하고자 한다. 다음으로 애정애욕의 서사에 담겨 있는 의식을 살펴볼 것이다. 마지막으로 이 작품에 구현된 상층 여성의 애정애욕을 여타의 대소설과 비교해 보고자 한다.

2. 상층 여성의 애정애욕 서사

2.1. 상층 여성의 애정애욕이 차지하는 작품 내적 위상

하씨가문 8남 3녀의 11쌍 결연담은 부부의 화목 여부의 기준과 정실·부실의 화목 여부의 기준에 따라 두 가지로 나눌 수 있다.

장남, 5남, 7남 그리고 장녀와 3녀는 일부일처를 이루고, 3남은 일부이처를 이루는데, 모두 화목한 가정을 이룬다. 이들 이야기는 군자지향형 남성과 여사지향형 여성이 부부가 되어 가정의 화평과 안정을 꾀하는 쪽으로 펼쳐진다. 이들 이야기는 작품의 배면에 자리를 잡는다.

<table>
<tr><th>하씨가문 8남 3녀의 결연</th><th>부부의 화목 여부</th><th>정실·부실의 화목 여부</th></tr>
<tr><td>1남 하경림-진난혜</td><td rowspan="4">○</td><td>해당 사항 없음</td></tr>
<tr><td>3남 하경현-박소저-한소저</td><td>○</td></tr>
<tr><td>5남 하경양-진숙혜</td><td>해당 사항 없음</td></tr>
<tr><td>7남 하경화(=경호)-오소저</td><td>해당 사항 없음</td></tr>
<tr><td>1녀 하벽주-유응</td><td rowspan="2">○</td><td>해당 사항 없음</td></tr>
<tr><td>3녀 하명주-태자</td><td>해당 사항 없음</td></tr>
<tr><td>2남 하경화-사성염-윤교혜</td><td>사성염○, 윤교혜×</td><td rowspan="5">×</td></tr>
<tr><td>4남 하경연-영현요-숙영공주-왕옥도</td><td>영현요○, 나머지×</td></tr>
<tr><td>6남 하경한-노요주-유소저-노요화</td><td>노요주○, 나머지×</td></tr>
<tr><td>8남 하경안-소봉란-선의군주-주교염</td><td>소봉란○, 나머지×</td></tr>
<tr><td>2녀 하예주-연세자-세자빈 이씨</td><td>하예주○,
세자빈 이씨×</td></tr>
</table>

한편 2남, 4남, 6남, 8남, 2녀는 각각 일부다처를 이루는데, 이들 가정에서는 시기 질투하는 여성에 의해 가정의 화목이 깨지고 가문에 위기가 닥치는 과정이 펼쳐진다. 이들 이야기는 작품의 전면에 자리를 잡으며 중심 이야기로 부상한다.

전면에 부각되는 일부다처의 이야기는 공통적으로 부덕(婦德)을 갖춘 여성과 그 여성을 시기 질투하며 악행을 저지르는 여성이 반목하는 과정을 세밀하게 펼쳐낸다. 앞쪽 여성들은 남편과 가문의 인정을 받아 정실에 오르고, 뒤쪽 여성들은 악인으로 낙인찍혀서 비극적인 결말을 맞거니와, 그런 결말은 대소설의 일반적인 서사 문법을 보여준다. 그런데 주목할 것은, 남편들이 부덕을 갖춘 아내들에게는 호감·애정을 보이지만 그렇지 않은 아내는 외면·혐오하는 태도를 보인다는 것이다. 특히 그 태도가 '일말의 틈새도 없이 철저하다'라는 게 새삼 주목할 만하다.

이 작품은 "남녀 주역군의 혼사에 얽힌 혼사 장애 갈등과 처첩 갈등이 파상적으로 연속되는 적층 구조"[6]를 지니는데, 그 요체는 부덕을 갖추지 못한 여성들에 의해 부덕을 갖춘 여성들이 당하는 고난이다. 부덕을 갖추지 못한 여성들은 정실을 시기 질투하여 숱한 위해·악행을 감행하고 가정의 화평과 가문의 안정을 깨뜨린다. 흥미롭게도 그 근원은 애정애욕으로 설정된다. 상층 여성의 애정애욕이 서사 진행의 핵심적인 동인이거니와, 그로 인해 펼쳐지는 서사를 상층 여성의 애정애욕 서사라 일컬을 만하다.

2.2. 상층 여성의 애정애욕 서사: 반복과 변이

상층 여성의 애정애욕 서사는 윤교혜, 숙영공주, 왕옥도, 노요화, 주교염 등 다섯 여성을 통해 펼쳐진다. 각각의 서사는 다음 5개 국면으로 정리된다.

① 혼약 혹은 혼인한 남성에게 첫눈에 반함.

② 사혼(賜婚)으로 혼인하지만, 정실(나중에 정실이 되는 경우 포함)만을 사랑하는 남편으로부터 외면을 당함.

③ 정실을 투기 질투하고 행악하며, 남편과 정실을 헤어지게 함.

---

6 최길용, 앞의 논문, 275쪽.

④ 친정 가문이나 시가를 멸문 위기에 빠지게 함.

⑤ 악행이 밝혀져서 징치됨.

다섯 여성 중에서 숙영공주와 왕옥도는 한 남성을 대상으로 하는 애정애욕 서사를 펼치므로 하나로 묶어 다음과 같이 정리할 수 있다.

(ㄱ)윤교혜

① 하경화(2남)는 사성염과 혼약한 상태였음. 윤교혜가 하경화에게 첫눈에 반함.

② 1. 시비 매섬의 도움을 받고 설연창·곽현과 공모함. 사철(사성염의 부친)의 외방 직임을 유도함. 사철 부부의 글씨체를 모방하여 사성염의 퇴혼을 끌어냄. 설연창이 사성염 납치를 시도함.

2. 황제의 사혼으로 하경화의 부실이 되지만 남편의 외면·냉대를 받음. 남편은 사성염을 그리워함.

③ 사성염이 생환하여 남편과 화목한 부부관계를 이룸. 사성염을 투기 질투함. 친딸을 독살하여 그 죄를 사성염에게 덮어씌움. 죄상이 밝혀져 쫓겨남.

④ 1. 친정 부모에게 사성염의 참소로 쫓겨났다고 거짓말함. 설연창과 초왕·숙영공주 남매와 결탁하여 하씨가문을 궁지에 몰아넣음.

2. 자신이 죽었다고 소문을 내고 초왕에게 개가함. 왕비를 폐위시키고 그 자리에 오름.

⑤ 초왕, 곽현, 설연창 등의 무리와 함께 사형에 처해짐.

(ㄴ)숙영공주·왕옥도

① 1. 하경연(4남)은 영현요와 혼인한 상태였음. 왕옥도가 먼저 하경연에게 첫눈에 반하여 숙영공주에게 도움을 청함.

2. 숙영공주는 하경연과 왕옥도를 맺어주려다가 자신도 하경연에게 첫눈에 반함.

② 1. 숙영공주가 모친 왕첩여의 도움을 받아 황제의 사혼을 받아냄. 하경연과 혼인하나 남편의 외면·냉대를 받음.

2. 남편이 영현요만 사랑함. 영현요를 남편과 떼어 놓기 위해 왕옥도를 남편의 부빈으로 들임. 왕옥도는 사혼을 얻어 혼인했지만, 남편의 외면·냉대를 받음.

③ 1. 숙영공주와 왕옥도가 공모하여 영현요를 참소함. 왕첩여 독살 사건과 축사 사건을 조작하여 영현요를 귀양 가게 함.

2. 초왕과 공모하여 영현요를 세 차례나 납치하려 함. 남편이 영현요가 죽은 줄로 알고 상례에 참여하려 하자, 황제에게 부탁하여 참여하지 못하게 함.

④ 1. 남편의 사랑을 받지 못하자 두 여성은 다른 남자를 대상으로 애욕적 사랑을 성취하고자 함. 숙영공주는 오랑캐 견융에게 개가함.

2. 숙영공주는 시아버지가 영현요를 두둔하자 하문을 멸문하려 함. 자신이 죽은 것으로 꾸미고 오라비 초왕과 반역함. 금화아(천년 묵은 구미호)의 제자가 되어 술법을 익힌 후 견융을 꾀어 명나라를 공격했다가 대패함.

⑤ 설연창, 왕규(왕옥도의 부친), 윤경성(윤교혜의 부친), 초왕과 함께 사형에 처해짐.

㈐노요화

① 1. 하경한(6남)은 유소저와 혼인한 상태였음. 노요화가 하경한에게 첫눈에 반하여 연서를 보내지만 거절당함. 상사병에 걸림.

2. 친정 부친이 사혼을 얻어내 이복언니(노요주)가 하경한의 부실이 됨. 노요화가 하경한에게 애욕을 품고 만취한 하경한과 육체관계를 맺은 후 깨어난 하경한에게 들통이 나서 도주함.

② 여첩여의 외삼촌(이여필)의 양녀(假이씨)가 됨. 사혼을 얻어 하경한의 부실이 되나 남편의 냉대를 받음. 남편은 노요주만을 사랑함. 처음에는 남편이 노요주를 노요화로 오해하여 부부 갈등을 벌이다가 나중에 오해가 풀려 노요주를 사랑함.

③ 1. 노요화(假이씨)가 향소(시비)를 묘정도사로 변장시켜 유소저에게 노요주를 모해함. 귀양길에 오른 노요주 살해를 사주함. 여첩여에게 노요주가 유소저·노요화를 제거하려 했다고 거짓말함.

2. 유소저와 공모하여 노요주 제거를 시도함. 노요주가 피신하다가 석호삼의 강탈 대상이 됨. 유소저·노요화는 노요주가 죽은 줄로 알고 기뻐하지만 하경한은 여전히 그녀들을 외면함.

3. 유소저가 정실의 권위를 내세우자, 유소저 모자를 독살함.

④ 노요주가 생환함. 노요화가 여첩여·오상궁과 함께 노귀비(고모)·노계진(부친)·노요주(이복자매)의 폐후 모의를 조작하여 친정을 멸문 위기에 빠뜨림. 노계진은 삭탈관직, 노귀인은 본궁 안치, 노요화는 유배에 처해짐.

⑤ 노요화 일당의 공모 사실과 죄상이 밝혀져 사형에 처해짐.

㈑주교염

① 1. 선의군주(고모)의 남편인 하경안(8남)에게 첫눈에 반함. 선의군주는 남편의 외면을 받는 상태였음.

2. 하경안에게 몽환약을 탄 술을 먹인 후 육체관계를 맺음.

② 1. 하경안과 육체관계를 맺은 사실을 주변에 알림. 꾸짖는 조부 위왕에게 대듦.

2. 하경안은 사랑하던 소봉란을 부실로 맞이하여 화락을 이룸. 남편의 사랑을 얻어내자고 선의군주(고모)를 설득하여 부빈이 됨. 남편의 외면·냉대를 받음.

③ 1. 선의군주와 공모하여 소봉란을 참소함. 소봉란을 북원에서 가두어 굶겨 죽이려 함. 호표시랑의 먹잇감이 되게 함. 30여 장의 태형을 가하여 죽이려 함.

2. 소봉란이 소생함. 주교염은 소봉란이 선의군주를 살해하려 했다고 꾸며 소봉란이 귀양 가게 함. 소봉란을 살해하라고 궁노를 사주함.

④ 소봉란이 죽은 줄로 앎. 정실이자 고모인 선의군주를 요예지물 사건으로 옭아 궁지에 몰아넣음. 선의군주를 병들어 죽게 함. 위왕 가문에서 고모(선의군주)와 조카딸(주교염)의 골육상잔을 일으킴.

⑤ 주교염의 죄상이 밝혀져 처형당함.

상층 여성의 애정애욕 서사는 ㈀윤교혜의 경우가 기본형으로 자리를 잡고 다른 여성을 통해 반복·변이되면서 다채로운 양상을 보여준다. 해당 여성들이 모두 죽임을 당하므로(서사 국면 ⑤), 여기에서는 서사 국면 ①에서 ④까지 변이의 양상을 중심으로 살펴보기로 한다.

먼저 서사 국면 ①을 보자. 상층 여성이 첫눈에 반하는 대상은 가까운 친인척이다. ㈐노요화가 반한 남성은 이복언니(노요주)와 혼약한 형부(하경한)이고, ㈑주교염의 대상은 고모(선의군주)의 남편(하경안)이다. 그리고 ㈏숙영공주·왕옥도는 사촌 자매로 거의 동시에 같은 남성에게 첫눈에 반한다. 즉 왕옥도가 먼저 하경연(4남)을 보자마자 첫눈에 반하고 숙영공주에게 그 감정을 털어놓았는데, 숙영공주는 왕옥도에게 도움을 주려다가 하경연을 보고 그만 첫눈에 반하고 만다.

이렇듯 상층 여성들의 첫눈에 반하는 사랑은 반복적으로 설정되는데[7] 여성들의 친인척 관계에 변화를 주는 방식으로 펼쳐진다. 그리고 ㈐노요화와 ㈑주교염은 혼인 전 남성이 만취한 상태를 이용하거나 남성에게 일부러 몽환약을 타 먹여 애욕을 충족하는 적극성을 보이기도 했다. 주교염을 보자.

> 그 슉모의 가군을 ᄀᆞ마니 여어보ᄆᆡ 심혼이 영낙(榮樂)ᄒᆞ고 졍신이 요약ᄒᆞ니

---

7 다섯 여성이 첫눈에 반하는 대목이 상세히 서술되어 있다. 왕옥도와 숙영공주를 보면 다음과 같다.: [왕옥도] 옥되 눈을 드러 보니 … 탑하(榻下)의 일위 쇼년 혹ᄉᆡ … 쇄락(灑落)ᄒᆞᆫ 긔질과 쳑탕(滌蕩)ᄒᆞᆫ 풍치 옥인군ᄌᆞ(玉人君子)오 쳔고영쥰(千古英俊)이니 만고ᄅᆞᆯ 통달ᄒᆞ고 녁ᄃᆡ(歷代)ᄅᆞᆯ 혜아려도 방블ᄒᆞ니 업술지라 심혼(心魂)이 니톄(離體)ᄒᆞ고 졍신이 황홀ᄒᆞ야 어린 ᄃᆞ시 ᄇᆞ라보ᄆᆡ 기인이 발셔 누하ᄅᆞᆯ 지나 궐문을 나ᄂᆞᆫ지라 악연 져상(沮喪)ᄒᆞ야(권7)
[숙영공주] 일견의 심혼이 날고 칠ᄇᆡᆨ(七魄)이 흐터지니 나모신녕ᄀᆞᆺ치 셔셔 냥안이 쑤려질 ᄃᆞᆺ … 어린다시 ᄇᆞ라 보더니 잠간 ᄉᆞ이 보지 못ᄒᆞ리러라 공쥐 삼혼(三魂)이 몸을 써나고 구령이 운쇼(雲宵)의 소ᄉᆞ니 이의 옥슈로 싸흘 쳐 왈 '심ᄒᆞ다 텬의(天意)여 엇지 홀노 ᄎᆞ인의게 후히 타낫ᄂᆞ뇨 아ᄅᆞᆷ답다 하샤인이여 엇지 그리 긔이ᄒᆞ뇨 션ᄌᆡ(善哉)라 져의 안ᄒᆡ 되ᄂᆞ니여 만승(萬乘)의 복을 누리미 ᄒᆞᆫ 터럭 ᄀᆞᆺ고 져의 실즁의 이시미 하ᄂᆞᆯ ᄀᆞᆺᄐᆞ리로다 ᄋᆡ돏다 내 엇지 져 군ᄌᆞᄅᆞᆯ 늣게야 보뇨 챡ᄒᆞ다 옥도 형이여 지식이 여ᄎᆞ ᄇᆞᆰ으미 잇도다 하ᄂᆞᆯ이 져 군ᄌᆞᄅᆞᆯ ᄂᆡ여 날노 ᄒᆞ야금 보게 ᄒᆞ고 연분을 ᄆᆡᆺ지 아닐진ᄃᆡ 출하리 죽어 원통ᄒᆞ믈 하리로다'(권7)

드ᄃᆡ여 ᄉᆞ모ᄒᆞᄂᆞᆫ 마ᄋᆞᆷ을 니긔지 못ᄒᆞᄃᆡ 스ᄉᆞ로 발셜ᄒᆞ믈 참아 못ᄒᆞ고 유유(悠悠)ᄒᆞ여 그 영풍(英風)을 구경코져 ᄒᆞ니 불ᄌᆞ최 궁문(宮門)을 님(臨)치 아니ᄆᆡ 쇽졀업시 ᄉᆞ모ᄒᆞᄂᆞᆫ ᄆᆞᄋᆞᆷ을 뎡치 못ᄒᆞ더니 … 일계ᄅᆞᆯ ᄉᆡᆼ각고 쥬방(廚房) 시ᄋᆞ 등이 슐을 나올 째 … 몽한약(蒙汗藥)을 타셔 길ᄉᆞ의 압ᄒᆡ 니ᄅᆞ니 길ᄉᆡ 무심 즁 십여 ᄇᆡᄅᆞᆯ 마셔 혼혼(昏昏)ᄒᆞ고 왕과 셰ᄌᆡ 무심 즁(中) ᄯᅩᄒᆞᆫ 슈ᄇᆡ(數盃)식 마셧ᄂᆞᆫ지라 졍신을 슈습지 못ᄒᆞ여 취몽(醉夢)이 혼혼(昏昏)ᄒᆞ니 교염이 크게 깃거 … 쌜니 길ᄉᆞ의 누은 곳의 니ᄅᆞ니 … 교염이 ᄒᆞᆫ번 보ᄆᆡ 넉시 놀고 혼이 흣터지니 년망(連忙)이 의샹(衣裳)을 그ᄅᆞ고 길ᄉᆞ로 더브러 동침ᄒᆞ여 환희(歡喜)ᄒᆞ믈 니긔지 못ᄒᆞ니(권21)

다음으로 서사 국면 ②를 보자. ㈀윤교혜는 시비 매섬의 도움을 받고 설연창·곽현과 공모하여 사철(사문의 가부장)의 지방관 부임, 사철 부부의 글씨체 모방, 사성염의 퇴혼, 사성염 납치 등의 악행을 저지른 후에 하경화(2남)와 혼인했다. ㈂노요화는 음행 사실이 탄로 나자, 도망을 쳤다가 여첩여에게 빌붙어 그녀의 외삼촌(전임 병부원외랑 이여필)의 양녀가 되었고, 그 후 여첩여의 도움으로 황제의 사혼(賜婚)을 얻어내어 하경한과 혼인했다.

한편 ㈁숙영공주·왕옥도의 경우에 처음에는 한 남성에게 첫눈에 반하여 경쟁하지만, 나중에는 남편의 사랑을 얻어내기 위해 불가피하게 협력하는 방식을 택한다. ㈃주교염은 고모(선의군주)가 남편(하경안)의 외면으로 좌절감과 원한에 사로잡힌 심리를 교묘하게 이용하여 고모부의 부빈이 된다. 주교염의 애욕적 행태는 ㈁숙영공주·왕옥도의 경우와 비슷한 양상을 보여준다. 그런데 숙영공주와 왕옥도가 모두 첫눈에 반하는 것과는 달리, 주교염과 선의군주의 경우에는 주교염만 첫눈에 반하는 것으로 설정하고 주교염에게는 애욕 충족에서의 당돌성과 간교성을 부여함으로써 두 여성을 차별화했다.

그리고 서사 국면 ②와 연계하여 서사 국면 ③에서 정실에 대한 부실의 투기 질투와 악행을 다채롭게 설정했는데, 그 방식은 대소설의 일반적인 방식을 따른 것이라 할 수 있다. 각 인물에게 서로 다른 악행을 부여하는 방식을 취했음은 물론이다.. 예컨대 ㈀윤교혜의 경우에는 친딸 독살, ㈁숙영공주·왕옥도의 경우에는 초왕의 영현요 납치, ㈂노요화의 경우에는 공모자 유소저 살해, ㈃주교염의 경우에는 여러 차례의 정실 살해 시도(궁궐 북원에 감금, 호표시랑의 먹잇감, 태형)를 설정했다.

서사 국면 ④에서 애욕적 성향을 보이는 상층 여성에 의한 폐해는 두 가지로 나뉜다. 하나는 시가를 멸문 위기에 빠뜨리는 것이고, 다른 하나는 친정을 멸문 위기에 빠뜨리는 것이다. ㈀윤교혜와 ㈁숙영공주·왕옥도는 시가 쪽에 멸문 위기를 초래하고, ㈂노요화와 ㈃주교염은 친정 쪽에 멸문 위기를 초래하는 것으로 연계했다. 흥미롭게도 그중에 ㈁, ㈂, ㈃의 친정과 시가의 멸문 위기를 일으키는 여성들은 친인척 관계로 초점화되어 있다. 즉 멸문 위기는 골육상잔(骨肉相殘)도 마다하지 않고 오로지 자기의 애욕만을 채우려 하고 자기의 사랑을 받아주지 않는 남편에게 원한을 풀려는 여성에 의해 발생하는 것으로 펼쳐진다.

3. 상층 여성의 애정애욕에 관한 작품 의식

3.1. 애정애욕 성향 여성과 부덕 성향 여성의 극단적 이원화

상층 여성의 네 가지 애정애욕 서사는 모두 정실·남편·부실의 삼각구도의 토대 위에서 펼쳐진다.

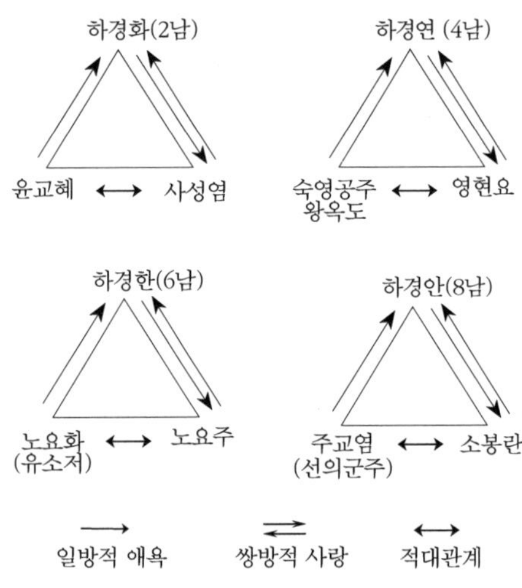

윤교혜, 숙영공주·왕옥도, 노요화, 주교염 등 다섯 여성은 각각의 상대인 하경화(2남), 하경연(4남), 하경한(6남), 하경안(8남)을 사랑하여 부실 자리도 마다하지 않고 사랑을 성취하려 했지만, 시종일관 남편의 외면과 냉대를 받고 만다. 한편 각각의 남편은 사성염, 영현요, 소봉란, 노요주[8] 등

8 노요주는 친정 부친이 사혼을 끌어내어 하경한(6남)과 혼인한다. 하경한은 사혼에 대한 반감과 노요주를 노요화로 착각한 탓에 노요주를 외면했다. 그러다가 노요주의 실체를 알

부덕을 갖춘 여성만을 사랑했다. 부덕 성향의 여성들은 남편의 사랑을 얻지 못한 부실들의 투기, 질투, 모략으로 시련을 겪지만, 남편과 가문의 인정을 받고 정실이 되어 화목한 가정을 이룬다.

다섯 여성이 남편의 호감과 사랑을 얻지 못하는 주된 이유는, 그들이 먼저 남성에게 연정을 품고 다가섰는데 그게 음욕황음(淫慾荒淫)으로 받아들여졌기 때문이다. 그 점은 서술자의 서술[9]과 남편의 생각을 통해 표출된다.

[윤교혜의 경우]

윤시ᄅᆞᆯ ᄎᆞ자 침셕의 졍을 ᄆᆡᄌᆞ나 윤시의 황음ᄒᆞ믈 츄히 너겨 식칙(塞責)ᄒᆞᄂᆞᆫ 졍이 져의 욕ᄒᆞᆫ(慾限)을 ᄎᆡ오지 못ᄒᆞ믈 ᄒᆞᆫᄒᆞ더라 태위[하경화] 샤쇼져로 진즁ᄒᆞᆫ 은ᄋᆡ 비ᄒᆞᆯ ᄃᆡ 업ᄂᆞᆫ지라(권5)

[노요화의 경우]

공ᄌᆡ(公子) ᄒᆡ연경동(駭然驚動)ᄒᆞ야 몸을 두ᄅᆞ혀 도라오ᄆᆡ 쇼왈 오날 우연이 호졉(胡蝶)을 ᄯᆞ로다가 공연(空然)이 남의 규슈ᄅᆞᆯ 보괘라 ᄯᅩ 분연(忿然)이 춤바타 왈 노공은 ᄒᆞᆫ낫 명현(明賢)이어ᄂᆞᆯ 엇지 져런 음비(淫非)ᄒᆞᆫ 녀ᄌᆡ 잇ᄂᆞ뇨

게 되면서 그녀를 사랑하게 되고, 노요주는 마침내 하경안의 정실이 된다.

9 우읍다 교염이여 하혹ᄉᆞᄂᆞᆫ 지긔(志氣)의 군신이라 샹의(上意)ᄅᆞᆯ 밧ᄌᆞ와 풍교(風教)의 난법(亂法)으로 죄ᄒᆞ믈 샹이 모ᄅᆞ시미 아니로ᄃᆡ 태후의 명을 위월(違越)ᄒᆞᆯ진ᄃᆡ 황샹의 효의(孝義) 샹(傷)ᄒᆞ시고 하혹ᄉᆡ ᄯᅩ 음녀ᄅᆞᆯ 마쟈미 명위(名位) 더러오나 ᄌᆞ긔 직심(直心)을 직희여 여시(如是) ᄒᆡᆼ노(行路)ᄒᆞᄂᆞᆫ지라 샹은 태후의 명을 밧ᄌᆞᆸ고 하혹ᄉᆞᄂᆞᆫ 샹교(上教)ᄅᆞᆯ 순종ᄒᆞ야 군신지분(君臣之分)을 샹해오지 아닐 ᄲᅮᆫ이러라 져 음녀ᄂᆞᆫ 환텬희디(歡天喜地)ᄒᆞ야 길일을 영ᄃᆡ(迎待)ᄒᆞ미 그 엇지 가쇠(可笑) 아니리오(권23)

복식이 샹한(常漢)이 아니로ᄃᆡ 날 ᄇᆞ라ᄂᆞᆫ 눈이 크게 무샹(無常)ᄒᆞ니 이 녀ᄌᆡ 반ᄃᆞ시 샹님의 옷술 젹실 위인이니 엇던 박복(薄福)이 져 음녀의 지아비 되리오 내 거야(去夜)의 샤오나온 쑴을 쑤고 금일 더러온 겨집을 보도다 십분 분ᄒᆡ(忿駭)ᄒᆞ야 왓더니(권14)

하경화는 윤교혜와 부부관계를 맺을 때 윤교혜의 태도를 황음(荒淫)으로 받아들였다. 심지어 하경한은 자기를 뚫어지듯이 쳐다보는 것만으로도 노요화를 음녀로 간주했다.

그 반대로 부덕 성향의 여성은 오직 부덕에 충실[10]함으로써 남편의 호감과 애정[11]을 얻고 정실 자리에 안착하여 화목한 가정을 이루고 행복한 결말을 맞는다. 이렇듯 남성에게 연정을 품는 다섯 여성은 애정애욕 성향이 강한 음탕한 악녀로 그려지고, 그 반대로 반애욕적(反愛慾的) 혹은 비애욕적(非愛慾的) 성향의 부덕을 갖춘 여성들은 남편의 호감과 애정을 받는 선인으로 그려진다.

10 단적으로 소봉란은 주교염·선의군주의 참소를 입고 죽었다가 회생한 후에 그 화란(禍亂)이 발생한 것을 자신의 탓으로 돌렸다. 다음은 남편에게 한 말이다.: 쳡의 화란은 명박(命薄) 소관(所關)으로 존문(尊門) 셩녀(聖慮)를 ᄭᅵ치오니 황공토쇼이다 군ᄌᆡ(君子) 위환(危患)이 쾌소(快消)ᄒᆞᄆᆡ 니ᄅᆞ시니 만ᄒᆡᆼ(萬幸)이온지라 쳡의 미질(微疾)이야 언마 ᄒᆞ야 나흐리잇고 구고(舅姑)의 홍은(鴻恩)을 크게 입ᄉᆞ와 ᄉᆡᆼ도(生道)의 들거이다'(권23)

11 이러한 모습은 하경한이 부모에게는 노요화를 받아들이는 체하나 속으로는 노요주만을 연모하는 데에서 단적으로 드러난다.: ᄎᆞ시(此時) 샹셰(尙書) … 실즁(室中)의 옥인의 ᄌᆞ최 묘연(杳然)ᄒᆞ니… ᄉᆞ모(思慕)ᄒᆞᄂᆞᆫ 뜻과 념녀(念慮)ᄒᆞᄂᆞᆫ ᄆᆞ옴이 일시잠ᄀᆡᆨ(一時暫刻)도 닛기 어려온지라 비록 겻ᄎᆞ로 화(和)ᄒᆞᆫ ᄃᆞᆺᄒᆞ나 속으로 ᄋᆡ모지심(哀慕之心)이 얽혀시니 ᄌᆞ연 식음(食飮)이 무미(無味)ᄒᆞ고 침불안셕(寢不安席)ᄒᆞᆫ지라 존당부모 겨신 안젼과 모든 형쟝 압ᄒᆡ 셔ᄂᆞᆫ 담쇠(談笑) 풍늉(豐隆)ᄒᆞ여 일양춘풍(一樣春風)을 닛그ᄂᆞᆫ ᄃᆞᆺᄒᆞ나 홀노 셔우각의 도라온 즉 고요 독좌ᄒᆞ여 홀홀리 심회롤 지향치 못ᄒᆞ여 탄식 아닐 젹 업ᄉᆞ니(권21)

그 지점에서 주목할 것은, 애정애욕적 성향의 여성이 부덕을 갖추는 여성으로 거듭나는 길이 철저히 차단된다는 것이다. 애정애욕적인 여성은 끝까지 회개하지 않고 오히려 남편을 원망하여 서로 결탁하기도 하며 시가를 멸문의 위기에 빠뜨리려고 할 뿐이다. 윤교혜의 말,[12] 숙영공주의 말,[13] 주교염의 말[14]에서 그런 모습은 거듭 확인된다. 또한 주교염은 처형을 당할 때 자기 죄는 인정하지만, 끝까지 원한은 풀지 않은 채 이를 갈며 죽음을 맞이한다. 심지어 숙영공주는 남편의 사랑을 받지 못하자 다른 남자와 정욕을 채우자는 주장을 펴면서, 주저하는 왕옥도를 설득하기조차 한다.

> 공쥐 … ᄂᆡᆼ쇼 왈 형은 곳 지기일(知其一)이오 미지기이(未知其二)로다 샹젼(桑田)은 변ᄒᆞ야 벽ᄒᆡ(碧海) 되려니와 하청계의 ᄯᅳᆺ은 곳치며 변ᄒᆞ미 업ᄉᆞ리니 … 형과 슉영을 위ᄒᆞ야 셰월이 머무지 아니리니 이팔청년의 부부지낙을 모로고 외로이 잔등(殘燈)을 ᄃᆡᄒᆞ야 환션(紈扇)을 늣기미 엇지 우읍지 아니리오 … 슉영이 ᄯᅩᄒᆞᆫ 하ᄌᆞ(河者)의 긴 ᄃᆞᆯ ᄀᆞᆺᄐᆞᆫ 용화(容華)와 광풍 ᄀᆞᆺᄐᆞᆫ 풍치ᄅᆞᆯ ᄉᆞ모

12 윤시 공규(空閨)의 원을 픔어 졀셰 ᄌᆞ로 밧고이니 원ᄒᆞᆫ니 젼혀 샤부인과 태우게 도라가니 태우ᄅᆞᆯ ᄉᆞ모ᄒᆞ미 원ᄒᆞᆫ이 ᄆᆡ쳣시ᄃᆡ 하태위 져ᄅᆞᆯ 쥭이지 못ᄒᆞ믈 ᄒᆞᆫᄒᆞ야 졀치ᄒᆞᄂᆞᆫ 쥴 아ᄂᆞᆫ지라 금셰의ᄂᆞᆫ 부부지낙은 일울 길 업ᄉᆞ믈 아ᄂᆞᆫ지라 독을 머금고 ᄒᆞᆫ을 픔어 하문을 어육ᄒᆞ야 분원을 셜코져 ᄒᆞᄃᆡ(권9)

13 하유 블통(不通)이 션뎨(先帝)의 간발(簡拔)ᄒᆞ신 은혜ᄅᆞᆯ 잇고 날 ᄃᆡ졉(待接)을 쵸개(草芥) ᄀᆞᆺ치 ᄒᆞ야 어린 아ᄃᆞᆯ을 권쟝치 아니니 아직 익분(益憤)ᄒᆞ거니와 마ᄎᆞᆷᄂᆡ 이럴진ᄃᆡ 당당이 너의 일가ᄅᆞᆯ 어육(魚肉)ᄒᆞ리라(권11)

14 교염이 왈 ᄂᆡ 쳐음 하ᄌᆞ의 풍모ᄅᆞᆯ 과ᄋᆡ(過愛)ᄒᆞ야 쳔방ᄇᆡᆨ계(千方百計)로 건즐(巾櫛)을 임ᄒᆞ미 강젹(强敵)을 동셔(東西)로 쇼졔(掃除)ᄒᆞ고 텬하의 모쥐(母主) 되고져 ᄒᆞ고 횡힝ᄒᆞ믄 ᄂᆡ 본의러니 텬의(天意) 돕지 아냐 십칠 청년의 참형으로 죽으니 ᄂᆡ 스ᄉᆞ로 죄ᄅᆞᆯ 아ᄂᆞ니 엇지 헛되이 슬허ᄒᆞ리오 ᄒᆞ고 니ᄅᆞᆯ ᄀᆞ라 죽으니(권26종)

치 아니미 아니로딕 능히 졍을 펼 길이 업ᄂᆞᆫ지라 ᄯᅩ ᄉᆡᆼ각건ᄃᆡ … 박졍낭(薄情郎)을 위ᄒᆞ야 심궁의 봄날을 늦기다가 져의 독슈(獨守)를 님ᄂᆞ니 출하리 종신영낙(終身榮樂)을 쾌히 ᄒᆞ야 졀노 ᄒᆞ야금 나의 위엄을 알게 ᄒᆞ고 반ᄉᆡᆼ(半生) 분원(忿怨)을 셜(雪)ᄒᆞ리라(권12)

한편 애정애욕 성향의 여성은 애욕의 화신인 팜므파탈(Femme Fatale) 쪽으로 치닫는다. 이들 여성은 운명적으로 음녀이자 요부였고 악녀로 살아갈 수밖에 없었고 남편과 시가 그리고 친정과 국가까지 치명적인 위험에 빠지게 했다. 본인 또한 비극적 종말을 맞았음은 물론이다.

이렇듯 애정애욕 성향의 여성은 부덕을 갖추는 길이 철저히 차단된다. 즉, 애정애욕 성향의 여성은 부덕 성향의 여성과 끝까지 극단적 대립관계를 형성한다. 요컨대 애정애욕 성향의 여성이 펼치는 서사세계는 비극적 종말을 맞을 때까지 심도 있게 펼쳐지는 것이다.

3.2. 정실 선호의 일부일처 의식, 정실의 애정애욕 억압 의식

상층 여성의 애정애욕과 부덕의 극단적 이원화 구도와 관련하여 빼놓을 수 없는 게 있다. 그것은 여성을 부덕 성향의 선인과 애정 성향의 악인으로 이원화하는 주체가 남성이라는 것이다. 그러한 설정은 남녀 간의 사랑은 철저하게 남성이 주도해야 한다는 남성 중심적 사고와 밀접한 관련이 있다.

이러한 남성 중심적인 사고는 애정 표출을 한 자가 남성인지, 여성인지에 따라 대비되는 점에서 확연하게 드러난다. 즉, 여성이 먼저 첫눈에 반하는 사랑은 순수하지 않은 애욕·음욕으로 간주되고, 그와 반대로 남성이 먼저 표출하는 호감과 애정은 긍정적으로 다루어진다. 애정 표출에 있어서 철저히 남성 우월적 사고가 부여된 것이다.[15]

그렇다고 해서 남성 주도적·중심적 사고가 여러 명의 여성과 사랑을 나누는 풍정·풍류 성향 쪽으로 나아가지는 않는다.[16] 하경화(2남), 하경연(4남), 하경한(6남), 하경안(8남) 4형제는 일부다처의 상황에서 이미 부실로 받아들인 아내를 외면하고 고지식할 정도로 정실을 선호하는 일부일처의 결연을 지향한다. 이들 남성은 부실과 적절한 부부화락을 이루라는 부모의 권유에 순종하는 척하지만, 마음속으로는 받아들이지 않는 태도를 견지할 뿐이다.

특히 그중 하경안(8남)은 풍류풍정형, 영웅호걸형의 남성인데도 소봉란을 계실로 맞이한 후에 소봉란만을 선호하는 남편으로 제시된다. 다른 대소설에서라면 그런 남성은 일부다처와 축첩의 인물로 형상화되는데, 하경한은 그와 다르게 설정된 것이다. 이처럼 하씨 형제들은 정실 선호의 일부일처 의식을 드러낸다.

---

15 흔히 작품 의식이 작가 의식과 같다고 여긴다. 그런데 작품 의식은 작가가 의도적으로 자기 생각과 거리를 두고 선택한 것일 수 있다. 작품 의식은 작가 의식이 아닐 수도 있는 것이다. 작품이 남성 주도적·중심적 의식을 드러낸다고 해서 작가가 반드시 남성인 것은 아니다. 여성의 입장을 중시하는 여성작가라도 얼마든지 향유층을 의식하여 남성 주도적·중심적 사고를 펼쳐낼 수 있다. 작가의 성별과 관계없이 이 작품은 애정애욕과 부덕의 극단적 이원화 구도를 통해 당대의 남성 주도적·중심적 사고를 대변한다고 할 것이다.

16 남성의 풍정·풍류 지향적 성향이 철저히 차단되는 것은 아니다. 예를 들면 작가는 연세자가 이세자빈을 두고서도 하예주에게 첫눈에 반하여 그 사랑을 성취하는 것으로 설정한다. 그런데 '연세자-이세자빈-하예주'의 결연에서 초점을 남성의 풍정·풍류 쪽에서 '정실-부덕' 쪽으로 옮기고 있는바, 남성의 풍정·풍류 지향적 의식을 확대했다고 보기는 어렵다.

정실 선호의 일부일처 의식에는 전제 조건이 있는데, 그것은 부덕을 갖추어야 한다는 것이다. 작품의 배면에 자리를 잡는 장남, 3남, 5남, 7남의 부부는 화목을 이루는 양상을 보여준다. 그중 3남을 제외하면 모두 일부일처를 이루는데 그 모습은 모두 군자지향형 남성과 부덕을 갖추는 여성 즉 여사지향형 아내의 결합 양상을 보여준다. 3남은 2처를 맞이하지만, 두 아내가 모두 여사지향형 여성이다. 즉 장남, 3남, 4남, 7남은 군자지향형 남성으로서 부덕을 갖춘 여성을 선호하고 그런 여성을 정실로 맞이했다.

일부다처를 이루는 하경화(2남), 하경연(4남), 하경한(6남), 하경안(8남) 4형제 경우에도 그런 양상이 보인다. 그중 하경화(2남)와 하경연(4남)은 초지일관 부덕을 지닌 정실을 사랑하고 아끼고, 그렇지 않은 부실은 배척한다. 하경한(6남)과 하경안(8남)의 경우에는 세부적으로 주목할 게 있다. 그것은 부덕을 갖춘 다른 부실이 계실(繼室)이 된다는 것이다. 노요주는 친정 부친(각로 노계진)이 하경한(6남)의 인물됨을 탐내어 부실로 들어갔다가, 정실 유소저가 부덕을 갖추지 못해서 정실 자리를 잃음에 따라, 최종적으로 정실이 되는 인물이다.[17] 유소저는 노요주에 대해 투기 질투하고 노요화의 꾐에 빠져 노요주를 박해하고 위해를 가하는 등의 행위를 일삼다가 결국 노요화에게 죽임을 당하는 운명을 맞는다.

하경안(8남)의 경우에도 비슷한 모습을 보여준다. 정실 선의군주가 다

---

17 애정애욕 서사에서 벗어나 있지만 처음에는 부실이었다가 나중에 정실이 되는 경우는 하예주의 경우에서 한 차례 더 설정된다. 작가는 '연세자빈-이세자빈-하예주'의 삼각구도를 통해, 하예주를 투기 질투하고 요예지물 사건, 저주사 사건, 통정 사건 등 위해 사건을 일으킨 이세자빈을 징치하는 반면, 부덕 성향의 하예주를 세자빈이 되는 것으로 종결한다.

른 부실 주교염과 공모하여 악행을 저질렀는데 나중에 주교염이 준 약을 먹고 병들어 죽게 되고, 주교염은 죄상이 발각되어 처형을 당한다. 그 후에 부덕을 지닌 부실 소봉란이 정실 자리를 잇는다.

하경한(6남)과 하경안(8남)의 경우에 새삼 주목할 것은, 부덕을 갖춘 부실이 정실 자리에 올랐을 때가 정실이 죽고 없는 때라는 것이다. 즉 부실이 부덕을 갖추었고, 정실이 부덕이 결여했을지라도 정실이 내쫓기고 부실이 정실을 잇는 것은 아니다. 부덕을 갖춘 여성이 계실(繼室)이 되는 지점을 용이하게 확보했다고 할 것이다.

이처럼 하씨 형제들은 여성의 애정애욕을 폄하하고, 그 반대로 부덕을 갖춘 여성을 선호하여 그런 여성을 정실로 맞이하고, 더 이상의 여성을 가까이하려고 하지 않는다. 하씨 형제들은 모두 부덕을 갖춘 정실을 전제로 하는 일부일처 의식을 지녔다고 할 것이다.

한편 그런 정실 선호의 일부일처 의식에서 주목할 게 있다. 거기에 정실의 애정애욕 억압 의식이 자리를 잡고 있다는 것이다. 여성은 부덕 성향의 여성과 애정애욕 성향의 여성으로 이원화되고 한 여성 안에 부덕과 애정애욕이 공존할 수 없는 것이 된다. 거기에는 애정애욕이 거세된 정실이 존재할 뿐이다. 요컨대 부덕을 갖춘 정실 선호의 일부일처 의식은 일부일처라는 긍정적인 지향점을 담고 있음에도 거기에는 정실의 애정애욕 억압이라는 그림자가 드리워져 있다고 할 것이다.[18]

---

18 부실의 경우라도 정실과 위계질서를 철저히 지키는 부덕을 지녀야 함은 물론이고, 남편을 향한 애정애욕은 철저히 억압되고 거세된다.

4. 대소설에 펼쳐진 상층 여성의 애정애욕 서사의 흐름

상층 여성의 애정애욕 서사는 여타의 대소설에서도 펼쳐지는데, 여기에서는 〈벽허담관제언록〉과 〈하진양문록〉, 〈임화정연〉, 〈유이양문록〉을 중심으로 비교해 보고자 한다.

〈하진양문록〉에서 상층 여성의 애정애욕 서사는 하교주를 통해 나타나는데, 그 양상은 〈벽허담관제언록〉의 노요화, 주교염, 숙영공주·왕옥도의 경우와 비슷하다. 특히 하교주가 이복언니의 남편에게 첫눈에 반하여 시비로 가장한 후 그와 육체적 관계를 맺는 것은 노요화의 경우와 거의 흡사하다(①).[19] 다만 진세백과 혼인하지 못했다는 점에서 서사 국면 '사혼을 얻어내 혼인하지만, 정실만을 사랑하는 남편에게 외면당함'(②)과는 차이가 있다.

하교주는 진세백에게 이복언니가 박색이며 장애인이고 성품이 나쁘다는 거짓 소문을 퍼뜨렸으며, 그럼에도 진세백의 사랑을 얻지 못하자 다른 남성(조원)과 결혼했다(③). 그 과정에서 친모와 친오빠 3형제에게는, 진세백에게 겁탈당했다고 거짓말하고, 나중에는 하옥주를 해치고자 하는 골육지변(骨肉之變)을 일으켰다. 그 골육지변은 친오빠 3형제의 황후 폐위 사건과 연계되어 친정을 멸문 위기에 빠뜨리는 계기가 되었다(④). 마침내 하교주는 악행이 밝혀져서 처형당하고 만다(⑤).

이처럼 두 작품의 애정애욕 서사는 대체로 비슷한 양상을 보인다. 그런데 하교주의 애정애욕 서사는 작품의 전반부에 국한되며 작품의 중심

---

19 원 번호 ①②③④⑤는 앞의 "2.2. 상층 여성 애정애욕 서사의 반복과 변이" 참조.

담론인 '여성 중심의 효담론'[20]에 대한 보조 담론을 형성하는 정도에서 그치지만, 〈벽허담관제언록〉에서는 애정애욕 서사가 부덕 서사와 짝을 이루며 작품 전체를 관통하는 중심축으로 설정된다.

한편 〈임화정연〉에서 애정애욕 서사가 설정된 상층 여성은 이소저, 유소저, 여미주다. 이소저는 유부남인 진상문의 풍채를 탐내어 부모를 졸라 그의 부실이 되지만, 남편의 사랑을 받지 못하고 다른 부실과 심한 처첩 갈등을 벌였다. 진상문이 귀양을 가자 이소저는 자신이 죽었다고 소문을 내고 장생에게 개가(改嫁)했고, 진상문이 해배되어 돌아오자, 그동안 절개를 지켰다고 거짓말하고, 도망쳐 떠돌다가 개부(改夫) 장생에게 잡혀 죽었다. 이소저의 애정애욕 서사는 〈벽허담관제언록〉에서처럼 부정적 성향을 띠다가 비극적 결말을 보는 양상을 밀도 있게 보여준다.

유소저는 진상문의 또 다른 부실이다. 그녀는 이소저처럼 애정애욕적 성향이 강하여 제 눈에 드는 남성을 남편으로 삼는 여성으로 설정되지만, 이소저와 다른 지점을 확보한다. 그것은 유소저의 애정애욕 서사가 행복한 결말을 맞는다는 것이다. 그 주된 요인으로 들 만한 것은 첫눈에 반한 사랑의 불변 그리고 부덕(婦德)의 확보다. 유소저는 남편의 유배 기간에 정절을 지키며 남편의 유배지까지 따라가 정성을 다하여 뒷바라지하고, 훗날 남편이 귀양살이에서 풀렸을 때 정실로 받아들여지게 된 것이다.

그런데 남편(진상문)이 주동 인물이 아닌 적대 인물로 설정되거니와, 그에 상응하여 유소저의 애정애욕 서사의 작품적 비중은 그리 크지 않은

20 조광국, 「〈하진양문록〉: 여성 중심의 효담론」, 『어문연구』 146, 한국어문교육연구회, 2010, 193~218쪽.

편이다. 그렇다면 상대 남성이 주인공으로 설정될 경우 상층 여성의 애정애욕 서사가 차지하는 작품적 비중이 크다고 할 수 있다. 그런 애정애욕 서사를 밀도 있게 펼쳐내는 여성 인물이 여미주다.

여미주의 애정애욕 서사는 〈벽허담관제언록〉의 서사 국면 ①과 매우 비슷한 양상을 보인다. 여미주는 정연경을 우연히 엿보고 첫눈에 반하여 상사병에 걸리고 만다. 정연경에게 사랑의 편지를 보내기도 하고 밤중에 정연경이 지나가는 길에 숨어 있다가 갑자기 달려들어 껴안기도 했다. 양가의 가부장에 의해 정연경과 이복언니(여희주)의 혼인이 이루어지자, 심적으로 큰 고통을 겪는다. 하지만 포기하지 않고, 만취하여 정신을 잃은 정연경과 동침하여 애욕을 채운다.[21]

이런 여미주의 애정애욕적인 모습은 〈하진양문록〉의 하교주 그리고 〈벽허담관제언록〉의 노요화, 주교염, 숙영공주·왕옥도의 모습과 비슷하다. 그런데 여미주의 애정애욕 서사는 〈벽허담관제언록〉의 서사 국면 ②, ③, ④, ⑤와는 다른 양상을 보여준다.

친정아버지 여익이 여미주의 애정 행각을 알아차리고 죽이려 하자 여미주는 가출하여 악소년의 모해, 수월함 은거, 외지에서의 쌍둥이 출산 등 일련의 고난을 겪었고, 훗날 여미주는 송씨녀로 가장하여 시가로 들어가 잡일을 거들다가 사건의 전모가 밝혀지게 되는데, 그 과정에서 여미주는 과오를 반성하고 회개함으로써 정연경의 아내로 받아들여진다. 거기에 여미주의 애정애욕을 부정적으로 보는 남편 그리고 여미주의 절개를 긍정적으로 보는 시부·외삼촌으로 나뉘어 시가 구성원 사이의 치열

21 조광국, 「〈임화정연〉의 여미주 성격에 대한 고찰」, 『언어와 진실』, 2003, 497~500쪽.

한 논쟁을 거쳐, 결국 절개 행위를 인정하는 쪽으로 결말이 난다.[22] 요컨대 애정애욕형 여미주는 부덕 성향의 여성으로 거듭나는 과정을 거치면서 해피엔딩을 맞는 것이다.

이처럼 상층 여성의 애정애욕 서사는 부정적으로 일관하다가 비극적 결말을 맞는 경우(이소저의 경우)와 부덕을 갖춘 여성으로 거듭남으로써 해피엔딩을 맞는 경우(유소저의 경우)로 나뉘어 대조적으로 전개되다가, 거기에 부덕을 갖춘 여성으로 개과하는 애정애욕 서사가 한 차례 더 펼쳐지면서(여미주의 경우), 전체적으로 애정애욕 서사가 차지하는 작품적 비중이 점점 커지는 모습을 보여준다.

〈임화정연〉과 같이 상층 여성의 애정애욕 서사를 대조적으로 펼쳐내되, 그 서사의 위상을 한층 끌어올린 작품으로 〈유이양문록〉이 있다. 한난혜, 윤운빙, 영릉공주 그리고 이차염, 양연화 등 다섯 여성은 첫눈에 반하는 사랑에 빠지는데, 앞의 세 여성은 애정애욕을 성취하기 위해 악행을 일삼다가 죽임을 당하고, 뒤의 두 여성은 애정애욕형에서 부덕 성향의 여성으로 거듭나는 과정을 거쳐 행복한 결말을 맞는다. 이렇듯 〈유이양문록〉에서 상층 여성의 애정애욕 서사의 작품적 비중은 한층 확대 심화된 양상을 보여준다.[23]

〈벽허담관제언록〉의 애정애욕 서사는 〈임화정연〉, 〈유이양문록〉과 차별성을 지닌다. 즉 애정애욕 성향의 여성은 부덕 성향의 여성으로 거듭

22 해단 문단 전체: 위의 논문, 502~505쪽 참조.

23 〈유이양문록〉에서 남녀의 첫눈에 반하는 사랑은 (1)남성과 여성이 함께 빠지는 경우, (2)남성만이 빠지는 경우, (3)여성만이 빠지는 경우로 세분된다. 그중 (3)의 경우가 〈벽허담관제언록〉의 상층 여성의 애정애욕 서사와 비슷하다.

나는 길이 애초부터 주어지지 않는다. 애정애욕 성향을 보이는 여성은 시종 악한 행실을 일삼다가 끝내는 응징당하고 마는 것이다. 그런 부정적 애정애욕 서사는 네 차례나 반복·변주되거니와,[24] 그런 부정적인 애정애욕 서사가 작품의 중심 서사의 한 축으로 자리를 잡는다고 할 수 있다.

이와 관련하여 작품 말미에서 저술 의도가 집약적으로 기술되고 있는데, 주목할 만하다.

> 슈졔(首題) 벽허담관졔언녹이라 ᄒᆞ믄 ㉮요란ᄒᆞᆫ 셜화(說話)와 허망ᄒᆞᆫ ᄉᆞ의(辭意) 셰간의 편힝(便行)ᄒᆞ야 고인을 의방빙거(依倣憑據)ᄒᆞ야 잡되고 어즈러오미 만흘ᄉᆡ 허언(虛言)을 믈니치고 ㉯모든 언셔 즁 부잡(浮雜)ᄒᆞ미 업고 명졍언슌ᄒᆞᄆᆡ 갓가와 ㉰하시 ᄉᆞ젹이 웃듬인고로 관졔언녹이라 ᄒᆞ야 후셰의 뎐ᄒᆞ야 권션징악고져 ᄒᆞᄂᆞ니 이ᄅᆞᆯ 보ᄂᆞ 니 가히 언칙(諺冊)이라 ᄒᆞ고 경이(輕易)히 넉이지 말지어다(권26종)

㉮와 ㉯에서 보듯, 서술자는 작품이 잡되고 어지러운 허언을 하지 않아 모든 언서(諺書) 중에서 부잡함이 없이 명정언순(名正言順)함을 갖추고 있다고 자부했다. 여기에서 모든 언서는 단편소설을 가리키는 게 아니라 여타의 대소설을 지칭하는 것으로 보인다. 이 작품은 다른 대소설과 달리 특별히 명정언순한 하씨 사적이 으뜸(㉰)이라는 것이다.

〈벽허담관제언록〉에 설정된 상층 여성의 애정애욕 서사를 정리하면

---

24 〈천수석〉, 〈화산선계록〉, 〈이씨세대록〉, 〈명주보월빙〉, 〈윤하정삼문취록〉 등에 성적 욕망이 드러난다. (장시광, 앞의 책, 103쪽, 153쪽, 249쪽) 그런데 상층 여성의 애욕은 다른 욕망과 함께 어우러지는 양상을 보이는바, 애욕에만 초점이 놓이지 않는다.

이렇다. 첫째, 애정애욕 성향의 상층 여성에게 부덕을 갖추고 회과하는 과정을 부여했던 〈임화정연〉의 방식을 배제했다. 둘째, 〈하진양문록〉의 하교주와 같이 징치되는 쪽으로 설정하되, 그런 서사를 주변부에 설정한 〈하진양문록〉에서 한 걸음 더 나아가 주변부가 아닌 중심부에 설정했다. 마지막으로 〈유이양문록〉과 같이 상층 여성의 애정애욕 서사를 중심 서사로 끌어올리면서도, 〈유이양문록〉처럼 그 서사가 긍정과 부정의 두 가지로 마무리되는 방식에서 탈피하여, 애정애욕 성향의 여성을 철저히 응징하는 방식을 택했다.

이렇듯 〈벽허담관제언록〉에는 상층 여성이 애정애욕을 지녀서는 안 되며 부덕을 갖추어야 하며, 애정애욕적 성향이 있으면 정실이 될 수 없고 오직 부덕을 갖춘 자만이 정실이 되어야 한다는 생각이 작품 의식으로 자리를 잡는다. 명정언순(名正言順)은 그런 작품 의식을 단적으로 드러낸 용어다.

5. 마무리

〈벽허담관제언록〉은 상층벌열 가문인 하씨가문의 8남 3녀의 11쌍의 결혼 이야기를 담아냈는데, 그 이야기는 '부부의 화목 여부'와 '정실·부실의 화목 여부'라는 기준에 따라 두 가지로 나뉜다. 장남, 3남, 5남, 7남, 장녀, 3녀 등 홀수 남매의 결혼은 대체로 군자지향형 남성과 여사지향형 여성의 결합으로 가정의 화평과 가문의 안정에 기여하며 작품의 배면에 자리를 잡는다. 2남, 4남, 6남, 8남, 2녀 등 짝수 남매의 결혼은 가정의 화목이 깨지고 그로 인해 가문의 위기가 도래하는 등 혼란의 과정을 거친 후에야 비로소 안정을 되찾는 양상을 보인다.

뒤쪽 짝수 남매의 결혼 이야기는 세부적으로 남편을 중심으로 하여 부덕을 갖춘 여성의 이야기와 부덕을 갖추지 못한 여성의 이야기로 양분된다. 부덕을 갖추지 못한 부실들에 의해서 가정의 화평과 가문의 안정은 깨지게 되는데, 그 근본적인 원인은 애정애욕으로 설정된다. 그런 상층 여성의 서사를 상층 여성의 애정애욕 서사라고 일컬을 수 있다.

상층 여성의 애정애욕 서사는 정실·남편·부실의 삼각구도로 전개된다. 남성을 향해 연정을 품는 여성은 애욕·음욕의 성향이 강한 여성으로 폄하되어 악인으로 그려지고, 부덕을 갖춘 여성들은 남성들의 호감과 애정을 받는 선인으로 그려진다. 특히 여성의 반애욕적이고 비애욕적 성향은 여성의 부덕과 등가 관계를 이루는데, 그와 달리 애정애욕 성향은 부덕 성향과 대척 관계를 형성하며 부덕을 겸비하는 길이 철저히 차단된다. 상층 여성의 애정애욕 서사는 애정애욕과 부덕의 극단적 이원화의 구도 위에서 펼쳐지는 것이다.

거기에 더하여 애정애욕·음욕의 성향을 띠는 여성은 모두 부실로 설정되는 반면에, 반애욕·비애욕적이며 부덕을 갖춘 여성만이 정실이 된다. 이로써 '애정애욕·음욕–부실'과 '부덕(婦德)–정실' 사이의 극단적 이원화라는 의미를 획득한다. 이는 상층 여성 일반에 대한 애정애욕 억압 의식이 정실에 대한 애정애욕 억압 의식으로 심화하는 지점을 보여준다.

그런 이원적 구도에는 남성 주도적·중심적 사고가 자리를 잡고 있다고 할 수 있는데, 그렇다고 해서 남성이 여러 명의 여성과 사랑을 나누는 풍정·풍류 지향적인 의식이 강조되는 데까지 나아가지는 않는다. 그 대신에 일부다처의 상황에서 남성은 고지식할 정도로 정실만을 선호하는 일부일처 의식을 드러낸다. 그런데 그런 의식은 부덕을 갖춘 정실을 선호하는 일부일처 의식으로 수렴되며, 그 의식은 정실의 애정애욕 억압 의식과 표리관계를 이룬다.

다음으로 〈벽허담관제언록〉의 경우, 〈하진양문록〉 〈임화정연〉 〈유이양문록〉과는 다르게, 애정애욕 성향의 여성이 부덕 성향의 여성으로 거듭나 해피엔딩을 맞는 것은 애초부터 배제되고, 애정애욕 성향을 보이는 여성은 악행을 일삼다가 끝내 응징당하는 것으로 끝난다. 이러한 부정적 애정애욕 서사는 네 차례나 반복·변주되면서 작품에서 중심 서사의 한 축으로 부상한다.

요컨대 〈벽허담관제언록〉은 상층 여성의 애정애욕과 부덕의 극단적 이원화의 구도 위에 부덕을 갖춘 정실을 선호하는 일부일처 의식과 정실의 애정애욕 억압 의식을 담아낸 작품이라 할 것이다.

Ⅱ 육체적 에로스의 풍조에 의한 왕조의 멸망 〈천수석〉

1. 문제 제기: 에로스의 전방위적 형상으로 〈천수석〉 읽기

〈천수석〉[1]은 에로스의 관능화·수단화 풍조를 전방위적으로 형상화한 작품이다. 그 점을 밝히기 위한 일환으로 〈천수석〉에 구현된 에로스의 양상을 살펴보고 에로스와 거리두기를 모색하는 작가의 비판의식을 고찰하고자 한다.

그간 〈천수석〉이 도선적 초월주의 성향을 띠는 신성 소설[2]이라는 견해가 나온 후, 작품의 특성이 다각도로 밝혀지기에 이르렀다.[3] 그중에 남

---

* 「〈천수석〉에 구현된 에로스의 양상과 작가의 비판의식」(『고소설연구』 43, 한국고소설학회, 2017, 91~125쪽)의 제목과 일부 내용을 고쳤음.

1 임치균·강문종·김정원·이지영 교주, 『천수석』, 한국학중앙연구원출판부, 2011.

2 이상택 해제, 『천수석』, 이화여대출판부, 1972.

3 이데올로기와 관련한 '기만적' 의식(진경환, 「〈천수석〉 소고」, 『어문논집』 29, 민족어문학회, 1990), 가족주의 이념을 내세운 가정소설의 아류(정종대, 「〈천수석〉의 가정소설적 성격」, 『국어교육』 85, 한국어교육학회, 1994), 서술구조의 선험적 논리와 묘사 담론의 경험적 논리(강은해, 「〈천수석〉의 서술구조와 묘사 담론 연구」, 『국어국문학』 113, 국어국문학회, 1995), 상층 가문과 도가사상(김재웅, 「가문 소설에 나타난 도가사상-〈천수석〉을 중심으로」, 『국문학과 도교』, 한국고전

녀의 사랑에 관한 연구가 있었는데 모두 부분적으로 할애하는 정도였고, 그나마 사랑에 관한 용어도 '세속적 욕망', '사랑의 감정', '애정' 등을 쓰는 수준에서 그쳤다.

그 후 여성 반동인물의 '가권 욕망, 자식 과애, 성욕'[4]의 틀에서 이초혜의 성욕이 밝혀지고, 그 뒤를 이어 이초혜의 서사가 '첫눈-혼인-음행-배신-비극'의 과정을 거치는 불륜[5]의 이야기를 초점화했다는 연구가 있었다. 이로써 〈천수석〉에 구현된 성욕과 불륜의 양상이 소상하게 밝혀졌다. 그런데 이들 논의는 세부적으로 이초혜와 쌍벽을 이루며 서로 짝을 맺는 간옥지의 애욕에 대해서는 침묵했으며, 특히 두 남녀의 성욕과 불륜이 개인의 성향에서 그치는 게 아니라 성욕과 불륜을 부추기는 사회 풍조와 밀접한 관련이 있는 것을 간과했다. 두 논문은 성욕과 불륜에 초점을 맞춘 이초혜 인물론에 머물렀다고 할 것이다.

그 논의를 작품론 수준으로 끌어올리려고 하는데, 논의의 정합성을 확보하기 위해 '에로스' 용어를 사용하고자 한다. 에로스는 본래 그리스 신화에서 남녀 사이에 열정적인 사랑을 불러일으키곤 하다가 자신도 사랑의 열정에 빠지게 된 사랑의 신이다. 그 후 에로스는 열정적 사랑을 뜻했고 점차 감각적, 본능적, 육체적, 가시적 사랑[6]을 의미하게 되면서 욕정

문학회, 1998), **연작 〈화산선계록〉과 대비를 통한 상사점**(서정민, 「〈천수석〉과 〈화산선계록〉의 대응 성격과 연작 양상 연구」, 서울대 석사논문, 1999; 강은해, 「〈천수석〉과 연작 〈화산선계록〉 연구」, 『어문학』 71, 한국어문학회, 2000; 김정숙, 「조선 후기 대하소설의 서사구조-〈천수석〉과 〈화산선계록〉을 중심으로」, 『반교어문연구』 34. 반교어문학회, 2013), **축조 가능성과 서술구조의 결합**(송성욱, 「〈천수석〉의 텍스트 결합에 대하여」, 『한국고전연구』 10, 한국고전연구학회, 2004)

4 장시광, 「〈천수석〉의 여성 반동인물」, 『한국 고소설과 여성 인물』, 보고사, 2005.

5 강문종, 「불륜으로 읽는 〈천수석〉」, 『영주어문』 28, 영주어문학회, 2014.

6 요한네스 로쯔(저), 심상태(역), 『사랑의 세 단계-에로스, 필리아, 아가페』, 서광사, 1985,

과 관능까지 포괄하기에 이르렀다.[7] 한편으로 플라톤에 의해서 에로스는 '인간 육신의 아름다움은 물론이고, 지식과 덕의 아름다움, 인간 영혼의 아름다움까지 고양하는 미 자체에 대한 사랑'[8] 내지는 '인간의 선에 대한 사랑'[9]을 의미한다.[10] 일반적으로 에로스는 그 지향점이 무엇이냐에 따라서 그 의미가 '본능적 사랑, 육체적 사랑, 욕정적 사랑, 관능적 사랑'과 '덕과 선에 대한 사랑'으로 나뉘는데, 후자는 정신 혹은 영혼의 영역에 관련이 깊고, 전자는 육신 영역과 깊은 관련이 있다.[11]

대소설의 사랑에 관한 선행 연구에서는 대체로 애정과 애욕, 정념과 정욕, 성욕과 불륜, 관능과 향락 등의 용어를 써왔던바, 육신 영역에 속하는 에로스 개념을 활용해 왔다. 반면에 남녀의 사랑 논의에서 정신 영역에 속하는 '인간의 선에 대한 사랑'에 대해서는 소홀히 다루었다. 대소설은 대체로 두 가지의 사랑을 대조적으로 펼쳐냈는데, 작품론에서 에로스

35~48쪽.

7 조광국, 『한국 고전문학의 에로스』, 아카넷, 2015, 7쪽.

8 요한네스 로쯔(저), 심상태(역), 앞의 책, 31~32쪽.

9 박찬식, 『플라톤 철학의 이해』, 정음사, 1984, 115~117쪽.

10 플라톤의 에로스는 여섯 단계의 승화 단계를 지닌다는 견해가 있는데 처음 세 단계에서는 정서가 개입하고, 다음 세 단계에서는 이성이 개입한다고 한다. (이기백, 「플라톤의 에로스론 고찰」, 『철학』 34, 한국철학회, 1990, 162~166쪽)

11 아가페는 신의 인간에 대한 절대적 사랑이고, 에로스는 남녀 사이의 본능적인 사랑이며, 필로스는 우애적 사랑이다(요한네스 로쯔(저), 심상태(역), 앞의 책). 이 세 가지 사랑은 서로 겹치기도 해서 서양 철학에서 많은 쟁점이 있었다. (선한용, 「기독교적 아가페와 에로스에 대한 새로운 이해 시도」, 『신학과 세계』 28, 감리교신학대, 1994, 132~151쪽; 김현희, 「에로스와 필리아」, 『민족미학』 14(2), 민족미학회, 2015, 251~285쪽)
그리고 '에로스'는 프로이트에 의해 정신분석학 분야의 개념으로 자리를 잡은 이후로 라깡 등에 의해 논의가 심화되었다. (양석원, 「에로스의 두 얼굴-라깡의 〈향연〉 읽기」, 『라깡과 현대정신분석』 17(1), 한국라깡과현대정신분석학회, 2015, 76~109쪽)

용어로 그 두 가지 의미를 포괄하여 쓰면 그간 들쑥날쑥했던 남녀의 사랑에 관한 논의에 기준점을 확보해 줄 것으로 보인다.

〈천수석〉은 남녀 적대 인물의 육체적 에로스를 전면에 배치함으로써 여타의 대소설과 구별되는 지점을 확보한다. 하지만 그에 못지않게 육체적 에로스와 거리를 두는 정신적 에로스가 작품 의식으로 설정될 만큼 중요하게 다루어진다.

그 점을 밝히기 위해 간옥지·이초혜 커플이 펼쳐내는 육체적 에로스의 양상을 고찰하고 그 과정에서 두 남녀가 추구하는 '커플 사이의 상대 교환'의 양상을 살펴보고자 한다. 나아가 육체적 에로스에 휘둘리는 인물들이 두 남녀를 넘어서 개인·가정과 가문·황실 그리고 조정·국가에 걸쳐 넓게 포진하는데, 그러한 현상이 에로스의 관능화·수단화라는 사회적 풍조로 연계되고 있음을 밝혀보고자 한다.

그리고 그런 사회 풍조에 대한 작가의 비판의식을 살펴보고자 하는데, 그 비판의식은 세부적으로 세 가지로 구현된다. 그 세 가지는 첫째, 간옥지·이초혜의 육체적 에로스와 대조되는 위보형·설옥영·동창공주의 정신적 에로스의 구현, 둘째, 에로스의 관능화·수단화 풍조와 당·후당의 멸망 그리고 천의 사이에 필연성 구현, 셋째, 도가적 초월계와 무위자연의 삶의 구현이다. 이들 세 지점은 서로 관련을 맺으며 펼쳐지지만, 편의상 나누어 고찰하고자 한다.

그와 관련하여 육체적 에로스는 생명력을 잃고 인간의 파멸을 초래함에 반해 정신적 에로스가 인간의 존엄성 회복에 생명력을 부여한다는 게 작품적 함의임을 짚어보기로 한다.

2. 에로스의 관능화 · 수단화 양상: 개인과 사회의 차원

2.1. 이초혜·간옥지 커플의 육체적 에로스: 상대 교환 추구

이초혜와 간옥지, 두 남녀에게 펼쳐지는 육체적 에로스의 서사는 다음과 같이 '[기] 에로스의 발현', '[승] 에로스의 전개', '[전] 에로스의 전환', '[결] 에로스의 결말'의 네 단계를 거친다.

[에로스의 기승전결]	[에로스의 세부 궤적]
[기] 에로스의 발현	(1) 첫눈에 반한 사랑의 열정
[승] 에로스의 전개	(2) 짝사랑, 상사병 (3) 질투, 공모 (4) 속아서 한 결혼과 이혼
[전] 에로스의 전환	(5) 이중적 애증 심리의 표출 (6) 관능, 유희 (7) 소인배와 결탁, 악행 확대
[결] 에로스의 결말	(8) 비극적 종말

'[기] 에로스의 발현' 단계는 '(1) 첫눈에 반한 사랑의 열정'이 드러나는 단계다. 이초혜는 위보형을 '한 번 보매 암암(暗暗)이 흠모하여 정신이 사라지니 경각(頃刻)에 이신(二身)이 일신(一身)되지 못함을 한'(권1)했을 만큼, 첫눈에 반해서 육체적으로 합쳐지기를 간절히 원했다. 간옥지는 결혼식장에 몰래 들어가 설옥영을 처음 보았는데 그녀의 빼어난 미모에 '이목이 현란(眩亂)하니 심혼이 표탕(飄蕩)'할(권1) 정도였다.

'[승] 에로스의 전개' 단계는 열정적 에로스로 인해 이초혜와 간옥지, 두 남녀가 각각 '(2) 짝사랑, 상사병'에 걸리고 '(3) 질투, 공모'를 거쳐

'(4) 속아서 한 결혼과 이혼'의 상황을 맞는 단계다. 위보형·설옥영의 약혼·결혼으로 이초혜와 간옥지는 짝사랑의 열병과 상사병을 앓게 되는데 그 열병은 그치지 않고 더욱 커 갔다. 간옥지는 위보형을 질투하고 이초혜는 설옥영을 시기하는 중에 두 사람은 공모하여, 간옥지·설옥영의 사혼 교지를 위조하고, 함파와 육파에게 뇌물을 주고 사랑하는 이를 얻고자 했다. 첫 번째 계획은 위보형·설옥영 쪽의 방비로 허사가 되고, 두 번째 계획은 두 매파에게 속아 깜깜한 방에서 이초혜와 간옥지가 각각 상대를 위보형과 설옥영으로 오인하여 육체관계를 맺은 후 양가의 가부장(국구 간문추, 금오 이경중)에 의해 억지로 결혼하는 것으로 끝난다.

상대방을 연인으로 오인하면서 뒤엉키는 대목에서 두 남녀가 보여준 연인을 향한 사랑의 열정은 솔직한 고백과 뜨거운 육체관계로 표출된다.[12] 또한 두 남녀가 엉뚱하게 결혼하고 말았지만, 각각 마음에 품은 연인에 대한 사랑은 열정을 넘어서 관능의 성향을 띤다. 특히 이초혜는 잠을 자는 위보형 곁에 몰래 다가가 자기 얼굴을 그의 뺨에 대고 손으로 그의 가슴을 어루만지다가,[13] 위보형이 잠이 깨어 물리치자, 그를 힘껏 껴

12 [간옥지] 그ᄃᆡ롤 인ᄒᆞ여 뎌 즈음긔 만단긔화(萬端奇禍)롤 디니고 ᄉᆞ모ᄒᆞᄂᆞᆫ 졍이 병이 되어 쇼년고혼(少年孤魂)이 장ᄎᆞᆺ 쥭기롤 면치 못ᄒᆞᆯ가 근심ᄒᆞ기로 오날날 이 길을 ᄎᆞ자 인연이 겨유 일며 ᄯᅩ 니별ᄒᆞ니 그ᄃᆡ 만일 ᄉᆡᆼ의 명을 어엿비 녁기거든 영영이 셔로 못기롤 ᄀᆞᄅᆞ치라(권1)

[이초혜] 쳡이 귀가(貴家) 일녀로 부귀 극ᄒᆞ여 … 평ᄉᆡᆼ 어린 원이 잇셔 뜻의 찬 호걸을 ᄎᆞ자 셤기기롤 원ᄒᆞᄃᆞ가 상공의 풍광이 셰상의 ᄌᆞᄌᆞᄒᆞᄆᆡ ᄒᆞᆫ번 보기롤 ᄇᆞ라더니 양부인의 ᄀᆞᄅᆞ치믈 닙어 곽부 연상(宴床)의셔 낭군의 풍ᄎᆡ롤 ᄇᆞ라보고 ᄆᆡᆼ셰ᄒᆞ여 타셩(他姓)을 아니 셤기랴 ᄒᆞ니 …'(권1)

13 한 녀자 ᄀᆞ바야온 깁옷ᄉᆞᆯ 닙고 ᄉᆞᆫ의 향박을 들고 ᄂᆞ죽이 거러 드러와 ᄉᆞᆫ으로 ᄉᆡᆼ의 가ᄉᆞᆷ을 어로만뎌 분향ᄂᆡ 어ᄅᆡ엿ᄂᆞᆫ 낫출 ᄉᆡᆼ의 ᄲᅣᆷ의 ᄃᆞ히고 겻ᄒᆡ 누어 ᄉᆞᆫ으로 단단 안거 (권2)

안으며 자신의 심정을 솔직하게 밝혔다. 그 지점은 사랑의 열정이 유희적 관능 혹은 관능적 유희의 모습을 보여준다는 점에서 주목할 만하다.

> 싱을 드립쪄 안흐며 눈믈을 흘녀 왈, '쳡이 임의 옷깃ᄉᆡ 이ᄉᆞᆯ을 뭇쳐 상공 앏히[압히] ᄉᆞ싱을 ᄒᆞᆫ ᄀᆞ지로 ᄒᆞ여 죽기로뼈 됴ᄎᆞ 놀기ᄅᆞᆯ 긔약ᄒᆞᄂᆞ니 상공이 엇디 이ᄃᆡ도록 ᄆᆡ몰ᄒᆞ여 ᄎᆞᆨᄒᆞ믈 과히 ᄒᆞ시ᄂᆞ뇨(권2)

이초혜는 생사를 걸고 맹세한 뜨거운 사랑은 서로가 '착함을 과히' 하지 않는 '놀기[놀이]'였다. 즉 윤리·도덕의 선을 넘는, 유부남과 유부녀의 유희적 관능이었다.

다음은 '[전] 에로스의 전환' 단계다. 여기에서는 사랑이 증오로 변하는 '(5) 이중적 애증 심리'를 수반한다. 이전 단계까지 간옥지와 이초혜는 자신들의 열정적 사랑을 외면하는 상대를 원망하곤 했는데 그 사랑이 번번이 좌절되자 원망은 증오로 변하고 만다. 위보형이 설옥영과 이혼하여 동창공주를 맞아 부마가 되자, 이초혜는 이전에 못지않게 위보형에게 무모할 정도로 사랑의 열정을 표출하면서도,[14] '위문을 어육을' 만들겠다며

14 쵹(燭)을 ᄂᆞ호여 부마의 얼골을 ᄌᆞ시 보니 옥면(玉面)의 홍광(紅光)이 져져시니 홍년홰(紅蓮花) 취우(翠雨)의 져져ᄂᆞᆫ 듯 풍광이 동인(動人)ᄒᆞ니 쳔고긔남 옥인이라 니시 음심이 표탕ᄒᆞ니 능히 것줍지 못ᄒᆞ여 쵹을 쟝외로 믈니ᄆᆡ 부마의 의ᄃᆡᄅᆞᆯ 글너 벗기고ᄌᆞ 금구(衾具)ᄅᆞᆯ 덥고 동슉ᄒᆞ니 부ᄆᆡ 젼연이 모로더라. 니시 도위 원비(猿臂)ᄅᆞᆯ 아로만져 읍탄 왈 '위랑아 그ᄃᆡ 호남ᄌᆞ의 풍치로뼈 ᄂᆡ게 은ᄋᆡᄅᆞᆯ 빌니지 아니나뇨 만일 금야 인연을 일우지 못ᄒᆞᆫ즉 그ᄃᆡ와 후싱(後生)의 부부 되기ᄅᆞᆯ ᄆᆡᆼ셰ᄒᆞ고 ᄒᆞᆫ가지로 죽으리라' 늣기고 초챵ᄒᆞ여 ᄉᆞ경의 도위 번신(翻身)ᄒᆞ여 도라 누으ᄆᆡ ᄉᆞ롬이 ᄌᆞ긔ᄅᆞᆯ 휴슈졉톄(攜手接體)ᄒᆞ고 교면졉구(交面接口)ᄒᆞ엿ᄂᆞᆫ지라(권4)

분통을 터뜨렸다.[15] 간옥지의 경우에는 부친 간문추가 원한을 품었을 정도였다. 설옥영이 위보형과 결혼하게 되자, 간문추는 아들이 첫눈에 반한 설옥영을 놓친 것에 분노하며, 설옥영을 의종의 후궁으로 추천하여 위부와 설부에 보복하고자 했다.

짝사랑하는 연인의 사랑을 받아낼 가능성이 없어지고 연인을 향한 증오가 깊어지면서 간옥지와 이초혜의 에로스는 '(6) 관능과 유희'의 모습을 드러내기 시작했다. 이초혜는 의종에게 접근하여 유희적, 관능적 육체관계를 맺고,[16] 그 후 궁궐 밖에서 지내며 의종의 부름을 기다리던 중, 간옥지와 정을 통했다. 간옥지는 원래 방탕하고 여성 편력이 심한 남성이었는데 미모의 설옥영을 향한 열정에 사로잡힌 탓에 다른 여성을 돌아보지 않다가 이초혜와 '공모-결혼-이혼'을 거치면서 이초혜를 향한 관능적·유희적 충동에 휩싸인다. 그런 간옥지로부터 사모한다는 말을 들었을 때 이초혜는 그 진의가 육체적 에로스에 있음을 간파했다.

> 니시ᄂᆞᆫ 음녀(淫女)라 감노뎐의 니셔 샹(上)의 은춍(恩寵)이 쇠(衰)ᄒᆞ고 홍안(紅顔)이 무료ᄒᆞᄃᆞ가 옥지의 ᄉᆞ모(思慕)ᄒᆞ믈 듯고 … 큰 궤 쇽의 여허 져근 술위에 시러 드러와 밤을 ᄒᆞᆫ가지로 음난ᄒᆞ고 겹ᄇᆞ람벽 ᄉᆞ이의 감초와 냥인(兩人)이 가마니 즐기고 위·셜 ᄒᆡ(害)ᄒᆞ기ᄅᆞᆯ 꾀ᄒᆞ더라(권6)

15 위부마의 풍광을 오ᄆᆡᄉᆞ복(寤寐思服)ᄒᆞ여 샹ᄉᆞ일념이 ᄆᆡᆼ얼(萌蘗)ᄒᆞ니 위싱으로 인연을 못 일우면 위문을 어육을 ᄆᆞᆫ들니라 앙앙분통이러니(권4)

16 의종이 음녀의 교ᄐᆡᄒᆞᄂᆞᆫ 풍경을 ᄃᆡᄒᆞ여 엇지 참으리오 겻ᄒᆡ ᄉᆞᄅᆞᆷ이 업ᄂᆞᆫ지라 손을 잇글고 졍자(亭子) 우ᄒᆡ ᄂᆞᄋᆞ가 운우지희(雲雨之熹)ᄅᆞᆯ ᄑᆡ(罷)ᄒᆞᄆᆡ(권5)

두 남녀의 사랑은 '궤 속에 넣어 작은 수레에 싣고 들어와 밤을 새우는 음란'과 '겹바람벽 사이에 감추어두고 즐기는' 관능적·유희적 에로스였다.

관능과 유희의 에로스는 '(7) 소인배와 결탁, 악행 확대'로 이어진다. 이초혜는 곽숙비를 몰아내고 의종을 독차지하기 위해 곽숙비 곁에서 부마 위보형을 떼어내고자 동창공주를 독살했다. 이초혜는 그 과정에서 부친 이경중과 어사대부 두악을 비롯하여 간의태우 고만, 예부낭중 위당, 이부낭중 양지지(양부인의 오라비), 태의 양경(양지지의 친척) 등과 결탁하고, 간옥지는 태감 유행심에게 뇌물을 바치고 그의 양아들이 되어 이초혜의 정치세력에 가담했다. 그 정치세력은 성, 권력, 재물이 왜곡되게 결합한 양상을 보이는바, 그러한 정치세력을 바탕으로 이초혜는 현종 시절의 여산(驪山) 화청궁(華淸宮)을 재건하고 관능과 유희를 일삼으며, 그에 반대하는 위보형을 비롯하여 여러 충신을 축출했고, 간옥지는 위사원(위보형의 아들)을 납치했다. 나중에 소인배들은 악행이 밝혀져 처단되는데 그때 이초혜는 의종의 신비(新妃)여서 화를 피하지만, 자중하기는커녕 다른 간흉들과 함께 국정을 유린하고, 의종의 병사(病死)를 고의로 방치하여 희종 황제를 옹립하고, 희종에게 태후에 오르게 해달라고 요청했다가 여의찮게 되자 희종의 폐위를 꾀했다.

마지막으로 '[결] 에로스의 결말' 단계다. 이초혜 무리는 희종이 내세운 충신 전영재에 의해 소탕되는데, 마침 황소의 난이 일어난 틈을 타서 이초혜는 황소의 귀비가 된다. 하지만 이초혜와 간옥지는 황소의 난을 진압하는 이극용과 위보형에게 잡혀서 처참한 최후를 마쳤다. 그 죽음의 순간에도 비극의 책임이 에로스를 다스리지 못한 자신들에게 있음을 깨닫지 못했다. 이초혜는 '위자[위보형]를 나를 뵈지 않고 또 나로서 상총(上

寵)을 받지 않게 하였으면'(권9), 화(禍)에 빠지지 않았을 것이라고 항변할 뿐이었다.

한편 간옥지·이초혜 커플의 육체적 사랑에서 주목할 것은, 위보형·설옥영 커플을 상대로 '커플 사이의 상대 교환'의 모습을 보여준다는 것이다. 간옥지와 이초혜는 커플로 맺어지기 전부터 위보형·설옥영 커플을 상대로 각자 '간옥지→설옥영'과 '이초혜→위보형'으로 짝사랑을 실현하고자 했다. 간옥지·이초혜는 결혼한 후에 여전히 위보형·설옥영 커플을 상대로 짝을 빼앗으려고 했고, 이혼한 후에는 서로 관능에 빠져 부적절한 커플이 되어서 위보형·설옥영 커플에게 원한을 품으면서도 짝을 빼앗으려는 소망을 버리지 않았다. 이들 남녀는 위보형·설옥영 커플을 깨뜨리는 것이 '커플 사이의 상대 교환'을 수반함을 알면서도 심리적으로 윤리·도덕적인 가책을 전혀 받지 않는다. 그런 육체적 에로스를 성취하기 위한 일련의 과정이 비윤리성과 부도덕성으로 점철되는바, 간옥지·이초혜 커플은 비극적 종말을 맞고 만다.

요컨대 〈천수석〉은 간옥지와 이초혜를 육체적 에로스 커플로 창출하여 육체적 에로스에 의한 인간의 파멸을 구현한 작품이다.

2.2. 에로스의 관능화·수단화 풍조: '개인·가정-가문·황실-조정·국가'

이초혜와 간옥지가 육체적 에로스에 휘둘렸던 것은 개인의 성향 때문이기도 하지만, 그 배경이 되는 사회 풍조와 깊은 관련이 있다. 그 사회는 에로스의 관능화·수단화 풍조가 개인·가정과 가문·황실 그리고 조정·국가에 걸쳐 다층적으로 얽혀 있어서 에로스 사회라 일컬을 만하다.

이러한 풍조는 대표적인 가문인 위문을 중심으로 설문, 양문, 간문, 곽문, 이문, 황실에 걸쳐 복잡하게 얽히는 혼맥(婚脈)을 바탕으로 한다. 그중에 양문의 세 딸, 양부인(1), 양부인(2), 양부인(3)이 맺는 인척 관계가 주목할 만하다. 곽춘·양부인(1)의 큰딸 곽숙비와 간문추·양부인(2)의 딸 간귀비는 이종사촌으로 둘 다 의종 황제의 후궁이다. 간귀비가 죽은 후에 이초혜는 의종의 신비가 되는데, 그녀는 곽춘·양부인(1)의 외손녀로서 이모 곽숙비와 쟁총을 벌인다. 양부인(3)의 남편인 위광미는 계실 이씨를 두었는데 훗날 계실의 아들 위보형이 의종·곽숙비의 딸인 동창공주의 배필이 된다. 이들 세 양부인의 혼맥을 중심으로 펼쳐지는 남녀의 사랑은 다음과 같은 인식·행태를 수반한다.

ⓐ '열정적 에로스는 성취해야 한다'라는 인식·행태[상층 가문의 가부장]

ⓑ '관능적 에로스는 향유해야 한다'라는 인식·행태[황실의 황제]

ⓒ '에로스는 얼마든지 수단화될 수 있다'라는 인식·행태[상층 가문의 남녀]

ⓐ 열정적 에로스는 성취해야 한다는 인식·행태[상층 가문의 가부장]를 살펴보자. 이런 인식·행태는 앞서 살펴본 대로 이초혜와 간옥지를 넘어서서 양쪽 부모로까지 확대된다. 이들 부모는 자녀가 덕과 선의 정신적 가치에서 벗어나 육체적 관능을 추구함을 알면서도 훈계하기는커녕 자녀 편에 선다.

이경중은 딸(이초혜)이 위보형에게 첫눈에 반한 사랑에 빠졌음을 알게 되자, 딸을 만류하기는커녕 오히려 딸의 편에 섰으며, 간문추는 아들(간옥지)이 반한 설옥영을 가로채기 위해, 의종의 사혼 교지를 위조했다. 심지어 양가 부모는 간옥지·이초혜가 시도하는 커플 사이의 상대 교환을 인정하고 실행할 수 있도록 돕기도 했다. 그런 가부장이 한 명도 아니고 두 명이며, 더욱이 그들이 권세 있는 상층 가문의 가부장이라는 점을 고려하면, 그들의 인식·행태가 지니는 사회적 파급력은 매우 크거니와, 그러한 풍조에서 이초혜와 간옥지 같은 에로스형 인물이 출현은 자연스럽다고 할 것이다.

다음으로 ⓑ 관능적 에로스는 향유해야 한다는 인식·행태[황실의 황제]를 살펴보자. 의종은 곽숙비와 간귀비를 대상으로 열정과 관능의 경계를 넘나드는 에로스를 즐겼다.[17] 그에 만족하지 않고 의종은 설옥영이 위보형과 약혼한 사이라는 사실을 알면서도 아름답다는 말을 듣고 그녀를 후궁으로 삼고자 했다. 그때 곽숙비는 설옥영 대신 시비 설아를 내보냈는데, 그렇게 행동한 것은 평소, 의종의 관능적 욕망을 잘 알고 있는 상황에서 의종이 미모의 설옥영에게 빠져드는 것을 막기 위해서였다. 그만큼 의종은 미모의 여성과 관능적 에로스에 적극적으로 빠져들고 싶어 했다. 미모의 여성을 취하지 못한 상황에서 이초혜가 출현하자 의종은 관능의 유혹에 빠져들고 만다. 의종은 한밤중 궁중에서 노래로 유혹하는 음녀 이초혜를 만나 정자 위에 나아가 성적 즐거움을 나누고 이초혜를 궁으로 불러들여 밀회를 즐겼다.

관능에 젖은 방탕한 임금[18] 의종에게 상대 여성들의 인척 관계는 아무

17 대체로 열정적 에로스는 제3자가 개입을 허용하지 않는 배타적 성향을 띤다. 의종이 곽숙비와 간귀비, 두 여성을 총애했다는 점에서 그 에로스는 관능적이라 할 수 있다.

18 신비 ᄂᆡ자(內子)로 ᄒᆞ여곰 샹긔 고ᄒᆞ여 왈, '셩셔(城西)의 츄경(秋景)이 긔이(奇異)ᄒᆞ여 노ᄅᆞ시미 그ᄣᆡᄅᆞᆯ 어덧다.' ᄒᆞ니 샹은 진실노 방탕(放蕩)ᄒᆞᆫ 님군이라 즉시 셩셔의 힝ᄒᆞ시니 ᄇᆡᆨ관과 시위(侍衛)ᄒᆞᆫ 군ᄉᆡ 호힝(護行)ᄒᆞ여 도쳐의 ᄇᆡᆨ셩이 길ᄒᆡ 이어 시셕 ᄉᆞ이의 노ᄅᆡ 부ᄅᆞ

문제가 되지 않았다. 이종사촌 간인 곽숙비(양부인(1)의 딸)와 간귀비(양부인(2)의 딸)를 대상으로 관능적 에로스를 향유했고, 이초혜가 곽숙비의 조카딸인 것도 문제 될 게 없었다. 심지어 의종은 유부녀인 설옥영을 취하기 위해 위보형·설옥영 부부를 이혼하게 했다. 의종에게 이들 부부가 지향하는 덕과 선의 정신적 가치는 전혀 고려할 것이 아니었고, 황제의 절대 권력을 남용해서라도 관능과 향락을 누리는 게 관심사였을 뿐이었다. 게다가 간신배들이 의종의 관능을 부추기는 상황이었다. 이처럼 관능적 에로스의 풍조는 최상층 임금까지 미치고 있었다.

ⓒ 에로스는 얼마든지 수단화될 수 있다는 인식·행태[상층 가문의 남녀]를 살펴보자. 에로스의 수단화란 주체가 자신의 목적을 이루기 위해 에로스를 이용하는 것을 의미한다. 그런 수단화는 자신을 이용하는 경우와 타인을 이용하는 경우로 세분할 수 있다.

먼저 타인을 이용하는 경우를 살펴보자. 양부인(3)은 남편의 사랑을 받으며 총권(總權)을 누리는 중, 계실의 아들(위보형)이 재주가 출중하여 남편의 사랑이 계실에게 옮겨갈 것을 염려했다. 마침 위보형·설옥영의 결혼으로, 설옥영이 손아랫동서 설부인의 조카딸이어서 '이부인(계실)-위보형·설옥영-설부인(손아랫동서)'의 연대가 형성되어, 양부인(3)의 총권이 위보형·설옥영에게 넘어갈 것이라는 근심까지 일었다.[19] 이에 양부인(3)은 큰언니 양부인(1)의 외손녀 이초혜를 위보형에게 맺어주고 작은언니 양

ᄂᆞᆫ 집과 슐 ᄑᆞᄂᆞᆫ ᄃᆞ락의 곳곳지 귀경ᄒᆞ시고(권7)

19 양부인이 낙누 왈, '소녜 위문 총권을 오로지 ᄒᆞᄆᆡ 거칠 거시 업더니 니시 싱ᄌᆞᄒᆞᄆᆡ 이곳 보형이라 … 형제 중 쒸여ᄂᆞᄆᆡ … 쏘다시 셜츄밀의 녀ᄋᆞ와 경혼ᄒᆞ니 … 미구의 위문 총권이 보형의게 도라가지 아니코 뉘게로 가리잇고…'(권1)

부인(2)의 아들인 간옥지를 설옥영에게 맺어주고자 했다. 양부인(3)은 위문에서 총권을 유지·강화하려는 목적을 이루기 위해서 이초혜·위보형 사이와 간옥지·설옥영 사이에 사랑의 열정을 일게 하려 했다.

간문추도 마찬가지로 그런 방법을 썼다. 아들 간옥지가 원하는 설옥영을 얻지 못하고, 원하지 않은 여자와 결혼하게 되자, 위보형·설옥영 부부 사이를 깨뜨려 원수를 갚고자 했다. 그것을 위해 설옥영이 미모가 빼어나다는 점을 들어 의종의 관능을 불러일으켜 설옥영을 빼앗게 하고자 한 것이다. 간문추는 미모의 딸을 의종의 귀비로 들여 국구로서 권력을 누려왔거니와, 일찍이 육체적 사랑을 수단화하는 것을 체득하고 있었던 인물이기에 그런 일은 대수롭지 않았다. 국구 곽춘·양부인(1) 부부가 미모의 딸(곽숙비)을 의종에게 주고 권세를 누릴 수 있었던 것도 그렇다. 이처럼 양문, 곽문, 간문, 황실 등 여러 가문에 걸쳐 에로스의 수단화 풍조가 만연했다.

다음으로 본인의 목적을 이루기 위한 당사자가 기꺼이 에로스를 내세우는 경우를 살펴보자. 양부인(3)이 후실로서 집안의 총권을 지닐 수 있었던 것은 자신의 미모로 남편의 사랑을 붙들어 두었기 때문이다. 그동안 양부인(3)은 계실을 제치기 위해서 자기 자신을 이용하는 에로스의 수단화 방식을 택해왔다. 이로써 양부인(3)은 '에로스의 수단화'에서 자신과 타인을 모두 이용하는 인물로 자리를 잡는다. 이초혜도 관능의 덫을 놓고 의종에게 접근했는데, 이는 의종의 절대 권력을 이용하여 위보형에게 원수를 갚으려고 했기 때문이다. 자색이 삼천 총아 중 가장 빼어난 곽숙비가 으뜸 총희로서 이미 의종의 마음을 사로잡고 있고,[20] 더욱이 곽숙비가 이모인 상황에서, 이초혜는 의종을 가로채기 위해서 자기 성적 매력을 최대치로 끌어올려야만 했다. 심지어 주인공 위보형 집안도 예외는 아니었거니와, 위광미가 에로스형 인물인 양부인(3)에게 미혹되어 골육의 대화를 빚고 말았다.[21] 이처럼 에로스의 관능화·수단화 풍조가 상층 가문을 넘어서 황실 그리고 위씨 가문에까지 닿아 있다.

그런 사회에서는 선량한 부부의 정을 하찮게 여기고, 그런 부부를 강제로 갈라놓고 에로스의 상대로 삼는 비윤리적이고 부도덕한 인식·행태가 쉽사리 받아들여진다. 황실과 궁중은 관능적 에로스에 휩싸였고, 조정은 에로스를 수단으로 삼는 것이 다반사였다. 그런 사회에서 에로스로 얽힌 문제를 건드렸다가는 한순간에 위험에 처하지 않을 수 없었다. 단적으로 위보형의 짝 설옥영이 후궁에 뽑히는 사달이 났을 때 양가에서 죽음을 무릅쓰고 저항하고자 했는데, 위보형이 양가의 가장을 적극 만류하지 않을 수 없었던 것은 그의 말대로 독수를 입지 않으려고 했기 때문이다.

20 곽숙비ᄂᆞᆫ 텬ᄌᆞ의 웃듬 춍희니 ᄌᆞ식이 뉵궁분ᄃᆡ(六宮粉黛) 무안ᄉᆡᆨ(無顔色)으로 삼쳔춍ᄋᆡ(三千寵兒) ᄌᆡ일신(在一身)이라 궁즁 권위ᄅᆞᆯ 장즁의 너허 황졔 부리기ᄅᆞᆯ 유아ᄀᆞᆺ치 ᄒᆞ고 졍궁 ᄃᆡ졉기ᄅᆞᆯ 붕우ᄀᆞᆺ치 ᄒᆞ더라(권2)

21 ᄐᆡᄉᆞ의 어두오미여. 양녀 갓ᄒᆞᆫ 투부ᄅᆞᆯ 부ᄂᆡ의 머므러 마ᄎᆞᆷᄂᆡ 골육의 ᄃᆡ화ᄅᆞᆯ 비져ᄂᆡ니 엇지 ᄀᆞ셕지 아니ᄒᆞ리오(권8)

3. 작가의 비판의식: 에로스의 관능화 · 수단화 풍조와 거리두기

작가는 에로스의 관능화·수단화 풍조와 거리두기로 비판의식을 드러낸다. 그 비판의식은 위보형·설옥영·동창공주를 내세운 정신적 에로스, '에로스의 관능화·수단화 풍조-당·후당의 멸망-천의'의 필연성, 도가적 초월계와 무위자연의 삶 등을 통해 구현된다.

3.1. 정신적 에로스 커플: 위보형·설옥영·동창공주의 연대

육체적 에로스와 거리를 두는 대표적인 인물은 위보형, 설옥영, 동창공주 등 세 주인공이다. 위보형은 자연에 파묻혀 소박하게 사는 삶을 지향하는 인물이다. 단적으로 위보형이 형제들과 외숙, 이처사의 은둔 처사 삶을 두고 논쟁할 때, 형제들이 갈건포의 이처사의 삶을 괴로운 삶으로 단정하고 부귀공명을 높이 평가하자, 보형은 부귀공명을 헌신짝으로 폄하하며, 이처사를 청고(清高)한 군자로 치켜세웠다.[22] 하지만 위보형은

22 보형이 쇼왈 '쇼질이 실노 외구의 청풍고졀을 흠모ᄒᆞ고 공명을 원치 아니ᄒᆞ옵ᄂᆞ니이다.' 원형이 쇼왈 '남ᄋᆡ 셰상의 ᄂᆞᄆᆡ … 부귀ᄒᆞ미 곽분양 ᄀᆞᆺᄒᆞ여 화안분ᄃᆡᄅᆞᆯ 그름ᄀᆞᆺ치 둔 연후의야 쾌ᄒᆞᆫ 장부의 ᄉᆞ업이여ᄂᆞᆯ 단양 니쳐ᄂᆞᆫ 숨은 쳐ᄉᆡ 갈건포의로 … ᄂᆞ면 뎍요(寂寥)ᄒᆞ고 들면 쳐량ᄒᆞ여 … 비록 일홈이 즁ᄒᆞ고 ᄒᆞᆨ식이 놉흔들 스ᄉᆞ로 괴로오미 이ᄀᆞᆺ고 무어시 귀ᄒᆞ리오.' … 보형이 미쇼 왈 '외구ᄂᆞᆫ 실노 시롬 업산 ᄉᆞ롬이라 … ᄂᆞ의 외구의 청고ᄒᆞᆫ 덕을 능히 밋지 못ᄒᆞ시리리다 … 헌신ᄀᆞᆺ흔 부귀 무어시 귀ᄒᆞ리잇가.' ᄐᆡ우의 ᄋᆞ들 세형이 보형을 밀쳐 왈 '… 놈ᄋᆡ 눈의 고은 빗ᄎᆞᆯ 보고 귀의 됴흔 쇼ᄅᆡᄅᆞᆯ 듯고 … 먹으ᄆᆡ 맛시 됴코 닙으ᄆᆡ 옷시 빗ᄂᆞ면 쾌타 ᄒᆞ려든 …' 보형 왈 '고인이 부귀ᄅᆞᆯ 탐ᄒᆞ여 일홈을 셰운 ᄉᆞ롬이 몃치뇨 군ᄌᆞ ᄒᆞᆫᄀᆞᆺ 부귀번화ᄅᆞᆯ 탐ᄒᆞ여 망신취화ᄅᆞᆯ 만ᄂᆞ면 도로혀 님하의 됴히 잇슴만 ᄀᆞᆺ지 못ᄒᆞ리니…'(권2)

이처사의 예언대로 부귀공명을 누리며, 처사의 삶은 실제로 살지 못한 채 동경할 뿐이었다. 그 대신 위보형은 온유·효순·공경의 삶을 살며, 지방 선비들이 불리하지 않도록 과거 날짜를 바로잡는 등 군자의 길을 밟았다. 요컨대 위보형은 출장입상의 부귀공명 의식이 팽배한 사회에서 처사적 삶을 동경하며 군자적 삶을 실행에 옮기는 처사 지향적 군자형 인물이다.

처사 지향적 군자형 인물의 모습은 처음부터 육체적 에로스와 거리두기로 연계된다. 원형·세형 형제가 위보형에게 권했던 부귀번화의 삶은 '눈의 고운 빛'을 취하고, '화안분대(花顔粉黛)'와 관능에 젖는 삶이었지만, 위보형은 그런 에로스 행태와 거리를 두었다. 위보형은 풍채가 뛰어나서 '미인마다 실성함이 그르지 않다'라고 황제가 인정했을 정도로, 두란향의 열정적인 시선을 받았고, 초월의 애처로운 통곡을 대했지만 흔들림이 없었고, 집요한 이초혜의 온갖 술수에도 넘어가지 않았다. 그래서 위보형은 형제들로부터 '장대화류(長臺花柳)의 가지를 꺾으며 규리옥화(閨裏玉花)를 취하여 … 남아의 풍채를 내라'라는 권면과 함께, 그렇지 못하면 '남자는 못 되리라'라는 웃음기 어린 핀잔을 받았다.[23] 하지만 '간 데 족족 미인이 나서 못 견디게 속이되 여차여차하여 물리치는 정직 군자'(권4)라는 동생 위진형의 두둔에서 보듯이, 위보형은 육체적 에로스와 거리를 두는 군자였다.

---

23 셰형이 쇼왈 '두란향의 눈도곤 초월의 통곡ᄒᆞ던 거동이 더옥 우습더라 텬ᄌᆞ 네 풍ᄎᆡᄅᆞᆯ 넙지ᄂᆡ여 미인마다 실셩ᄒᆞ미 그르지 아니타 ᄒᆞ시니 니졔ᄂᆞᆫ … 장ᄃᆡ화루의 ᄀᆞ지ᄅᆞᆯ 색그며 규리옥화ᄅᆞᆯ 쥐ᄒᆞ여 규방 셜슈 상ᄃᆡ킈ᄅᆞᆯ 돈졀ᄒᆞ고 남아의 풍ᄎᆡᄅᆞᆯ ᄂᆡ라.' 운형 왈 운형 왈 'ᄌᆞ균이 풍ᄎᆡᄂᆞᆫ 됴화도 남ᄌᆞᄂᆞᆫ 못 되리라 … ᄆᆞᆺ 미인의 ᄋᆡ만 쓰이니 네 그 앙얼(殃孼)노 후싱(後生)의 검고 뮈온 놈이 되어 미인들의 뒷간이라도 ᄎᆡ오지 아니리니…'(권3)

위보형의 여성 관계는 '규방 설수[설옥영]'에 한정되었는데, 설옥영은 '성행(性行)이 숙요(淑窕)하여 효절이 교중(僑中)함이 철부명완(哲婦明婉)의 뒤를 따를'(권1) 만한 여사형 인물로 육체적 에로스와는 거리가 멀었다. 그들의 사랑은 지기(知己)같이 서로 존중하고 헌신하며 친밀감을 지니고 함께 덕과 선을 지향하는 정신적 사랑이다. 위보형·설옥영은 의종·곽숙비의 강요로 이혼하고 위보형·동창공주가 맺어지지만, 그 이후에도 덕과 선을 지향하는 정신적 사랑은 지속된다. 위보형은 육체적 에로스형 인물들의 모해에서 설옥영을 구해내고, 설옥영은 그런 위보형을 변함없이 신뢰했던바, 둘의 정신적 사랑은 깊어진다.

동창공주도 어질고 세상의 화려함에 뜻을 두지 않은 인물이었다. 결혼 첫날밤 위보형이 사치하지 말고 검소하라고 당부하자, 공주는 오히려 죄를 청하며 온순하게 응답했다. 위보형은 의종·곽숙비에 의해서 설옥영과 강제로 이혼을 당하고 동창공주와 결혼하게 되었지만, 처사 지향적 군자의 궤도에서 벗어나지 않음으로써 곽숙비와 장 상궁에 의해서 '색을 호치 않으시며 권을 탐치 않으시며 부를 열치 않은 군자'(권7)로 호평을 받았으며 그런 태도는 공주의 사후 지성스러운 제례(祭禮)로 지속되었다. 이처럼 위보형·동창공주 부부는 덕과 선의 정신적 사랑을 중시하는 군자·여사 커플이었다.

이러한 정신적 사랑은 설옥영·동창공주로 확대된다. 설옥영·동창공주의 관계는 위보형·설옥영의 강제 이혼과 위보형·동창공주의 늑혼을 수반하기에 쟁총이나 원한이 개입할 여지가 충분하지만, 우애를 맺는 쪽으로 나아갔다. 모친 곽숙비가 동창의 원만한 결혼생활을 위해 설옥영·위사원 모자를 죽이려고 하자, 동창공주는 꿈속에서 금갑신장을 만나 경고의 말을 들었다고 꾸며대며, 설옥영이 이혼했으니 전혀 문제 될 게 없고 위사원은 남편의 아들이니 자기 아들이기도 하다고 설득하여 설옥영·위사원 모자를 구해냈다. 이에 설옥영은 '생아자(生我者)는 부모요 구생자(求生者)는 옥주(玉主)시니'(권5)라며 고마움의 눈물을 흘리며 기꺼이 아들 위사원을 공주의 양자로 보냈다. 이렇듯 '덕과 선을 지향하는 정신적 사랑'은 위보형·설옥영 관계에서 '위보형–동창공주' 관계로 이어지고 거기에 설옥영·동창공주의 우애가 보태짐으로써, 위보형·설옥영·동창공주의 연대로 확대되는 양상을 띤다.

한편 3인의 연대가 구현하는 정신적 사랑은 애초부터 뜨거운 열정과 거리를 두었다는 점을 눈여겨볼 만하다. 위보형은 애초부터 남녀 사이에 일어나기 마련인 열정과 거리를 두었으며, 설옥영도 마찬가지였고, 동창공주도 그랬다. 이들의 사랑은 열정에서 시작하여 육체적 에로스를 거친 다음 정신적 에로스로 승화되는 사랑이 아니다. 물론 부부 사이의 육체관계를 맺긴 하지만, 이들의 사랑은 처음부터 열정과 거리를 둔 정신적 에로스였다. 그런 정신적 에로스를 바탕으로 설옥영·동창공주, 두 부인 사이의 우애 관계가 형성된다. 이들의 정신적 에로스에는 애초부터 열정이 들어서지 않는데, 이는 간옥지와 이초혜의 경우에서 보듯 열정이 육체적 에로스의 강력한 시발점이 된 것과는 다른 양상을 보여준다.

남녀의 정신적 에로스를 바탕으로 하는 위보형·설옥영·동창공주의 연대는 에로스의 관능화·수단화 풍조에 대한 비판을 함축한다. 그 비판은 이초혜와 간옥지 등 에로스형 악인은 물론이고 그 조력자들이 설쳐대는 조정과 관능·향락에 젖은 황실까지 미친다. 의종은 곽숙비와 간귀비 사이에서 관능적 에로스에 빠져 정사를 그르치고, 간귀비가 병들어 죽자 위보형·설옥영 부부를 이혼시키고 설옥영을 후궁으로 들이려고 했다가, 딸 동창으로부터 '인륜주멸(人倫誅滅)'[24]이라는 말을 들었고, 설옥영의 모친과 위보형으로부터 '혼군(昏君)'이라는 비난을 받기에 이른다. 하지만 에로스의 관능화·수단화 풍조에 대한 비판을 함축하는 3인의 정신적 사랑은 애초부터 난관에 부닥칠 수밖에 없었던바, 설옥영은 가까스로 살해의 위기를 피해 친정에 숨어 지내야만 했고, 동창공주는 독수에 걸려 애처롭게 병들어 죽었으며, 위보형은 지방으로 좌천되고 말았다. 그리고 곽숙비는 관능적 인물인 이초혜가 끼어들자, 의종·이초혜·곽숙비 관계에서 밀려나고 말았다.[25] 이처럼 위보형·설옥영·동창공주 3인과 곽숙비가 맞는 위험과 고통은 에로스의 관능화·수단화 풍조에 휩싸인 에로스 사회의 집단적 폭력성을 드러낸다.

3.2. '에로스의 관능화·수단화 풍조-당·후당의 멸망-천의'의 필연성

에로스 사회의 폭력성은 먼저 'ⓐ에로스의 관능화·수단화 풍조-ⓑ당 멸망'의 필연적 인과관계로 연계된다. 즉, 당(唐) 말기에 관능·향락의 풍

---

24 황애(皇爺) 몬져 그 지어미ᄅᆞᆯ 아ᄉᆞ 취코져 ᄒᆞ시고 후의ᄂᆞᆫ 그 디ᄋᆞ비ᄅᆞᆯ 아ᄉᆞ ᄉᆞ회 삼으시니 국체(國體) 블가(不可)ᄒᆞ시고 열부ᄅᆞᆯ 아ᄉᆞ 권쳑(權戚)을 쥬랴 ᄒᆞ시니 챠(此)ᄂᆞᆫ ᄉᆞ람의 안ᄒᆡᄅᆞᆯ 앗고 ᄯᆞᆯ을 ᄂᆡ여 쥬시니 무틔(無他)라 황야와 낭낭이 블초녀(不肖女)ᄅᆞᆯ 편ᄋᆡᄒᆞ샤 인뉸을 쥬멸ᄒᆞ시고 실덕ᄒᆞ시니(권4)

25 위보형·설옥영·동창공주 3인의 정신적 사랑은 주변 인물에게 인정받는 데까지 나아간다. 곽숙비는 의종·곽숙비·황후 사이와 의종·곽숙비·간귀비 사이에서 연거푸 관능적 에로스로 의종을 사로잡아 쟁총 상대들을 물리치는 중, 에로스의 수단화를 체득한 후궁이었지만, 3인의 정신적 사랑에 감화되어 동창 사후에 자진하여 위보형·설옥영의 재혼을 성사시킨다. 이후 곽숙비와 위보형·설옥영 부부는 서로 아끼는 사이를 유지한다.

조가 만연하고 사회의 집단적 폭력 성향까지 팽배했는데 그게 당 멸망의 사유가 되었다는 것이다. 그러한 역사 인식은 승상 위보형이 내세운 '삼불가론(三不可論)'[26]을 의종이 받아들이지 않는 데서 정점을 이룬다. 삼불가론은 첫째, 이초혜가 요청한 여산 화청궁의 재건이 불가하다는 것, 둘째, 이초혜에게 침혹되어 정사(政事)를 폐한 것이 불가하다는 것, 셋째, 전국에서 재물을 거둬들이는 것이 불가하다는 것이다, 그 요체는 의종이 관능과 향락에서 돌이키라는 것이었다. 의종의 관능과 향락은 토목사업, 보배의 진상을 수반함으로써 소요의 원인이 되는 것인데도 의종은 삼불가론을 받아들이기는커녕 '저를 버려 쓰지 말고자 하나 … 이를 장차 어찌 처치하리오'라며 위보형을 물리치기에 급급할 뿐이었고, 그런 서사는 '당조(唐朝) 운수 거의라'(권7)라는 서술자의 탄식으로 이어진다.

이에 앞서 'ⓐ에로스의 관능화·수단화 풍조-ⓑ당 멸망'의 필연적 인과관계는 위보형의 소명을 통해 드러나기도 한다. 다음은 설옥영이 병들어 쓰러졌을 때 꿈속에서 당 현종을 만나는 장면이다.

> 현종이 니로ᄉᆞᄃᆡ, '위보형이 왕실을 도으려 강ᄉᆡᆼ(降生)ᄒᆞ여시ᄂᆞ 텬명이 진ᄒᆞ엿시니 보형은 텬샹 문곡셩이라 ①한양왕(漢陽王) 당간지(張柬之) 되어 당실(唐室)을 븟드ᄃᆞ가 ᄋᆡᄆᆡ히 죽으니 원졍(怨情)이 ᄆᆡ쳐 ᄃᆞ시 ②강ᄉᆡᆼ위문(降生

26 폐ᄒᆡ 엇지 … 화쳥(華淸) 여산(廬山)의 유ᄒᆡᆼ(遊行)ᄒᆞ시기ᄅᆞᆯ 힘쓰시고 예샹우의무(霓裳羽衣舞) ᄉᆞᆷ의 취ᄒᆞ여 … 폐ᄒᆞ여 ᄇᆞ리인 곳을 폐ᄒᆡ 다시 잇고져 ᄒᆞ시니 그 가치 아니미 ᄒᆞᆫ 가지오, 폐ᄒᆞ의 비빙(妃嬪)이 ᄉᆞᆷ쳔이어ᄂᆞᆯ 니신비ᄂᆞᆫ ᄒᆞᆫ 쳔ᄒᆞ고 더러온 여ᄌᆞ어ᄂᆞᆯ 폐ᄒᆡ 침혹ᄒᆞ샤 졍ᄉᆞ(政事)를 폐ᄒᆞ시니 ᄇᆡᆨ관이 폐하긔 됴회 아얀 지 반 ᄒᆡ라 농탑(龍榻)의 틔글이 가득이 ᄊᆞ혀시니 이 두 ᄀᆞ지 블가ᄒᆞ미오, … 니졔 폐ᄒᆡ 간ᄒᆞᄂᆞᆫ 글을 드리지 말나 ᄒᆞ시고 ᄉᆞ방의 드리ᄂᆞᆫ 보ᄇᆡᄂᆞᆫ ᄌᆞ촉ᄒᆞ시니 이 삼블ᄀᆡ(三不可)라(권7)

葦門)ᄒᆞ나 ᄯᅩ ᄃᆞ시 일우지 못ᄒᆞ고 당실(唐室)의 쇠ᄒᆞ니 기경이 쳐의(凄矣)로다 ᄯᅩᄒᆞᆫ 젼셰업원(前世業冤)으로 니럿틋 곤공ᄒᆞ나 모로미 원(怨)치 말ᄂᆞ'

계상의 션관ᄃᆞ려 니로ᄉᆞᄃᆡ, '경이 니쟝경의게 아라오라 ᄉᆞ손(嗣孫, 이사원)의 녁년(歷年)이 언마ᄂᆞ ᄒᆞ리오' 션관이 안긔와 그룹을 타 슌식의 도라와 쥬왈 'ᄉᆞ손이 현명유덕(賢明有德)ᄒᆞᆫ 부모의게 강ᄉᆡᆼᄒᆞ니 니ᄂᆞᆫ 한양왕이 당실의 츙셩을 못ᄒᆞ고 이ᄆᆡ이 쥭으믈 텬의 감동ᄒᆞᄉᆞ 문곡셩의게 유덕셩군(有德聖君)의 ③아들(이사원)을 두나 셩이 번듯쳐 위가(韋家)의 ᄂᆞ니 극용을 조ᄎᆞ 팔년을 황제 되어 션죵(善終)ᄒᆞ올지[니] 당실의 녁쉬(歷數) 미진(未盡)ᄒᆞ옵고 문곡의게 연분이 젹으미니이다'

현종이 냥구 ᄎᆞ탄ᄒᆞ시고 좌의 ᄒᆞᆫ 션녀롤 블너 니로ᄉᆞᄃᆡ '경은 한 곡됴 가ᄉᆞ롤 블너 쳔낭셩(天狼星)을 듯게 ᄒᆞ라'(권4)

대화의 초점은 ②위보형과 ③위사원 부자에게 당실(唐室) 부흥의 소명에 놓여 있다. 거기에서 눈길을 끄는 것은, 그 소명이 과거의 ①한양왕에게로 거슬러 올라간다는 것이다. 역사상 '중종-무측천-중종(복위)'의 제위 계승 과정에서 한양왕은 무측천 시대를 끝낸 주역이다. 무측천은 관능적 에로스의 당사자이자, 정략적 목적을 달성하기 위해 에로스의 수단화를 일삼은 여성이고,[27] 당 황실의 명맥을 끊은 여황제였다. 한양왕을 비롯한

27 무조(훗날 무측천)는 14세에 재인에 뽑혀, '(1)태종의 후궁' 시절에 태자(고종)와 사랑에 빠졌고, 태종 사후에는 고종과 밀회를 즐기다가 '(2)고종의 후궁'으로 환궁했으며, 그 후 '고종-왕 황후-소숙비'의 틈에서 왕 황후 편을 들어 소숙비를 제거한 다음, 고종을 미혹하여 왕 황후까지 물리치고, '(3)측천무후'를 거쳐 '(4)무측천'으로 등극했다. '(4)여황제(무측천)'가 되는 과정에서 종친들을 살해하고 태자와 황제에 오른 친아들 4명을 살해·폐위시켰다. 늙어서는 남총(男寵) 3,000명을 두었다. (趙良(저), 김태성·이은주(역), 『광기의 제왕

5왕은 무측천을 몰아내고 중종을 복위시켰지만[神龍政變, 705년] 한양왕은 무측천의 잔당인 무삼사 일당에 의해 거세되고 말았다.

작가는 당 황실이 잠시 끊겼던 무측천 시대에 한양왕이 당실을 붙들다가 애매하게 죽은 것으로 복선으로 깔고, 그 한양왕이 원정(怨情)을 풀기 위해 훗날 당 말기에 위보형으로 다시 태어나 그 소임을 하는 것으로 이야기를 풀어냈다. 그와 결부하여 작가는 위보형이 활약하는 당 말의 의종 시대를, 무측천 시대처럼 에로스 사회로 설정했다.

그리고 작가는 실존했던 위보형·동창공주 부부 이야기를 역사적 사실[28]과 다르게 미화했다. 위보형을 '당실을 중흥케 할 인물'(권8)로 부각하고 거기에 허구적 인물 설옥영을 보태서 위보형·설옥영·동창공주의 3자 관계를 결구하여, 위보형을 중심으로 에로스의 관능화·수단화 풍조의 정화 및 당 황실의 부흥을 꾀하는 것으로 이야기를 펼쳐냈다. 하지만 작가는 의종이 위보형의 '삼불가론'을 거절하고 관능적 에로스에서 돌이키지 못한 채 병이 들었다가 이초혜의 고의적인 방치로 죽고, 그 후 당나라는 에로스의 관능화·수단화 풍조를 쇄신하지 못한 채 황소의 난 등 혼란을 수습하지 못하고 멸망하는 것으로 처리했다.

한편 'ⓐ에로스의 관능화·수단화 풍조-ⓑ당 멸망'의 필연적 인과관계는 'ⓐ에로스의 관능화·수단화 풍조-ⓑ′후당 멸망'으로 확대된다.[29] 먼저

학』, 한스미디어, 2006, 175쪽; 柴宇球(저), 김영수(역), 『5000년 중국을 이끌어온 50인의 모략가』, 들녘, 2005)

28 위보형은 많은 사람을 희생시킨 죄로 사형당했고, 동창공주는 사치를 일삼다가 병사했다. 〈천수석〉과 중국 역사의 비교에 대해서는 박순임, 「〈천수석〉 연구」, 한중연 한국학대학원 석사논문, 1981, 32~50쪽 참조.

29 당 말은 제16대 선종부터 제17대 의종, 제18대 희종, 제19대 소종, 제20대 경종

작가는 후당이 내세운 '당-후당'의 정통성을 사실대로 수용하고, 허구적으로 이극용의 양아들이자 후당의 2대 황제인 명종(이사원)을 위보형의 친아들로 설정함으로써, '당-후당'의 정통성을 확보했다. 그 과정에서 황소의 난을 진압한 이극용의 활약상을 사실대로 수용하되,[30] 위보형이 이극용에게 가세하여 황소의 난을 진압한 것으로 허구화했다.[31] 이렇듯 '이극용(양부)-이사원(양자)', '이사원=위사원', '위사원(친자)-위보형(친부)' 등으로 이어지는 관련성이 부여됨으로써 '당-후당'의 정통성은 더욱 강화되기에 이른다.

그에 덧붙여 작가는 후당의 제1대 황제(장종)가 '주색에 황음(荒淫)하여 정사를 불치(不治)'(권9)했음을 짚어내고, 그 흐름이 제2대 명종(이사원)에 와서 그쳤음을 강조했다. 즉, 성색(聲色)과 음연(淫宴)을 물리치는 등[32] 관능·향락의 풍조를 쇄신하여 후당을 부흥시킨 황제로 명종을 치켜세운 것이다. 그리고 작가는 제3대 민제가 노왕(이종가)에게 살해당하고, 노왕마저 얼마 되지 않아 마지막 황제가 되고 말았던 후당의 혼란상을 사실대

(904~907)까지고, 후당은 제1대 장종(이극용의 친자), 제2대 명종(이사원: 이극용의 양자), 제3대 민제(이사원의 친자), 제4대 말제(이사원의 양자)까지다.

30 역사상 주사적심(朱邪赤心)이 의종으로부터 국성(國姓)을 하사받고 이국창으로 개명했다. 아들 이극용은 방훈과 황소의 봉기군을 진압하여 진왕으로 봉해졌다. 당 멸망 후에 이극용의 친아들 이존욱이 후당을 건립하여 황제에 올랐고, 이극용의 양아들 이사원이 제2대 명종이다.

31 일인이 … 녜ᄒᆞ거놀 왕(이극용)이 … ᄉᆞᆯ피미 … 승샹 위보형이라 … 승샹 왈 '션뎨(의종) 붕ᄒᆞ시미 … ᄌᆞ최를 감초왓ᄃᆞ가 ᄯᅩ 그 후 황쇠(黃巢) 종ᄉᆞ롤 어ᄌᆞ러이나 힘으로 ᄑᆞ치 못홀지라 연고로 왓ᄂᆞ니 ᄃᆞ힝이 군즁의 츙수(充數)ᄒᆞ여 국은을 만분지일이나 갑고져 ᄒᆞᄂᆞ이다(권8)

32 샹이 즉위지초의 안흐로 셩식(聲色)을 짓디 아니ᄒᆞ고 밧그로 음연(淫宴)치 아니ᄒᆞ며 환관을 브리디 아니ᄒᆞ고 … ᄒᆡᆼ덕(行德)이 도의 맛갓고[꼭 맞고] 연국(年穀)이 풍등(豐登)ᄒᆞ며(권9)

로 수용하되, 말제의 황후 유씨를 장씨로 바꾸고 그녀의 출신 신분을 창기(娼妓)로 허구화하여, 명종의 쇄신이 이후로 지속되지 않아 후당이 멸망하게 된 것으로 처리했다.

이렇듯 '당-후당' 멸망의 사실을 수용하되 그 원인을 에로스의 관능화·수단화 풍조로 초점화했다는 점에서 작가의 역사 인식은 허구적이라 할 수 있는데, 그 허구적 역사 인식은 작가 의식으로 수렴된다.

3.3 도가적 초월계와 무위자연의 삶

'ⓐ에로스의 관능화·수단화 풍조-ⓑ당 멸망-ⓑ′후당 멸망'의 작가 의식은 '천의(天意)'가 보태지면서 더욱 강화된다. 위보형(천상 문곡성), 동창공주(천상 옥녀) 그리고 설옥영[33]은 모두 천상계 존재로서 지상계로 하강할 때 당 황실 존속과 부흥의 천의(天意)를 수행하는 소명을 지니고 내려와, 덕과 선을 지향하는 정신적 사랑의 연대를 통해 에로스 사회를 정화하고자 했지만, 그 임무를 완수하지 못한 채 초월계로 돌아갈 수밖에 없었다.

초월계의 개입은 설옥영의 꿈을 비롯하여 의종 황제의 꿈에서도 설정된다. 특히 의종에게는 옥제의 하명을 받은 금갑신장이 혼군혼주(昏君昏主)라 꾸짖으며 가국(家國)을 보전치 못할 것이라고(권8) 예고한다. 그 예고대로 당 황실과 나라[家國]가 패망하고 마는데, 훗날 이초혜의 죄상에서 밝혀졌듯이, 의종이 천의를 무시하고 만고요음(萬古妖淫)(권9) 이초혜에게

33 설옥영이 천상계 존재였다고 직접 언급되지는 않았지만, 꿈속에서 천상계의 인물들을 만나고 후에 천상계로 들어간 점을 미루어 천상계 존재라고 볼 수 있다.

미혹되었기 때문이다. 또 후당의 제2대 황제인 명종의 승하 대목에서[34] 천상에서 내려온 선녀 2인이 나타나 명종의 천수가 끝났음을 알려주면서 당실(唐室)의 멸망, 즉 후당 황실의 멸망을 예고했다. 작가는 'ⓐ에로스의 관능화·수단화 풍조-ⓑ당 멸망-ⓑ′후당 멸망-ⓒ천의'의 필연적 인과관계를 확보한 것이다.

'당-후당'이 에로스 사회를 정화하지 못해서 천의에 따라 멸망하고 말았다는 작가 의식은 사회 차원에 속하는 것이라 할 수 있다. 그에 병행하여 작가는 개인 차원에서 '육체적 에로스-개인 파멸-천의'의 필연성을 확보하여 '육체적 에로스에 휘둘리는 개인은 파멸을 맞을 수밖에 없는데 그것이 천의다'라는 비판의식을 드러냈다. 첫눈에 반하는 사랑의 열정이 일어나면 상대방으로부터 거절을 당해도 그 짝사랑을 끝내 포기하지 않으려 했던 이초혜와 간옥지의 행태가 얼마나 허망한지 그리고 가문 내에서 총권을 유지·강화하기 위해 에로스를 수단화하는 양부인(3)의 행태가 얼마나 부질없는지, 나아가 관능적 삶을 위해 권력을 악용하는 의종 황제의 행태가 얼마나 추악한지, 작가는 반문한 것이다.

그에 병행하여 작가는 에로스의 관능화·수단화 풍조로 사회가 핍진할지라도 개개인은 그런 에로스와 거리를 두는 삶을 추구해야 한다는 점을 짚어내되, 초월계 설정을 통해 그 점을 첨예하게 드러냈다. 그 단계는 두

34 이녜 ᄃᆡ왈 '금일 상텬군신이 다 요지부회(瑤池赴回)ᄒᆞ여시니 녁ᄃᆡ 뎨왕명신(帝王名臣)이 다 모닷ᄂᆞᆫ디라 황야(이사원)의 텬쉬(天數) 임의 ᄎᆞ고 <u>당실이 장ᄎᆞᆺ 망ᄒᆞ여</u> 진인(석경당)의 어든 ᄇᆡ 되엿디라 폐하의 셩덕이 즁흥ᄒᆞ기를 오ᄅᆡ디 못ᄒᆞᆯ믈 어엿비 여기샤 옥뎨 명쇼(命召)ᄒᆞ여 션뉴(仙流)의 올니려 ᄒᆞ시니 난가봉년(鸞駕鳳輦)이 임의 궁문의 ᄃᆡ령ᄒᆞ엿ᄂᆞᆫ디라 쳔샹 즐거우미 인셰(人世)도곤 ᄂᆞ으시리니 낭낭과 함긔 ᄀᆞᄉᆞ이다' 뎨 깃거 답ᄒᆞ고 머리를 드러 보니 임의 두 ᄉᆞᄅᆞᆷ을 보디 못ᄒᆞ리러라(권9)

단계를 밟는다. 먼저 위보형, 설옥영, 동창공주를 천의에 따라 에로스의 관능화·수단화 풍조에 맞서서 인간의 존엄성을 구현하는 주인공으로 설정했다. 하지만 지상계에서 그 풍조가 매우 거센 탓에 설옥영은 이혼과 죽음의 위기를 맞고, 동창공주는 이초혜의 독수를 당하고, 위보형은 좌천당하게 되는바, 위보형·설옥영·동창공주의 정신적 에로스로는 육체적 에로스로 부패해진 사회를 정화하고 쇄신하기에는 역부족이었다.

이에 작가는 다음 단계로 개인 차원에서 위보형·설옥영·동창공주의 덕과 선을 지향하는 정신적 에로스가 초월계인 화산 선계(仙界)에서 완결되는 것으로 처리했다. 그런데 초월계는 지상계에서 천의를 완수하지 못한 위보형·설옥영·동창공주와 위보형·이사원(위사원) 부자가 회귀하는 탈세속적 공간이자, 현실도피의 공간이다. 그런 탓에 위보형·이사원 부자가 '당 말-후당'의 사회를 정화하는 영웅적 활약은 제한적일 수밖에 없었다.[35] 하지만 초월계는 사회 에로스의 관능화·수단화 풍조에 휩쓸리지 않고 '개인'[36]의 존엄성을 확보하는 공간이라는 의미를 지닌다. 단양 이처사가, '묘하다 보형이여, 지상 신선이 되고 망국태위(亡國台位) 되지 않음이여'(권8)라고 치켜세웠듯이, 위보형은 에로스의 관능화·수단화 풍조로 망해가는 당나라에서 벗어나 지상 신선이 될 수 있었다.

35 채윤미는 영웅 형상과 관련하여 위보형과 이사원은 '세속의 문제에 대해 심각하게 인식하면서도 이에 대한 대응 방안을 지니지 못했던 현실도피의 태도'를 보인다고 적시했다. (채윤미, 「〈천수석〉에 나타난 영웅의 문제적 형상」, 『국문학연구』 27, 국문학회, 2013, 191~232쪽) 나는 작품세계의 시대 배경이 당 멸망기였기 때문에 위보형의 영웅성이 제한적일 수밖에 없었음을 짚어두고자 한다. 이는 앞항 3.2.의 논의와 연관된다.

36 김재웅은 '유교 사상-집단성 강조-공동체 의식'과 '도가사상-개체성 강조-개인의식'으로 구별했다. (김재웅, 앞의 논문, 267~276쪽) 나는 그 점을 수용하여, 개인의 존엄성으로 읽어냈다.

그와 관련하여 초월계의 도가적 성향이 눈길을 끈다.[37] 위보형은 신선이 된 조부에게 이끌려 화산에서 선도(仙道)를 얻은 종조고(從祖姑, 할아버지의 누이) 두 명과 조모를 만났으며, 훗날 위보형·동창공주·설옥영 3인이 화산 선계에서 양생술(養生術)을 배우게 되는데,[38] 그곳은 유가적 사고와는 거리가 있는 도가적 공간이다.[39] 물론 충효를 중시하는 유가적 삶이 중시되기도 하는데 그런 삶은 도가적 삶으로 수렴된다. 예컨대 위사원이 부모를 만나 회포를 푼 뒤 세상에 다시 나와 후당의 제2대 황제가 되어 선정을 베풀었는데 그가 들어갔다 나온 곳이 화산 선계인 것 그리고 위보형이 초월계에서 성품과 자질을 부여받아 지상계에서 처사 지향적 군자의 모습을 보이며 덕과 선을 지향하는 정신적 사랑을 성취하다가 그 사랑을 완성한 곳이 화산 선계였다는 것은 그 점을 잘 말해준다.

그러한 도가적 초월계의 삶은 다른 한편으로 무위자연(無爲自然)의 삶이기도 하다. 무위자연의 삶은 작품의 제명으로도 표방되는바, 〈천수석(泉水石)〉의 이본으로 〈천생석(泉生石)〉이 있는데,[40] 제목은 모두 돌 틈에서 솟는 샘물을 의미한다. 도교의 도량 근처에는 으레 천수석 혹은 천생석의 샘물이 솟아나는데 그 물을 마시면 상쾌해지고 백 병이 낫는다는 말이 전한다.[41] 작품세계에는 그런 샘물이 별도로 설정되어 있지 않지만,

---

37 장시광은 유교 이념에 대한 일정한 실망과 도가적 이상향에 대한 희구를 드러낸다고 적시했다. (장시광, 앞의 논문, 44쪽)

38 노옹이 가ᄅᆞ쳐 이로ᄃᆡ '이 졍히 ᄂᆡ 부인이니 곳 너의 조모요 져 양인은 ᄆᆡ자(媒者)니 곳 ᄂᆞ의 형ᄆᆡ(兄媒)라 두 ᄉᆞ롬이 ᄂᆞ를 조ᄎᆞ 이의 와 션도를 어더ᄂᆞ니다' …승샹 부뷔 졍히 양싱ᄒᆞᆯ 슐을 듯더라(권8)

39 화산의 남봉(南峰)은 노자가 은거하여 신선이 되었다는 전설을 지니고 있다.

40 박재연·채윤미, 『천생석』, 학고방, 2013.

41 大连道教宫观(www.360doc.com): 대련 도교 도량은 … 중앙에 후토마마를 모신다. 후토전

작가는 천수석, 천생석과 같은 무위자연의 삶을 제목에서 내비쳤다. 그러한 무위자연의 삶은, 앞에서 살펴보았듯이, 위보형이 형제들과의 논쟁에서 은둔 처사의 삶을 청고(淸高)한 군자로 치켜세우고 위보형 스스로 처사 지향적 군자의 삶을 추구한 것과 맥이 닿아 있다. 위보형은 유가적 공명 의식에 치우치다가 자칫 육체적 에로스에 빠지게 되는 삶을 경계하고 애초부터 사랑의 열정과는 거리가 먼 정신적 에로스를 지향했는데, 그 정신적 에로스의 근원은 도가적 초월계와 무위자연의 삶이었다.

요컨대 〈천수석〉은 육체적 에로스에 의한 개인의 파멸과 황실·국가의 종말을 드러내는 한편, 인간 사회에 생명력을 불어넣는 정신적 에로스를 지향하되 그 에로스의 근원을 도가적 초월계와 무위자연의 삶에 둔 작품이다.

4. 마무리

이상, 〈천수석〉에 구현된 에로스의 관능화·수단화 양상을 살펴보고 작가의 비판의식을 추출했는데 다음과 같이 요약할 수 있다.

에로스의 관능화·수단화 양상은 개인과 사회의 차원으로 펼쳐진다. 먼저 개인의 차원에서 에로스형 인물인 이초혜와 간옥지가 육체적 에로스

오른쪽에는 깊이가 40여 미터에 이르는 요금동이라는 천연 동굴이 있는데, 동굴 깊은 곳에는 돌 사이에서 분출하는 샘물이 있고, 동굴 안에 맑은 소리를 낸다. 샘물이 맑고 달아서 사람의 속을 시원하게 한다. (大连道教宫观 … 後土殿為正殿, 正中供奉後土娘娘. … 在後土殿右側, 有一縱深40余米的天然洞穴曰瑤琴洞, 洞的深處有泉水自石罅間湧出, 在洞內泠泠作響. 泉水清澈甘冽, 沁人心脾)

커플로 창출되는데, 이들 커플에게 육체적 에로스가 '발현-전개-전환-결말'로 펼쳐지고, 궁극적으로 육체적 에로스에 의한 인간의 파멸이 구현된다. 이러한 육체적 에로스 커플의 출현은 열정적 에로스는 성취해야 한다는 인식·행태(상층 가문의 가부장), 관능적 에로스는 향유해야 한다는 인식·행태(황실의 황제), 에로스는 얼마든지 수단화될 수 있다는 인식·행태(상층 가문의 남녀) 등이 만연한 사회 풍조와 깊은 관련이 있다. 그런 사회는 자칫 에로스로 얽힌 문제를 건드렸다가는 한순간에 독수를 입을 수밖에 없는 추악한 에로스 사회였다.

대소설에서 정신적 에로스와 육체적 에로스가 이리저리 짝을 이루며 다양한 남녀 조합이 이루어진다.[42] 그중 〈천수석〉은 남성 적대 인물과 여성 적대 인물이 결합하는 육체적 에로스 커플로 간옥지·이초혜 커플을 설정하여 작품의 전면에 배치하여, 이들 커플이 정신적 에로스 커플인 위보형·설옥영 커플을 상대로 '간옥지-설옥영'과 '이초혜-위보형'으로 커플 사이에 상대 교환을 설정함으로써, 다른 대소설에 비해 육체적 에로스를 한층 강화하는 지점에 도달했다. 그리고 그 육체적 에로스를 에로스의 관능화·수단화 풍조로 연계하여 황실·나라의 패망을 설정함으로써, 다른 대소설에서는 위기에 처한 황실·나라가 제자리를 찾는 것과는 다른

42 여성 적대 인물이 육체적 에로스형 인물이면, 비극적 결말을 맞는다. 〈벽허담관제언록〉은 여사지향형 선인을 주동인물로 설정하되 그 상대역으로 애정애욕형 악인 캐릭터를 무려 5인(윤교혜, 숙영공주, 왕옥도, 노요화, 주교염)으로 확대·심화했다. (조광국, 「〈벽허담관제언록〉에 구현된 상층 여성의 애욕담론」, 『고소설연구』 30, 한국고소설학회, 2010) 그와 달리 여성이 나중에 육체적 에로스에 빠졌던 것을 심각하게 반성하고 덕과 선을 중시하는 정신적 에로스를 지향하면, 행복한 결말을 맞기도 한다. 예컨대 이차염(〈유이양문록〉), 장혜앵(〈유씨삼대록〉), 여미주(〈임화정연〉)를 들 수 있다. (조광국, 「〈유이양문록〉의 이차염 캐릭터론: 애정애욕형에서 여사지향형으로 경계 넘기」, 『한중인문학연구』 51, 한중인문학회, 2016)

변별성을 확보했다.

그와 관련하여 에로스의 관능화·수단화 풍조에 대한 작가의 비판의식이 드러나는바 그 비판의식은 에로스의 관능화·수단화 풍조와 거리두기로 구현된다. 그 비판의식은 일차적으로 처사 지향적 군자형 인물인 위보형을 중심으로 하는 위보형·설옥영·동창공주의 연대를 통해 애초부터 열정과 거리를 두는 정신적 에로스를 추구함으로써 이루어진다. 하지만 정신적 에로스를 지향하는 3인은 한계에 부닥쳐 환난을 겪을 수밖에 없었는데 그들이 맞는 한계와 환난은 인간의 존엄성을 억누르는 '에로스 사회'의 집단적 폭력성을 드러낸다. 그 폭력성은 'ⓐ에로스의 관능화·수단화 풍조-ⓑ당 멸망-ⓑ′후당 멸망'의 인과관계로 연계되고, 다시 거기에 천의(天意)가 보태져서 작가의 비판의식은 'ⓐ에로스의 관능화·수단화 풍조-ⓑ당 멸망-ⓑ′후당 멸망-ⓒ천의'의 인과관계로 심화한다.

그리고 작가는 '에로스의 관능화·수단화 풍조로 사회가 핍진할지라도 개인은 그런 에로스와 거리를 두는 삶을 추구해야 한다'라는 점을 짚어냈는데, 도가적 초월계 설정을 통해 그 점을 선명하게 드러냈다. 여기에서 도가적 초월계는 현실도피의 공간이라는 의미를 넘어서서 사회 에로스의 관능화·수단화 풍조에 맞서서 개인의 존엄성을 살리는 공간이라는 의미를 확보한다. 이런 도가적 초월계의 삶은 다른 한편으로 천수석(泉水石)과 천생석(泉生石)과 같은 무위자연의 삶으로 표방된다. 그런 무위자연의 삶은 위보형이 지향하는 은둔 처사의 삶, 위보형·설옥영·동창공주가 지향하는 정신적 에로스의 삶과 연계된다. 이들이 추구하는 정신적 에로스에는 처음부터 열정이 들어서지 않는다. 남녀가 열정과 휘둘리지 않을 때 비로소 덕과 선의 정신적 가치를 지향하는 정신적 에로스가 청량한

샘물처럼 자연스럽게 솟아난다는 것이다.[43]

〈천수석〉은 육체적 에로스에 의한 개인, 황실, 국가의 파멸을 드러냈다. 그리고 그 대안으로 정신적 에로스가 인간의 존엄성을 회복하는 데 생명력을 지니는 것으로 그려내되, 그런 정신적 에로스의 근원을 도가적 초월계와 무위자연의 삶에서 찾았다.[44]

---

43 플라톤의 에로스에서 육체적인 에로스든 '덕과 선의 정신적 가치'를 지향하는 에로스든, 에로스는 모두 열정적이다. 이에 비해 〈천수석〉의 정신적 에로스는 뜨거운 열정보다는 '청량한 무위자연의 상태'(泉水石, 泉生石)를 추구한다. 향후 심도 있는 논의가 필요하다.

44 〈천수석〉에서 당 멸망 이후 도가적 초월계로 진입하는 개인적 처신은, 후편 〈화산선계록〉에서 새로 건국된 송나라에서 활약하는 것으로 이어진다. 개인들이 정신적 에로스를 추구하는 인물이란 점을 고려할 때, 〈천수석〉은 정신적 에로스의 근원을 도가적 초월계 및 무위자연의 삶으로 연계함으로써, 그런 정신적 에로스를 새 황실과 국가 출현의 생명력으로 보았다고 할 것이다.

제3장

상층 여성의 애정애욕에 대한 긍정적 시각

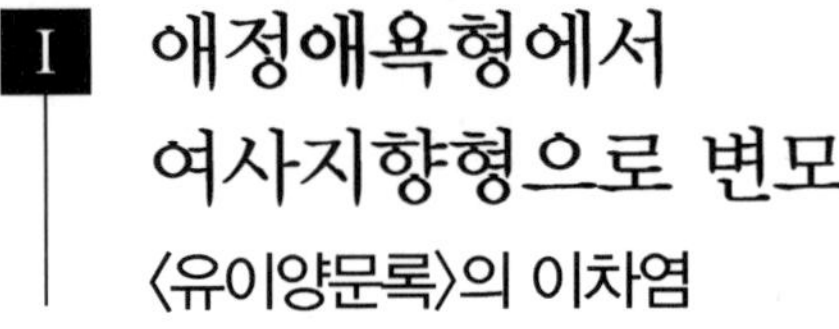

I 애정애욕형에서 여사지향형으로 변모

〈유이양문록〉의 이차염

1. 문제 제기

대소설의 인물은 여느 소설과 같이 성향에 따라 크게 주동인물과 적대인물로 나뉜다. 한편 주동인물인지 적대인물인지 그 경계가 모호한 인물도 설정되어 있다. 그에 따라 대소설의 인물 연구는 다음과 같이 세 흐름을 형성하는데, 그 대표적인 연구 성과를 제시하면 다음과 같다.

(1) 대소설에서 주동인물 중심의 캐릭터론: 이경하(2001)

(2) 경계가 모호한 여성 인물을 대상으로 한 캐릭터론: 조광국(2003)

(3) 여성 반동인물 중심의 캐릭터론: 장시광(2004)

(1)과 (3)의 인물 분석은 그동안 대소설을 대상으로 하는 석사논문과 박사논문 안에서 적지 않게 시도되었다. 그중에 연구사적으로 주목할 만한 것으로 대소설의 주인공에 대해 별도로 본격적인 인물론을 펼친 이경하

의 하옥주론[1]을 들 수 있고, 적대인물에 초점을 맞춘 인물론으로 장시광의 연구[2]를 꼽을 수 있다. 그리고 주동인물과 적대인물의 경계가 모호한 인물에 초점을 맞춘 연구가 뒤따랐는데, 그게 내가 시도한 여미주 성격론이다.[3]

그 후로 (1) 대소설에서 주동인물에 초점을 맞춘 연구가 뒤따랐다. 나는 '여성 중심의 효'로 앞의 하옥주론을 반박함으로써[4] 인물 연구를 심화시켰고, 그 후에 대소설의 주동인물인 소운성(〈소현성록〉)과 정인광(〈완월회맹연〉)에 대한 심도 있는 연구가 나왔다.[5] 그리고 대소설에 근접한 작품을 대상으로 한 사정옥(〈사씨남정기〉)과 화진(〈창선감의록〉)에 대한 연구가 있다.[6]

여전히 심도 있는 대소설의 인물 연구가 필요하다. 주동인물도 그래

---

* 「〈유이양문록〉의 이차염 캐릭터론: 애정애욕형에서 여사지향형으로 경계 넘기」(『한중인문학연구』 51, 한중인문학회, 2016, 43~68쪽)의 제목과 일부 내용을 고쳤음.

1 이경하, 「하옥주론: 〈하진양문록〉 남녀주인공의 기질 연구」, 『국문학연구』 6, 국문학회, 2001, 227~251쪽.

2 장시광, 「대하소설의 여성 반동인물 연구」, 서울대 박사논문, 2004; 장시광, 『한국 고전소설과 여성 인물』, 보고사, 2006; 장시광, 『조선시대 대하소설의 여성 반동인물』, 한국학술정보, 2006.

3 조광국, 「〈임화정연〉의 여미주 성격에 대한 고찰」, 『언어와 진실』, 국학자료원, 2003, 495~515쪽.

4 조광국, 「〈하진양문록〉: 여성 중심의 효담론」, 『어문연구』 146, 한국어문교육연구회, 2010, 193~218쪽.

5 정선희, 「영웅호걸형 가장의 시원 -〈소현성록〉의 소운성-」, 『고소설연구』 32, 한국고소설학회, 2011, 153~186쪽; 한길연, 「〈완월회맹연〉의 정인광: 폭력적 가부장의 가면과 그 이면」, 『고소설연구』 35, 한국고소설학회, 2013, 27~65쪽.

6 이지영, 「규범적 인간의 은밀한 욕망 -〈창선감의록〉의 화진-」, 『고소설연구』 32, 한국고소설학회, 2011, 123~152쪽; 조광국, 「〈사씨남정기〉의 사정옥: 총부 캐릭터」, 『고소설연구』 34, 한국고소설학회, 2012, 5~37쪽.

야 하고, 특히 적대인물의 경우에는 남성 쪽으로 논의의 폭을 넓혀야 한다. 덧붙여 '주동인물-선인'과 '적대인물-악인'에 들지 않는 인물에 대한 분석도 병행되어야 한다. 그 일환으로 이차염(〈유이양문록〉)을 조명하고자 한다. 내가 일찍이 시도한 여미주(〈임화정연〉) 인물론과 함께, 이차염 인물 논의는 우리 소설사의 흐름을 새롭게 조망하는 데 도움을 줄 것으로 본다.

〈유이양문록〉의 작품론은 어느 정도 축적[7]되었지만, 이차염 인물론은 아직 시도된 바 없다. 대소설에서 애정애욕형 여성은 대체로 견고한 선악의 이분법에 따라 악인으로 낙인찍혀 여사지향형 선인으로 거듭나지 못한 채 비참한 결말을 맞는데, 그런 인물과 달리 이차염은 애정애욕형 악인에서 여사지향형 선인으로 경계를 넘어 행복한 결말을 맞는다. 이에 이차염이 작품에서 어떤 의미를 지니는지 그리고 소설사적 위상은 어떠한지 궁금하다.

이에 답하기 위해 다음 순서로 논의하고자 한다. 먼저 이차염이 애정애욕형 악인에서 여사지향형 선인으로 변모하는 것에 주목하여 그 경계 넘기의 양상을 살펴보고자 한다. 그다음에 경계 넘기 과정에서 이차염은 가문 중심주의와 길항 관계를 형성하다가 그 이념을 내면화하는 길을 걷는바, 그 경계 넘기의 의미를 알아보고자 한다. 끝으로 여타의 대소설에서 이차염과 같이 경계를 넘어 변모하는 장혜앵(〈유씨삼대록〉), 여미주(〈임화정연〉)가 있는데, 이들 여성과의 비교·대조를 통해 이차염의 소설사적 위상을 제시하고자 한다.

---

7 조광국, 「〈유이양문록〉의 작품세계-서사구조와 결연 장애를 중심으로-」, 『고소설연구』 26, 한국고소설학회, 2008, 180~181쪽 참조.

2. 애정애욕형 악인에서 여사지향형 선인으로 경계 넘기

소설 캐릭터는 주동인물, 적대인물, 보조인물로 나뉜다.[8] 주동인물은 선한 심성·행위를 드러내는 반면, 적대인물은 악한 심성·행위를 드러낸다. 보조인물도 선한 보조인물과 악한 보조인물로 나뉜다.

대소설에서 여성 주동인물은 여사지향형, 적극활발형으로 나뉘고,[9] 여성 적대인물은 투기질투형, 오만불손형, 애정애욕형, 재물추구형, 가권추구형으로 세분된다.[10] 한 인물이 두어 가지 성향을 띠기도 한다.

〈그림표〉 여성 인물의 유형

여사지향형 적극활발형	[영역 A] 선인	악인 [영역 B]	애정애욕형 투기질투형 오만불손형 재물추구형 가권추구형

8 장시광, 『조선시대 대하소설의 여성 반동인물』, 한국학술정보, 2006, 43쪽.

9 최기숙은 여성 인물을 엄모형, 현부형, 투부형, 쟁총형으로 나누고, 현부형을 외유내강형, 강의열부형, 겸양후덕형, 요조숙녀형, 여중군자형, 풍류재인형으로 세분했다. (최기숙, 『17세기 장편소설 연구』, 월인, 1999, 351~374쪽)

10 장시광은 앞의 두 책에서 여성 반동인물의 악행 동기로 성적 욕망, 열등감, 애정 추구, 권력 추구, 자식 과애, 자색 질시(시기심), 가권 추구, 재물 추구, 종통 추구 등을 들었다. 한편 나는 여성 주동인물을 여사추구형과 적극활발형으로 나누고, 여성 적대인물에서 투기질투형과 오만방자형을 다루었고 애정추구형과 애욕추구형을 거론한 바 있다. (조광국, 「고전소설의 부부 캐릭터 조합과 흥미-〈유씨삼대록〉의 경우-」, 『개신어문연구』 26, 개신어문학회, 2007; 조광국, 「〈유이양문록〉에 구현된 '첫눈에 반하는 사랑'의 양상과 의미」, 『국문학연구』 22, 국문학회, 2010)

2.1. 애정애욕형 악인의 형상: 간악성, 자기중심성, 감정적 성향

이차염은 [영역 B]에서 [영역 A]로 옮겨가는 입체적 인물이다. [영역 B]에서 이차염은 간악한 성품으로 악행을 일삼는 모습과 첫눈에 반한 사랑의 모습을 순차적으로 보여준다.

먼저 간악한 성품으로 악행을 일삼는 모습을 보자. 이차염은 열 살 어릴 때 '용모가 도화(桃花) 같고 성이 총명하나 모질고 포려(暴戾)하며 시험간악(猜險奸惡)'했고, 부친이 꾸짖으면 잘못을 뉘우치는 체할 뿐이었다. 단적으로 오빠 부부는 '이연기-유필염(정실)-한난혜(2부인)'의 일부이처 관계에서 한난혜는 투기질투형 악인이었는데, 이차염은 그런 한난혜로부터 노리개와 패물을 받고 그녀의 하수인이 되어 유필염이 간부와 통정했다는 모략 사건에 가담했다. 그때 부친에 의해 '심당'에 갇히는 벌을 받지만, 악한 성향을 고치려 하지 않았다. 또 이차염은 어머니(정부인)의 편애(偏愛)로 방자해져서 주변 사람을 무시하기 일쑤였다.

그 근저에는 강한 자기중심성(egocentrism)이 자리를 잡고 있다. 피아제(Piaget)에 따르면, 자기중심성은 어린아이의 특징으로 언어 발달, 도덕성 발달에 영향을 끼친다고 한다.[11] 자기중심성은 10세 이차염에게 아동 발달 과정에서 나타나는 자연스러운 현상이었지만, 그녀가 성장해 가면서 약화되기는커녕 강화되었다. 여사지향형 선인인 유필염의 부덕(婦德)에 감명받으나 그때뿐이었고, 가족들의 타이름에 귀를 기울이지 않고 제 마음대로 할 뿐이었다.

11 김억환 역, 『피아제의 인지발달론』, 성원사, 1984, 172쪽.

이차염이 한난혜의 유혹에 쉽게 넘어가곤 했는데, 그것은 한난혜가 이차염의 과도한 자기중심성을 간파하고 용의주도하게 접근했기 때문이다.

> 한시 … 온갓 노리ᄀᆡᄅᆞᆯ 압ᄒᆡ 가득 버리고 낭ᄌᆞ다려 왈 '낭ᄌᆞᄂᆞᆫ 아즉 젼도히 구디 말고 이ᄅᆞᆯ 거두라 소져ᄅᆞᆯ 쳡이 ᄉᆞ랑ᄒᆞ야 볼셔 쥬고져 ᄒᆞᄃᆡ ᄡᆡ 업셔 ᄒᆞ더니 오날이야 쥬노라' ᄎᆞ염이 탐(貪)이 극ᄒᆞᆫ지라 깃부믈 니긔지 못ᄒᆞ야 샤례 왈 '저져ᄂᆞᆫ 셔ᄆᆡᄅᆞᆯ ᄆᆡ양 이럿틋 ᄉᆞ랑ᄒᆞ샤 즁보(重寶)ᄅᆞᆯ 자죠 쥬시ᄃᆡ 소ᄆᆡᄂᆞᆫ ᄒᆞᆫ 닐 갑프미 업스니 엇지 ᄎᆞᆷ괴(慙愧)티 아니리잇고(권4)

이차염은 한난혜로부터 사랑한다는 말과 함께 노리개, 패물 등 각종 보화를 받으면서 한난혜의 사랑을 확신했다. 그녀에게 사랑은 '받는' 것이었던바, 사랑에서도 자기중심성을 드러냈다. 그런 자기중심성은 탐욕성으로 드러나기도 한다. 여사지향형 유필염조차 보배와 채단으로 이차염의 마음을 사려고 했는데, 이는 유필염이 이차염의 탐심(貪心)을 간파했기 때문이다.[12]

그리고 이차염은 즉흥적인 감정과 기분을 따르는 성향이 강하다. 그녀의 '받는 사랑'은 자기중심성을 띠거니와, 그런 탓에 이차염에게서 덕성과 이성적인 판단을 기대하기는 어려웠다. 물론 그녀는 유필염의 관용, 충고, 부덕(婦德)에 감화되기도 했지만, 그런 덕성의 가치를 제대로 인식

12 유시(劉氏) 그ᄋᆞᆨ이 요괴(妖怪)로오믈 아나 ᄉᆞ식(辭色)지 아니코 ᄯᅩᄒᆞᆫ 젼과(前過)ᄅᆞᆯ 졔긔치 아니ᄒᆞ여 혈심(血心)으로 ᄃᆡ졉(待接)ᄒᆞ며 진뎡(眞情)으로 ᄉᆞ랑ᄒᆞ며 그 탐심을 조ᄎᆞ 빗난 보ᄇᆡ와 ᄎᆡ단(綵緞)을 쥬어 그 ᄆᆞ음을 깃기며 됴용이 경계(警戒) ᄀᆡ유(開諭)ᄒᆞ니 ᄎᆞ염도 인심(人心)이라 져의 악ᄉᆞ(惡事)ᄅᆞᆯ ᄒᆞᆫ치 아니코 이러틋 극진(極盡) 후휼ᄒᆞ믈 감격(感激)ᄒᆞ여 스ᄉᆞ로 원심(怨心)이 ᄉᆞ라져 간의 우ᄋᆡ(友愛)잇ᄂᆞᆫ지라(권11)

할 만한 능력은 없었다. 한난혜와 유필염 중에 누가 더 이차염을 사랑하느냐라는 한난혜의 질문을 대할 때, 이차염은 즉각적으로 한난혜가 유필염보다 백 배나 더하다고 대꾸했다, 이는 이차염이 한난혜의 사탕발림의 말과 눈을 현혹게 하는 선물을 대하고 성숙한 판단을 할 수 없었기 때문이다. 그녀는 한난혜의 거짓말을 분별하지 못한 채 자연스럽게 감사함이 깊어지는 감정에 따라 행동할 뿐이었다.

이처럼 이차염은 간악성, 자기중심성, 감정적 성향을 발현하면서 악인으로 형상화된다. 설영문에게 첫눈에 반한 사랑의 국면에서도 그런 성향은 지속된다. 그 국면에서 간악성은 애정애욕적 성향으로 대체되는데 애정애욕적 성향은 또 다른 약한 성향으로 이어진다.

> [가] ᄎᆞ염이 셜ᄉᆡᆼ이 도라간 후 소식이 젼연(全然)ᄒᆞ니 ᄇᆞ라ᄂᆞᆫ 눈이 ᄯᅮ러지고 바라ᄂᆞᆫ ᄋᆡ ᄭᅳ기의 밋쳣더니 이날 누샹의 올나 쥬렴 속의셔 ᄇᆞ라보니 셜ᄉᆡᆼ이 오락가락 산 밋ᄒᆡ 보이ᄆᆡ 반갑기ᄅᆞᆯ 이긔지 못ᄒᆞ여 머리의 금ᄎᆞ(金釵)ᄅᆞᆯ ᄲᆡ혀 더지니 구으러 ᄉᆡᆼ의 ᄉᆞᄆᆡ의 드니 ᄉᆡᆼ이 … 녁읍 왈 '가친이 엄졍ᄒᆞ시니 우리 인연이 망연(茫然)ᄒᆞ도다' ᄎᆞ염 왈 'ᄎᆞᄉᆡᆼ(次生)의 만나지 못ᄒᆞ면 원컨ᄃᆡ 망부(亡婦)되기ᄅᆞᆯ 바라노라' ᄉᆡᆼ 왈 '쇼져ᄂᆞᆫ 무궁ᄒᆞᆫ 졍이 잇거든 ᄒᆞᆫ 번 긔회ᄅᆞᆯ 뎡치 아니나뇨' ᄎᆞ염이 쥬져ᄒᆞ다가 필연(筆硯)을 취ᄒᆞ여 두어 ᄌᆞᄅᆞᆯ ᄡᅧ 나리치거ᄂᆞᆯ 집어보니 듕츄망일의 션산의 일ᄀᆡ 경향 가니 집이 뷜거시니 그 ᄣᆡᄅᆞᆯ 여으라 ᄒᆞ거ᄂᆞᆯ …

> [나] 듕향가졀이 되니 남ᄇᆡᆨ이 학ᄉᆞ형뎨로 더브러 뎡향가고 간의와 뉴샹세 국능졔관(國陵祭官)으로 가고 부즁(府中)이 황연(晃然)이 뷔엿ᄂᆞᆫ지라 … 염이

블평ᄒᆞ물 칭ᄒᆞ고 도라와 시ᄋᆞ롤 당부 왈 '현양각의 가 말ᄒᆞ다가 올 거시니 침쇼롤 쪄나지 말고 자라' ᄒᆞ고 후당 연지(蓮池)의 니ᄅᆞ니 이곳은 화초롤 심거 그윽이 둘녓ᄂᆞᆫ듸 … 이곳의 돌면 밧긔셔 보지 못ᄒᆞᄂᆞᆫ지라 셜싱이 화림ᄉᆞ이의셔 관망ᄒᆞ더니 염이 화장(化粧)으로 뇨뇨(姚姚)ᄒᆞᆫ 거동이 낙됴(落照) 션녜 ᄂᆞ린 듯 셜싱이 의관이 션명히 ᄒᆞ고 마조 오니 … 싱이 밧비 손을 잡고 년지(蓮池)의 안ᄌᆞ 회포롤 펼ᄉᆡ 싱의 풍뉴화담(風流和談)과 미인의 아리ᄯᆞ온 화답이 풍뉴랑과 가인이 셔로 맛낫ᄂᆞᆫ지라 …

[다] 양졍(兩情)이 어린 듯 후회(後會)롤 슬허ᄒᆞ니 셜싱이 하놀과 귀신을 가르쳐 밍셰 왈 '쇼뎨 만일 날을 위ᄒᆞ여 타문(他門)을 ᄉᆡᆼ각지 아닐건듸 금야의 날노 더브러 셩양의 친(親)을 ᄆᆡ즈미 어더ᄒᆞ뇨' 염이 듸경 왈 '블가(不可)라 금일 군으로 면목을 셔로 보고 소회롤 닐너 셔로 보고 알고져 ᄒᆞ미라 엇지 상님(桑林)의 쳔ᄒᆞ물 감심ᄒᆞ며 비샹홍졈(臂上紅點)을 업시ᄒᆞ고 하면목(何面目)으로 부모졔형을 보리오 ᄎᆞᄂᆞᆫ 블가ᄒᆞ니 군은 바라건듸 유신(有信)ᄒᆞ여 홍안(紅顔)이 쇠치 아야셔 만나물 원ᄒᆞ노라' 싱이 올히 넉이나 ᄎᆞ마 니러나지 못ᄒᆞ여 손을 어로만져 견권ᄒᆞ물 이긔지 못ᄒᆞ거놀 염이 눈물을 쓰려 왈 '냥가 부뫼 엄졍ᄒᆞ시니 하시(何時)의 냥졍(兩情)이 합ᄒᆞ리오 반ᄃᆞ시 쥭어 후셰의 만나물 원ᄒᆞ노라 가즁이 번다(煩多)ᄒᆞ니 ᄉᆞ경이 누셜홀가 두리나니 그듸ᄂᆞᆫ 도라가라'(권11)

위 내용은 하나로 이어지는데 편의상 [가], [나], [다]를 붙였다. [가]는 이차염과 설영문이 첫눈에 반했으나 말도 나누지 못하고 헤어진 후에 재회하는 대목이다. 이차염은 재회하기 전부터 애가 끊어질 정도였으며,

설영문을 보자마자 금비녀를 던져 애정을 표출하고, 남몰래 만나자는 설영문의 요청을 즉시 받아들였다. 이차염은 사랑의 열정에 휩싸인 채 즉흥적으로 행동할 뿐이었다.

그런 감정적 성향은 [나]에도 잘 나타난다. 이차염은 병세가 있다고 거짓말을 하고 사람들의 이목을 피해 후당에서 설영문을 만났다. 집안의 어른들을 속이는 것이 잘못이라는 것을 판단했지만 감정과 기분에 따를 뿐이었다.

물론 이차염에게 이성적 판단력이 전혀 없었던 것은 아니다. [다]에서 보듯 설영문이 혼전 육체관계를 맺자고 요청하자 이차염은 천박하다며 단호히 거절했다. 하지만 이차염이 '양정이 합하기를 고대하는 마음', 즉 육체관계를 맺고자 하는 마음을 억누를 수는 없었다. 사랑을 이루지 못하면 죽어서라도 후세에 만나기를 원할 정도로 뜨거운 마음에 사로잡혀 있었다.

이러한 감정적 성향은 자기중심성과도 밀접한 관련이 있다. 이차염에게 가문의 명예를 중시하는 부모 형제나 가정을 지키려는 설영문의 정실부인은 전혀 고려할 대상이 아니었다. 그녀는 자신의 애정과 애욕만이 중요할 뿐이었고, 그런 자기중심성의 연장선에서 비밀 연애와 결혼 약속을 서슴지 않았다.

요컨대 이차염 캐릭터의 애정애욕형 악인 형상은 간악성, 자기중심성, 감정적 성향을 띤다.

2.2 여사지향형 선인으로 변모: 이율배반성, 결벽성, 율법주의적 성향

이차염은 설영문과의 애정혼에 결정적인 도움을 주었던 올케 유필염의 거처에 머물면서 [영역 B]에서 [영역 A]로 경계를 넘는 인물로 변모한다. 즉 애정애욕형 악인에서 예도·부도의 교육·실행 단계를 거쳐서 여사지향형 선인으로 거듭난다.

그 과정에서 주목할 것은, 이차염은 과도하고 극단적인 모습을 드러낸다는 것이다. 그녀는 설영문과 몰래 연애·혼약한 것을 부끄러워하고 죄악시해서 결혼을 물리려고 했고, 친영례를 마친 후 첫날밤에 부부관계를 거부했다. 이차염이 보여준 변화의 모습은 애정애욕의 끝에서 여사지향의 끝으로의 극단적 변모여서 남편 설영문조차 황당하게 여겼을 정도다. 남편은 그런 이차염을 향해 '그 사이를 참지 못하여 다른 데 언약함이 있어, 나를 거절하는 음란한 여자'(권12)라는 참담한 말을 퍼부었지만, 이차염은 부부관계에 응하지 않았으며, 그 후에 남편의 두 창기(옥매, 채란)에 의해 모함을 받고 남편·시가로부터 소박을 당하게 되지만, 어떤 변명도 하지 않았다.

그런데 그러한 이차염의 행태는 이율배반성을 띤다. 이차염이 남편의 요구대로 부부관계를 순순히 맺었더라면 아무 문제가 일어나지 않았을 것이다. 이들 부부는 서로 불타는 사랑에 빠져 양가의 반대를 무릅쓰고 결혼했던바, 이차염이 남편의 연정(戀情)을 기뻐 받아들이며 남편과 합방에 기꺼이 응하는 게 자연스러웠다. 더욱이 이차염은 여사지향형 여성으로 거듭났기에 남편의 합방 요구에 순순히 응하여 부부관계를 맺는 게 도리였다. 하지만 이차염은 남편의 요구에 응하지 않았고, 그 일로 친정과 시가에 걱정을 끼쳤다.

그러한 이율배반성은 자기 잘못을 철저히 씻어내려는 결벽성(潔癖性)과 깊은 관련이 있다. 이차염은 어린 시절에 재물에 현혹되어 한난혜의 악행에 가담하여 모친을 속이고 유필염을 모함했고, 16세 이후에는 사랑의 열정에 빠져 설영문과 애욕적 행태를 저질렀는데, 여사지향형 인물로 거듭난 후에는 그런 과거와 단절하는 행태를 보였다. 이차염은 자신이 저지른 모든 잘못을 스스로 용납하지 못해서 기절하고 병이 들었을 뿐 아니라, 죽기를 원할 정도로 예민하고 과도하게 반응했을 만큼 심한 결벽성을 보였다.

> 쇼뎨(小姐) 무숨 낫츠로 다시 져져(姐姐)긔 뵈오리잇고 젼일(前日)은 한갓 농긔되여 흑빅(黑白)을 블분(不分)ᄒᆞ고 남의 조ᄋᆡ되여 과악(過惡)이 쳔지(天地)의 가득ᄒᆞ고 ᄌᆞ긔 힝ᄉᆞ(行事)ᄂᆞᆫ ᄎᆞ마 이르지 못ᄒᆞᆯ지라 비로소 션악(善惡)을 분변(分辨)ᄒᆞ미 나의 죄(罪) 텬하(天下)의 셔지 못ᄒᆞᆯ지라 져져(姐姐)ᄂᆞᆫ 날을 위(爲)ᄒᆞ여 급(急)히 ᄒᆞᆫ 그룻 독쥬(毒酒)룰 어더 먹여 슈치(羞恥)룰 모로게 ᄒᆞ쇼셔(권12)

이차염은 모친에게 독주를 먹고 죽고 싶다는 마음을 토로한 후에 '더욱 참괴(慙愧)하여 머리 싸매고 누워 번뇌(煩惱)하여 곡기(穀氣)를 그치'기에 이르렀다. 병이 깊게 들었으나 병을 다스리려고 하지 않고 다만 이불을 덮고 통곡하며 지낼 뿐이었다.

이런 결벽성은 결벽증(潔癖症)에 가깝다. '결벽증은 어떤 불결을 병적으로 두려워하는 태도가 습관화하여 성격 경향과 같이 된 증세인데, 결벽증에 빠지면 자기 행동에 제한받거나, 가까이 있는 사람들을 자기가 원하는 쪽으로 끌어들이려고 해서 대인관계에서 문제를 일으키곤 한다.'[13] 이차염이 남편과의 부부관계를 완강하게 거절했던 것은, 그녀가 그런 결벽증에 빠진 상태였음을 잘 보여준다.

성품 바꾸기는 쉽지 않다. 악인에서 선인으로 바뀌는 것 또한 쉽지 않다. 애욕(愛慾)의 충동에 사로잡힌 사람이 애욕을 억누르고 고품격 인성을 함양하는 것도 마찬가지로 어렵다. 이차염의 경우에는 그런 변화가 한데 합쳐지는바, 그러한 변모는 매우 힘든 과정을 보여준다. 즉 애정애욕형 악인이 선천적이고 여사지향형 선인이 후천적인데 앞쪽에서 뒤쪽으로 경계를 넘는 것은 성품, 인생관, 세계관을 송두리째 바꾸는 것에 해당한다. 그러한 변화는 정신적, 감정적으로 죽음을 통과하는 것만큼 힘든 일이다. 과거를 철저히 부정하고 온전히 새롭게 거듭나려는 의지가 컸던 만큼 그에 상응하여 이차염은 과도한 결벽성을 지니게 되었다고 할 수 있다.

한편 이차염의 결벽성은 율법주의적 성향을 띤다. 율법주의(Legalism)는 유대교에서처럼 율법에 따라 선악을 심판하는 성향인데,[14] 이차염은 그와 비슷한 성향을 보였다. 첫날밤 부부관계에 응하지 않았다가 남편으로부터 다른 남자와 언약(言約)하고 남편을 배척하는 음란한 여자로 내몰렸을 때, 그녀는 '자당감수(自當甘受)' 즉 자신이 마땅히 받아야 할 것으로 생각하고, 탄식의 눈물을 흘릴 뿐이었다.

여기에서 주목할 것은, 이차염이 과거 자신의 행실을 더럽고 천박하

---

13 한국교육심리학회, 『교육심리학용어사전』, 학지사, 2000,

14 김병훈, 「율법주의, 언약적 율법주의, 은혜언약」, 『한국개혁신학』 28, 한국개혁신학회, 2010, 147~149쪽.

게 여겼다는 것이다. 이는 이차염이 새롭게 여사지향적 여성으로 거듭나는 과정에서 자신의 애정애욕적 행태에 율법적 잣대를 들이댔음을 뜻한다. 애정애욕적 성향을 깨끗이 털어낼 수만 있다면, 억울한 누명을 쓰고 소박을 맞는 것쯤은 아무것도 아니었다. 남편의 두 창기에 의한 모함과 남편에 의한 소박은 자신의 죄과에 대한 응징이 되기에 마땅히 감내하고 기꺼이 받아들일 만한 것이었다.

그런 율법주의적 성향은 고난을 통해 극대화된다. 남편과 시가 쪽의 오해와 의심 그리고 부당한 소박은 애정애욕형 악인에 대한 징치의 의미를 띤다. 그에 대한 이차염의 함구는 자포자기가 아니라 여사지향적인 삶을 철저히 내면화하는 의미를 띤다. 이차염이 당하는 고난의 과정은 이차염을 비롯하여 주변 인물이 공히 애정애욕형 악인의 삶을 철저히 부정하고 여사지향형 선인의 삶을 일종의 율법과 같이 강조하는 과정에 해당한다.

그런 율법주의적 성향은 이차염 개인 차원을 넘어서 이미 사회문화적으로 형성되어 있었던 것이라는 점에서 새삼 주목할 만하다. 이차염이 애정애욕형에서 여사지향형으로 바뀌자, 친정붙이들은 이차염이 개과천선(改過遷善)의 길에 들어선 것으로 보고 반겼다. 이차염이 남편에게 음부라는 모함을 받고 병이 들어 친정으로 실려 와서, 남편을 멀리하고 부모형제 곁에서 일생을 마치고 싶다고 말하자, 친정에서는 그녀가 부덕을 함양하는 여성으로 거듭나는 길에 들어섰다면서 오히려 기뻐하며, 설영문에게 처가살이를 요청했을 정도다. 이는 여사지향형 선인의 삶이 가정적, 사회적으로 여성에게 율법과 같은 것으로 자리를 잡고 있었음을 잘 보여준다.

이러한 율법주의적 성향은 염라전에서 극대화된다. 염라전은 지상계에서 행한 인간들의 행적을 심판하는 초월적·종교적 공간이다. 염라전에서 이차염의 지상 죄과를 낱낱이 지적하다가 그녀가 유필염의 부덕에 감화하여 개과한 점을 참작하여 그녀에게 지상에서 남편과 20년을 더 살 수 있는 기회를 부여했다. 그녀는 지상계로 나오는 중에 숙부를 만나 꾸지람과 충고를 받기도 했다. 이처럼 염라전은 애정애욕형 악인인 이차염의 죄를 심판하고 그녀에게 여사지향형 선인으로 거듭나는 기회를 부여하는 공간이자, 훗날 그녀가 그런 삶을 살았는지를 최종적으로 심판하는 공간으로 설정된다.

염라전에서 강조된 여사지향형 선인의 율법주의적 성향은 재차 지상에서 강조된다. 그 공간은 홍매정이다. 이차염은 자신이 병들어 죽었다고 소문을 낸 뒤에 친정의 후원인 홍매정에서 숨어지냈다. 마침 거기에는 두 창기의 모해로 소박을 당한 여사지향형 인물인 첫째 부인 위씨가 있었는데, 이차염은 홍매정에서 위부인과 서로 의지하면서 함께 여교(女教)를 익혔다. 이처럼 홍매정은 이차염에게 세상과 유리된 은신처이자, 순도 높은 여사(女士)로 거듭나는 지상의 공간이다.

이렇듯 여사지향적 삶은 이차염 개인의 차원에서 시작하여 친정, 남편·시가, 황제로 대변되는 공동체로 확대되고, 그다음에는 초월계(염라전)에서 확정되고, 재차 지상계(홍매정)에서 수용되는 과정을 거친다. 그 과정에서 여사지향형 선인의 삶은 수용·내면화 과정에서 필연성과 당위성을 지니는바, 율법적 성향이 강조된다. 마침내 이차염은 애정애욕적 성향을 벗어버리고 여사지향적 여성으로 거듭난다.

3. 가문 중심주의의 내면화와 극단적 가문 중심주의의 완화

이차염의 캐릭터 변모는 결벽성, 율법주의적 성향으로 수렴되며, 그런 성향이 이차염 개인을 넘어서 공동체와 초월계로 연계됨을 살펴보았다. 그런데 개인, 공동체, 초월계 중에서 중심적인 것을 들라면 공동체다. 공동체는 가문으로 대변되는바, 이차염 캐릭터의 경계 넘기 과정에서 나타나는 율법주의적 성향은 가문 중심주의와 긴밀한 관련을 맺는다.

가부장제의 이념이 예각화 된 것이 가문 중심주의다. 가부장제 사회에서 개인의 행위, 활동, 가치관 등은 가문의 범주 안에 놓이며 가부장의 간섭과 통제를 받는다. 가부장제 사회에서 결혼은 개인 차원이 아니라 가문 차원의 것으로 가부장의 의사 결정에 따른다. 이차염이 설영문과 비밀 연애와 비밀 약혼을 한 행위는 가부장제를 정면에서 부정하고 이씨가문의 존립을 위협하는 것으로 받아들여질 뿐이다. 설씨가문에서도 마찬가지다. 설영문의 두 형은 아우의 애정 행각을 대하고 기겁했을 뿐 아니라 부모는 결혼 승낙 요청에 황당해한다.

이차염은 여성인 탓에 가부장제의 질서를 뒤흔드는 강도가 훨씬 큰 것으로 그려진다. 집안의 여종마저 '존당(尊堂)께 아뢰어 죽임이 가합니다'라고 말할 정도로 징벌받아야 마땅한 인물로 낙인이 찍혔다. 그만큼 이차염의 애정애욕은 가문 중심주의와 길항 관계에 놓이는데, 그 길항 관계는 복잡하게 전개된다.

먼저 이차염의 애정애욕의 성향은 그녀가 남자를 대하기 전부터 이미 마음속에 강렬하게 자리를 잡은 것으로 그려진다. 이차염은 '스스로 춘정을 이기지 못하여 부모의 택서(擇壻) 늦음을 한(恨)하여 옥인(玉人) 가랑

(佳郞)을 생각하여 시름이 아미(蛾眉)에 맺히고 경경(煢煢)한 회포를 붙일 곳이 없어 탄식 초창(悄愴)하'며 지냈다. 그때 이차염은 나이가 열여섯 살이었는데 그러던 중에 설영문을 처음 보자마자 사랑의 열정에 휩싸이고 만다.

이런 이차염의 애정애욕적 성향은 가문 중심적 가부장제 이념과 충돌한다. 이차염은 '양가 부모 엄정하시니 하시(何時)에 양정(兩情)이 합하리오 … 그대는 돌아가라'라며 불타오르는 연정을 억누른다. 그녀는 설영문과 헤어진 후에 '사모함이 병이 되'었을 만큼 상사병에 빠져, '목숨이 경각에 마칠 줄 헤아려 계교가 막히고 의사(意思)가 궁진(窮盡)하여 차생(此生)에서 만날 줄 기약하지 못하여 스스로 죽기를' 생각하며 눈물로 세월을 보낼 뿐이었다. 설영문도 '가친이 엄정하시니 우리 인연이 망연하도다'라며 울음을 터뜨렸고 상사병이 들어 죽을 위기에 처하고 만다. 이처럼 두 연인의 사랑은 '양가 부모의 엄정'함으로 대변되는 가문 중심주의 이념에 짓눌리는 상태에 놓이고 만다.

이문에서 이차염을 엄중하게 정죄하고자 하는 실제 상황이 벌어진다. 모친은 '여차(如此) 음비(淫非)한 줄 알았으리오 결단코 죽여 없이 하여 문호에 욕이 미치지 않게 하리라'라며 극단적인 발언을 서슴지 않았다. 이문에서 염려하는 것은 사랑을 이루지 못해서 죽을 정도에 이르는 이차염의 심적 고통이 아니라, 가문의 명예였다. 이처럼 가문의 존립이 사회 운영의 원리가 되는 가문 중심주의 이념에 의해 이차염의 생기발랄한 사랑은 처절하게 단죄되어 설 자리를 잃고 만다. 설영문의 애정 행각 또한 설씨 가문의 명성을 깎는 음탕한 짓에 불과했음은 물론이다.

이차염이 애정애욕형 악인으로 낙인이 찍히는 한, 가문에 의한 단죄를 피할 수 없었다. 그녀가 살 수 있는 길은, 앞항에서 살펴보았듯이, 애정애욕적 성향을 철저하게 반성·죄악시하고 가문의 존립에 부합하는 여사지향형 여성으로 거듭나는 것이다. 그런데 그러한 변모는 쉽지 않았다. 그때 이차염은 이율배반성, 결벽성, 율법주의적 성향을 보였는데, 그 정도가 지나쳐서 일종의 죽음 혹은 죽음에 맞먹는 고통을 겪지 않을 수 없었다.

남편 설영문은 창녀들과 호방한 생활을 즐기다가 마흔 살을 넘기지 못한 채 병사하고 말았고, 설문의 창달에 기여한 바가 거의 없었다. 그에 반해 이차염은 일남일녀를 잘 양육하여 성혼시킨 후에 세상을 떴는데, 아들(설백문)은 빼어난 인재로 성장했다. 여사지향형 선인으로 거듭난 이차염은 설문의 존속과 발전에 기여한 여성이 된 것이다.

이러한 이차염의 변모에는 가문 중심주의 이념에 부합하는 여성은 여사지향형이며 그런 여성이라면, 설령 남편이 주색잡기에 빠져들지라도, 자식들을 잘 길러 가문의 번영을 이루어낼 수 있다는 의미가 들어 있다. 여성의 애정애욕형은 가문 중심주의 이념에 배치됨에 반해 여사지향형 여성이 가문 중심주의 이념에 부합한다는 것, 이것이 이차염의 변모가 지니는 일차적인 의미다.

그 과정에서 주목할 것은, 이차염과 설영문의 애정 행각이 양가 부모들에 의해 인정받는 틈새를 확보했다는 것이다. 그 틈새가 쉽게 확보되지 않음은 물론이다. 양가 부모는 두 남녀의 애정 행각이 가문에 '누가 될 것'으로 보고, 죽음에 처해져야 할 정죄의 사안으로 받아들였다. 단적으로 가부장 이윤수는 '차염이 설생의 재취(再娶) 되면 필연 내 집 화를 남의 집에 옮길 것이니 결단코 그렇게 되지 못하리라'(권12)라며 애정혼이 친정과 시가, 두 집안에 앙화(殃禍)를 끼칠 것으로 보고 그 결혼을 극력 반대했다.

하지만 올케 유필염은 달랐다. 그녀는 시어머니(정부인)에게 '과도히 번뇌치 마시고 또한 모르는 체하사 상공과 존구께 상의하사 설랑을 맞게 하소서'(권11)라고 설득했다. 며느리 유필염의 간곡한 설득으로 이씨가문에서 이차염의 애정혼을 인정하는 쪽으로 의견을 모으기에 이른다. 설문에서도 부모는 '사정이 참연하나 마음을 고치면 다행이라 그렇지 않고 죽은들 어찌하리오'라며 반대했지만, 사랑의 열병으로 죽어가는 아들을 살려내기 위해서 마지못해 결혼을 허락하고 만다.

마침내 이차염과 설영문의 애정 행각은 양가 부모들에 의해 인정받게 된다. 여기에서 결혼을 두둔한 유필염의 발언이 중요한 자리를 차지한다. 그녀는 '이는 천수(天數)요 소매(小妹)의 기상이 복 받을 자니 상공은 염려 말고 혼사 쉬 일게 하소서'라고 주장했다. 이 발언은 두 연인의 첫눈에 반한 사랑, 비밀 연애, 비밀 약혼을 거친 애정혼을 이차염의 '천수(天數)'요 '복 받을 기상'으로 연계했다는 점에서 새삼 주목할 만하다. 이로써 애정혼을 가로막는 가문 중심주의의 장벽 앞에서 애정혼을 수용하는 틈새가 확보되기에 이른다.

그런데 그 지점에서 이차염의 철저한 개과(改過)가 시작되었다는 점을 놓칠 수 없다. 주변 사람들에 의해서 애정애욕적 행태와 애정혼을 인정받는 시점에 이차염은 스스로 애정애욕적 행태를 철저하게 반성하며 죄악시하고 여사지향형으로 변모하기 시작했는데, 앞에서 살펴본 대로 그 과정은 처절할 정도로 이율배반성, 결벽성, 율법주의적 성향을 띤다.

가문중심적 가부장제 사회에서 상층 여성의 애정애욕은 발산되어서도 안 되며 마음속에 품어서도 안 되는 것이었다. 그것은 마땅히 해야 할 것,

즉 율법적 당위성을 띤다. 그런데 현실적으로 이차염과 같은 애정애욕적 성향을 띠는 여성이 없을 수는 없다. 그런 상황에서 가문 중심주의 이념이 극단화·절대화하면 애정애욕적 여성은 여사지향형으로 거듭날 기회조차 지니지 못하여 악인에서 선인으로 경계를 넘지 못한 채 정죄당할 수밖에 없다. 하지만 애정애욕형 이차염은 악인으로 징치를 당하는 것으로 끝나지 않고, 여사지향형 선인 쪽으로 경계를 넘는 기회를 얻었다. 비록 애정애욕형 여성일지라도 여사지향형으로 거듭날 수 있다면 괜찮다는 것, 이것이 이차염의 변모가 지니는 또 하나의 의미다.

올케 유필염이 애정애욕적 이차염을 단죄하는 데 동참하지 않고 결혼을 성사시키도록 설득했는데, 그 근본적인 이유는 이차염이 훗날 여사지향형 여성으로 바뀔 수 있음을 예견했기 때문이다. 그녀의 예견대로, 친정아버지 이윤수는 이차염의 아들(설백문)이 빼어나서 여러 손자 손녀 중에서도 가장 출중하다며 칭찬하면서 '제 어미 개과(改過)한 덕'을 힘입었다는 말을 빼놓지 않았다.

> ᄂᆡ외손(內外孫)이 합ᄒᆞ야 수십여 인이라 하나토 용이(容易)ᄒᆞ미 업고 ᄎᆞ염의 당ᄌᆞ ᄇᆡᆨ문이 표일쥰ᄋᆞ(飄逸俊雅)ᄒᆞ미 부모염ᄐᆡ(父母艶態)ᄅᆞᆯ 습ᄒᆞ야 ᄀᆞ당 아ᄅᆞᆷ다오니 공이 ᄒᆞᆫ번 보고 왈(曰) 'ᄋᆞᄌᆞ(兒子)와 녀ᄋᆞ의 ᄌᆞ손이 긔특ᄒᆞ문 고이치 아니커니와 ᄇᆡᆨ문의 아ᄅᆞᆷ다오문 더 긔특ᄒᆞ도다 이ᄂᆞᆫ 졔 어미 ᄀᆡ과(改過)ᄒᆞᆫ 덕(德)을 힘닙으미로다

이차염이 개과했다는 것은 애정애욕형 악인 쪽에서 여사지향형 선인 쪽으로 변모한 것을 두고 한 말이다. 그 말에는 처음에 애정애욕형 여성

이었을지라도 여사지향형으로 거듭나면, 초지일관 여사지향형인 인물 못지않게, 가문의 번영에 이바지할 수 있다는 의미가 들어 있다.

그와 달리 초지일관 애정애욕의 성향을 보인 여성의 결말은 비극적이다. 한난혜, 윤운빙, 여경요, 영릉공주는 쫓겨나거나 죽임을 당하는 등 비참한 종말을 맞고 만다.[15] 내로라하는 상층 가문과 황실의 딸들일지라도 애정애욕형 악인 쪽에서 여사지향형 선인 쪽으로 변하는 과정을 보여주지 않으면, 끝내 단죄되기에 이른다.

극단적 가문 중심주의에 따른다면 애정애욕형 악인과 여사지향형 선인의 이분법적 틀이 견고하게 유지되므로 애정애욕형 악인은 시종일관 변모의 기회를 얻지 못한 채 단죄된다. 하지만 이차염의 변모는 거기에서 틈새를 확보함으로써 극단적 가문 중심주의의 완화라는 새 길을 열었다고 할 수 있다. 여기에 이차염의 성격 변모가 지니는 작품적 의미가 있다.

4. 경계인 이차염의 소설사적 위상

가문 중심주의적 사고에서 틈새를 부여하는 이차염의 경계 넘기는 다른 대소설과 비교할 때 어떤 특징적인 모습을 보여주는지 궁금하다.

대소설에서는 남녀의 연정 서사, 특히 여성의 애정애욕 서사는 가문 중심주의와 맞물리면서 가문의 존립을 위협하는 서사로 변전(變轉)된다. 대소설에 영향을 끼친 〈사씨남정기〉를 보면, 애정애욕적 교채란은 여사

15 조광국, 「〈유이양문록〉의 작품세계-서사구조와 결연 장애를 중심으로-」, 『고소설연구』 26, 한국고소설학회, 2008, 193~202쪽.

지향형 선인인 사정옥의 적대인물로 설정되어 심성적·윤리적 악인으로서 비극적 결말을 맞는다. 이러한 애정애욕형 악인의 여성 캐릭터는 대소설의 초기 작품인 〈소현성록〉으로 이어졌다. 애정 행각을 펼친 과부는 가문의 명성을 중시하는 친정어머니에 의해 죽임을 당하고 만다. 애정전기소설에서라면 애정애욕형 여성은 주인공이었을 텐데 대소설에서는 여사지향형 선인인 주인공과 대척적인 적대인물로 전락하고 만다.

그 후로 대소설은 가문 차원에서 여성 캐릭터에 선악의 이분법을 강하게 적용해 갔다. 예로 〈벽허담관제언록〉은 여사지향형 선인을 주동인물로 설정하되 그 상대역으로 애정애욕형 악인의 캐릭터를 무려 5인(윤교혜, 숙영공주, 왕옥도, 노요화, 주교염)으로 확대·심화했는데, 이들의 애정애욕이 가문의 존립을 위태롭게 하는 악한 것이어서 이들 모두 비참한 결말을 맞는 것으로 설정된다.[16] 이렇듯 대소설은 애정애욕형 악인은 가문의 존립을 위협하는 반면에 여사지향형 선인은 가문의 존립을 강화하는 이분법적 방식을 굳혀갔다.

한편 대소설 중에서 작품에 따라 선악의 이분법적 틀에서 벗어나는 여성 캐릭터가 설정되기도 했다. 〈임화정연〉의 여미주, 〈유씨삼대록〉의 장혜앵, 〈유이양문록〉의 이차염이 그런 사례다. 이들 여성은 모두 애정애욕형 악인이지만 비극적 결말을 맞지 않고 도중에 여사지향형 선인으로 변함으로써 해피엔딩을 맞이한다.

그런 변모는 선악의 이분법으로 회귀함으로써 그 이분법을 확고하게 유지했다고도 할 수 있다. 그런데 그러한 변모는, 애정애욕의 성향을 띠

---

16 조광국, 「〈벽허담관제언록〉에 구현된 상층 여성의 애욕 담론」, 『고소설연구』, 30, 한국고소설학회, 2010, 285~314쪽.

는 여성이 선인으로 변하는 기회를 얻지 못한 채 초지일관 악인으로 남아 비극적 종말을 맞는, 극단적인 선악의 이분법과는 일정한 거리를 확보한다.

이로 보아 애정애욕형 악인이 여사지향형 선인으로 바뀌는 것에는 상반되는 두 자장이 자리를 잡고 있음을 알 수 있다. 하나는 애정애욕형 악인과 여사지향형 선인의 이분법을 여전히 유지하려는 자장이고, 다른 하나는 애정애욕형 여성과 악인 사이의 연결고리를 약화시키는 자장이다.

이차염이 애정애욕적 행태를 버리고 철저히 여사지향형 여성으로 거듭나게 된 것은 첫째 자장에 끌려간 것이라 할 수 있다. 이차염은 가문중심주의의 견고한 틀로 회귀하고 만 것이다. 한편 애정애욕형 악인에서 여사지향형 선인으로 바뀌는 과정에서 그녀의 결벽성, 율법주의적 성향이 역설적으로 가문 중심주의의 위압성을 드러낸 것은 둘째 자장에 의한 것이다. 둘째 자장의 영향권에서 여성의 애정애욕은 수용될 수 있는 틈새를 확보했다고 할 것이다.

하나의 작품은 그 자체로 자족적인 의미를 지니기 마련이지만, 그 작품은 다른 작품과 관계를 맺으면서 자족성을 넘어서기도 한다. 캐릭터도 마찬가지다. 앞서 언급했던 대로 이차염(〈유이양문록〉)을 비롯하여 장혜앵(〈유씨삼대록〉), 여미주(〈임화정연〉)는 모두 애정애욕형 악인 쪽에서 여사지향형 선인 쪽으로 경계를 넘는 여성들인데, 이들 캐릭터는 각각의 작품세계를 넘어서서 서로 의미망을 형성한다. 세 여성 인물을 다음과 같이 크게 셋((2), (3), (4))으로 설정할 수 있다. 논의의 편의를 위해 맨 앞에 (1)을 두었다.

(1) 애정애욕적 여성이 극단적인 선악의 이분법에 따라 악인으로 일관하며 비극적 결말을 맞는 캐릭터
(2) 자신의 애정애욕적 성향을 죄악시하고 철저히 여사지향적 여성으로 거듭나 해피엔딩을 맞되, 이율배반성, 결벽성, 율법주의적 성향을 드러내는 캐릭터
(3) 자신의 애정애욕적 성향을 반성하되 이율배반성, 결벽성은 보이지 않고 비교적 자연스럽게 여사지향적 여성으로 거듭나면서 해피엔딩을 맞는 캐릭터
(4) 자신의 애정애욕적 성향에서 벗어나 여사지향적 성향을 수용하는데 애정애욕적 성향이 어느 정도 포용되면서 해피엔딩을 맞는 캐릭터

(3)의 캐릭터는 장혜앵(〈유씨삼대록〉)이다. 그녀는 유세행과 첫눈에 반하여 사랑의 열정에 빠진다. 유세행이 당돌하게 양가에 알려 결혼을 승낙받는다. 하지만 황제로부터 유세행을 진양공주의 배필로 삼으라는 사혼이 내려져 유세행은 장혜앵을 아내로 들이지 못하고 진양공주와 결혼한다. 유세행과 장혜앵은 상사병으로 심한 고통을 겪다가 진양공주의 주선으로 결혼하게 된다. 그 후로 유세행은 진양공주를 박대하고 장혜앵은 진양공주를 투기 질투하고 모함하는 등 악행을 저지른다. 유세행과 장혜앵은 여사지향적인 진양공주의 진면목을 알게 되어 유세행·진양공주·장혜앵은 원만한 일부이처의 관계를 이룬다. 장혜앵이 애정애욕적 행태를 반성하고 여사지향형 선인으로 거듭난다.

(4)의 캐릭터는 여미주(〈임화정연〉)다. 여미주는 정연경에게 첫눈에 반하여 밤중에 어두운 길목에 숨어 있다가 뛰쳐나와 그를 껴안고, 그가 이

복언니(여희주)의 남편이 되자 억울해하다가 그가 술에 취해 인사불성인 틈을 타서 그와 육체관계를 맺고 임신하여 친정에서 쫓겨나고 만다. 여미주는 바깥세상에서 쌍둥이를 낳은 후 남성들로부터 정조를 위협받는 역경을 겪지만, 끝까지 수절한다. 정연경은 애정애욕형 악인의 잣대를 들이대며 그녀를 흉인·원수라고 일컬으며 죽이고자 하지만, 부친(정현)은 그녀가 정조를 지킨 점을 높이 사며 그녀를 두둔한다. 모친(진부인), 첩모(부친의 첩), 외삼촌(진효렴) 등이 부친(정현)에게 동조함으로써 마침내 여미주는 정씨가문의 며느리로 받아들여진다. 그녀의 애정애욕은 주변 인물들에 의해 근본적으로 부정되지도 않고, 그녀 또한 자신의 애정애욕적 행태에 대해 철저한 회개(悔改) 과정을 거치지도 않고 다만 사랑하는 이를 향한 수절(守節)의 도덕률을 지켜냄으로써 정씨가문에 안착하게 된다.[17] 이로써 애정애욕적 여미주에 대한 부정적 시선은 한 꺼풀 벗겨지게 된다.

(2)의 캐릭터는 이차염(〈유이양문록〉)이다. 이차염은 멀리는 애정전기소설의 연정 서사를 이어받은 캐릭터이자, 가까이는 대소설 범주에서 기존에 형성된 애정애욕형 악인과 여사지향형 선인의 견고하고 극단적인 이분법에 변화를 주어 앞쪽에서 뒤쪽으로 경계 넘기를 시도한 캐릭터다. 특히 대소설 범주에서 (2)이차염은 '(1) 애정애욕적 여성이 극단적인 선악의 이분법에 따라 악인으로 일관하며 비극적 결말을 맞는 캐릭터'에서 (3)장혜앵과 (4)여미주 쪽으로 넘어가는 징검다리 캐릭터에 해당한다.

(1)에 해당하는 여성은 적대인물이다. 그런 여성 인물로는 대소설 이전

---

17 조광국, 「〈임화정연〉의 여미주 성격에 대한 고찰」, 『언어와 진실』, 국학자료원, 2003, 495~515쪽.

에 교채란(《사씨남정기》)과 조월향(《창선감의록》)이 있으며 그 이후 대소설에서 쉽게 찾아볼 수 있다. 그에 비해 (2)이차염, (3)장혜앵, (4)여미주는 적대인물도 아니고 주동인물도 아니고, 주변 인물이나 보조인물도 아니다. 분명한 것은, 애정애욕적 성향에 초점을 맞추어 악인에서 선인으로 경계를 넘는 여성 인물로 창출되었다는 것이다. 즉 이들 여성 인물은 애정애욕형 악인과 여사지향형 선인의 이분법적 틀에 맞춰 각각의 유형을 두 여성으로 구별하는 방식에서 벗어나, 애정애욕형 악인 쪽에서 여사지향형 선인 쪽으로 변모하는 입체적인 인물이다. (2)이차염은 여성의 애정애욕을 긍정하는 길을 연 여성 인물이라면, (3)장혜앵과 (4)여미주는 그 지점을 보다 넓혀 애정애욕형과 여사지향형을 공유하는 지점을 확보한 여성 인물에 해당한다. 여성의 애정애욕을 긍정적으로 수용하는 길을 열었다고 해서, 한 여성이 두 명 이상의 남성과 애정 행각을 벌이는 것까지 인정하지는 않았음은 물론이다.

공시적 차원에서 이차염의 소설사적 위상을 정리하면 다음과 같다. 먼저 (2)이차염은 애정애욕형 악인 쪽에서 여사지향형 선인 쪽으로 경계 넘기를 하는바, (1) 극단적인 선악의 이분법으로 되돌아가는 성향을 보여준다. 한편 (2)이차염은 (3)장혜앵과 (4)여미주 쪽으로 이끌리면서 애정애욕형과 악인의 연결고리가 느슨해지고 악인 색채가 옅어지는 성향을 띠기도 한다. 이렇듯 이차염은 '애정애욕형-악인'의 연결고리를 견고히 지탱하는 자장과 그 연결고리를 느슨하게 하는 자장이 부딪치는 지점에서 긴장감을 형성하는 캐릭터로서 소설사적 위상을 차지한다.

5. 마무리

대소설 〈유이양문록〉의 이차염이 애정애욕형 악인 쪽에서 여사지향형 선인 쪽으로 변모하는 입체적 여성 인물로 창출되었음을 포착하여, 먼저 그 양상을 살펴보고 의미를 밝혔으며, 그다음에 이차염 캐릭터가 소설사적으로 어떤 위상을 차지하는지를 논했다. 이를 정리하면 다음과 같다.

이차염은 '간악한 성품으로 악행을 일삼는 단계'와 '첫눈에 반한 사랑의 단계'를 거치면서 애정애욕형이었다가 나중에 여사지향형으로 거듭난다. 이차염은 애정애욕형 악인의 단계에서 간악성, 자기중심성, 감정적 성향을 띠다가, 그 단계에서 여사지향형 선인 단계로 경계 넘기 과정에서는 이율배반성, 결벽성, 율법주의적 성향을 띤다.

이율배반성과 결벽성은 애정애욕적 행태를 반성하고 죄악시하는 이차염 개인의 차원에서 나타나는 성향인데, 그것은 이차염이 여사지향적 성향을 철저하게 수용·내면화하는 것과 표리관계를 이룬다. 그리고 애정애욕형 악인과 여사지향형 선인의 틀은 개인의 차원을 넘어서 공동체 차원에서 강한 율법주의적 성향을 띠며, 그 율법주의적 성향은 초월계 차원으로 확대·심화하는 양상을 보여준다.

개인, 공동체, 초월계는 서로 엮이면서 공동체로 결집하는 양상을 띠는데, 공동체의 핵심적인 운영 원리는 가문 중심주의다. 즉 이차염 캐릭터의 경계 넘기 과정에서 나타나는 율법주의적 성향은 개인을 초월·통제하는 가문 중심주의와 긴밀한 관련을 맺으며 초월계로 확대·심화하고, 그 율법주의적 성향은 다시 지상의 공동체 이념인 가문 중심주의를 강화하는 양상을 띤다.

그와 관련하여 애정애욕형 여성은 가문 중심주의에 배치됨에 반해 여사지향형 여성은 가문 중심주의에 부합한다는 것이 이차염의 변모가 지니는 일차적인 의미다. 나아가 선천적으로 애정애욕적 성향을 띠는 여성일지라도 후천적인 노력에 따라서 여사지향형 인물로 거듭날 수 있으며 그렇게 되어야 바람직하다는 것, 이것이 이차염의 변모에 들어 있는 또 하나의 의미다. 그리고 극단적 가문 중심주의에 따른다면 애정애욕형 악인과 여사지향형 선인 사이에 넘어설 수 없는 이분법적 틀이 견고하게 유지되므로 애정애욕형 악인은 시종일관 변모의 기회를 얻지 못한 채 정죄되고 말았을 텐데, 이차염의 경계 넘기는 거기에서 틈새를 확보함으로써 극단적 가문 중심주의의 완화라는 궁극적인 의미를 획득한다.

애정애욕형 여성이 애정전기소설에서는 선악의 이분법과 무관함에 반해, 대소설에서는 선악의 이분법적 성향이 강하다. 대소설은 초창기부터 애정애욕형 악인과 여사지향형 선인의 이분법적 경계를 견고히 설정했고, 그 후로 그런 이분법은 대소설의 흐름을 형성했다. 이차염은 애정애욕형 악인 쪽에서 여사지향형 선인 쪽으로 경계 넘기를 하는바, 극단적인 선악의 이분법을 깨는 여성 캐릭터로 창출되었다.

먼저 이차염은 애정애욕형 여성과 악인 사이의 연결고리를 느슨하게 하는 여성 인물의 모습을 보여준다. 그리고 대소설에서 경계 넘기를 하는 이차염과 같은 여성 인물로 장혜앵(〈유씨삼대록〉), 여미주(〈임화정연〉)가 있다. 이들 세 여성 캐릭터를 공시적 차원에서 보자면, 이차염에서 장혜앵 쪽으로 다시 여미주 쪽으로 나아가면서 애정애욕형 악인의 연결고리가 점점 더 느슨해진다. 이차염은 여성의 애정애욕을 긍정하는 길을 터서 장혜앵, 여미주처럼 한 인물 안에 애정애욕적 성향과 여사지향적 성향을 공유하는 여성 인물로 나아가는 길목에 서 있다.

요컨대 이차염은 애정애욕형 여성을 징치하는 힘과 애정애욕형 여성의 설 자리를 인정하는 힘이 긴장감을 형성하면서, 애정애욕형 여성을 수용하는 길을 열었다고 할 수 있다. 이것이 이차염 캐릭터의 작품 내적 위상이자 소설사적 위상이다.

Ⅱ 애정애욕과 수절의 양립

〈임화정연〉의 여미주

1. 문제 제기

본고의 목적은 〈임화정연〉[1]의 등장인물인 여미주의 캐릭터를 분석하고 그 캐릭터의 시대적 의미를 밝히는 데 있다.

선행 연구에서는 작품구성이나 구조의 면을 중심으로 논의가 이루어졌고, 그 논의 중에 정연양·연경 남매나 임규 등 주동인물에 한정하는 인물론이 들어 있다.[2] 물론 주변 인물에 대한 논의도 있었지만, 간략하게나

---

* 「〈임화정연〉의 여미주 성격에 대한 고찰」(『언어와 진실』, 국학자료원, 2003, 495~515쪽)의 제목과 일부 내용을 고쳤음.

1 1923~1925년 조선도서주식회사에서 간행한 6권 6책 총 97회 활자본(동국대 한국학연구소, 〈임화정연〉 上·下, 아세아문화사, 1976). 257책의 필사본이 있었다고 하며, (이수봉, 『가문소설연구』, 형설출판사, 1978, 12쪽) 139권 139책의 필사본이 서울대 도서관에 있었다고 한다. (김기동, 『한국고전소설연구』, 교학연구사, 1983, 723쪽) 〈임화정연〉은 200자 원고지 약 6,000매에 달하는, 대 장편 분량이다. 더구나 이 작품이 활자본으로 간행되는 과정에서 축약된 점을 고려한다면 본래의 분량은 더 컸을 것이다. (이상택, 『한국고전소설의 탐구』, 중앙출판, 1983, 2쪽)

2 정규복, 「〈임화정연〉 논고」, 『대동문화연구』3, 성균관대 대동문화연구소, 1966; 양혜란, 「임화정연연구」, 이화여대 석사논문, 1979; 이현국, 「임화정연연구」, 경북대 석사논문, 1983; 박경신, 「임화정연의 전반부 중심인물고」, 『진단학보』 64, 1987; 박경신, 「임화정

마 금오 여익이 중간 인물로 논의되고,[3] 가월이 막후 인물로, 혹은 능동적 보조 인물이자 재치 있는 시비로 파악되는 정도였다.[4]

여미주가 중심인물이 아니고, 그런 탓에 여미주의 작품적 비중을 작게 보아서 그런지, 여미주의 캐릭터에 대한 논의는 없었다. 그러나 여미주는 작품의 가치를 높여주고 의미를 풍부하게 해주는 캐릭터로서 소홀히 넘길 수 없는 구석이 있다.

여미주는 권문세가의 여성으로서 금기시된 애정애욕을 충족하기 위해 당돌하게 행동하다가 음녀의 오명을 쓰고 축출된다. 그러나 그녀는 온갖 고난과 시련 앞에서도 굴하지 않고, 비록 일방적이긴 하지만, 사랑하는 정연경을 향한 정조를 끝까지 지켜냄으로써, 주변으로부터 지조가 있고 지모가 있는 여성이라는 긍정적인 평가를 받으며 정연경의 아내로, 정씨 가문의 며느리로 안착한다. 〈임화정연〉이 새롭게 부상하는 연대가문(連帶家門)의 출현을 형상화한 작품인바,[5] 여미주가 여씨가문과 정씨가문이 연대하는 접점에서 이런저런 풍파를 일으키는 인물임을 고려한다면, 여미주의 비중은 작지 않은 셈이다.

이에 다음 두 가지 사항에 초점을 맞추고자 한다. 첫째, 여미주의 성격에 대해 살펴보고자 한다. 여기에서는 서사의 전개 과정에서 여미주의

연」, 『완암김진세선생회갑기념논문집』, 집문당, 1990; 송성욱, 「〈임화정연〉 연작 연구」, 『고전문학 연구』 10, 한국고전문학회, 1995; 신동익, 「임화정연 연구」, 『연거제신동익박사정년기념논총』, 경인문화사, 1995.

3 정규복, 앞의 논문, 90쪽.

4 양혜란, 앞의 논문, 73~81쪽; 한길연, 「대하소설의 능동적 보조 인물 연구」, 서울대 석사논문, 1997, 9~19쪽.

5 조광국, 「〈임화정연〉에 나타난 가문연대의 양상과 의미」, 『고전문학 연구』 22, 한국고전문학회, 2002.

언행과 생각 등이 검토의 대상이 된다. 이어서 여미주의 언행에 대한 주변 인물들과 서술자의 진술이 치밀하게 제시되는데, 부정적으로 보는 자가 있는가 하면, 그녀를 옹호하여 보살피는 자도 있으며, 처음에는 부정적으로 받아들였다가 나중에 인정하는 자들도 있다. 각각의 경우에 대해 살펴보고 이런 다양한 반응이 여미주 캐릭터의 창출과 관련이 있음에 대해 논의하고자 한다.

둘째, 여미주의 캐릭터가 우리 소설사에서 어떤 위치를 차지하는지 검토하기로 한다. 미주가 애정 욕망을 추구했다고 해서 바로 흑백논리의 시각으로 단죄되지는 않는다. 여기에는 여성의 애정애욕, 특히 사족(士族) 여성의 애정애욕을 인정하는 시각이 투영되어 있을 것으로 보인다. 나아가 이런 사족 여성의 애정애욕은 작품 내적 인물의 욕망을 초월하여 18세기 말 이후 19세기 사회구성원 의식의 일단을 수용한 것으로 보인다. 그리고 그 의식은 양반 의식에 대립하는 것으로서 시대적 의미를 지니고 있을 것으로 보인다.

2. 여미주의 애정애욕에 대한 상반된 평가

여미주의 행적을 순차적으로 정리하면 다음과 같다.

① 처녀가 처음 본 정연경을 흠모하여 편지를 보내고 밤중에 껴안음.

② 부친이 초대한 정·연·화 3생을 보고 이들을 향한 연정을 품음.

③ 부친이 연생에게 기녀 어중선을 하사하는 것을 보고 부러워함.

④ 만취하여 누워 있는 형부인 정연경과 육체적인 관계를 맺음.

⑤ 부친 여익이 죽이려 하는데 제1 강부인의 도움으로 가출함.

⑥ 악소년의 모해를 받고 수월암에 은거함.

⑦ 진부인 집에서 쌍둥이를 낳고 자식의 출생 비밀을 숨기고 지냄.

⑧ 진부인이 이 사연을 알고 미주를 도움.

⑨ 송씨녀로 가장하고 정문에 들어가 쌍둥이를 정현의 품에서 놀게 함.

⑩ 정현의 첩 오씨가 여미주의 정체를 알게 되지만 누설하지 않음.

⑪ 자초지종이 밝혀지고 여미주가 회심·개과한 후 정연경의 처가 됨.

여미주의 행적은 크게 세 과정으로 나뉜다. ①~④는 정연경과의 통정한 사실이 발각되어 미주가 가출한 부분이고, ⑤~⑦은 가출한 미주가 고난을 겪다가 조력자를 만나는 부분이고, ⑧~⑪은 미주가 정씨가문에 안착하는 부분이다. 이런 과정에서 주목할 만한 것은 죽을죄를 지었던 미주가 어떻게 해서 정씨가문에 안착하는가이다.

이를 살펴보기에 앞서 여미주의 성격에 대해 정리해 보기로 하자.

먼저 미주는 애정애욕적 성향이 강한 여성이다. 그녀는 좋아하는 남성이 누구인지도 모른 채 첫눈에 반해 짝사랑의 연정을 품고 상사병이 걸려 주체하지 못할 정도가 된다.

> 미쥬ㅣ 눈물을 흘여 왈 군자 슉녀ㅣ의 짝 일음이 오매 사복하야 일생을 의탁할지라 내 그 쇼년을 보매 졍신이 산란하야 병이 깁게 되엿스니 아마도 상사병이 될지라(『임화정연』 下, 130쪽)

향운아 경랑은 나와 젼생 업원이라 져의 얼골이 나의 일심에 깁히 박혓스니 필연 오래지 아니하야 내 셩질 병사할지라 만일 져와 금셰에 인연을 닐우지 못하면 구원에 넉시라도 원한을 먹음을 것이오 생각컨대 금야에 희쥬 경랑을 더부러 동침화락이 흡연하리라 그 동지나 보고져 하노니 네 나로 더부러 쥭셔루에 가셔 규시하야 나의 한을 풀게 하라(『임화정연』 下, 208쪽)

그렇다고 미주가 가만히 앉아 있는 여성은 아니었다. 그녀는 내부에서 불길처럼 타오르는 사랑을 이루기 위해 앞뒤를 가리지 않았다. 정연경의 감정이나 의사와는 관계없이 사랑을 고백하는 편지를 전하기도 하고 야삼경에 숨어 있다가 튀어나와 갑자기 껴안기도 하는 등 저돌적인 행동을 취했다. 서술자의 언급대로 미주는 나이가 어리지만 음란하기가 한이 없는 여성으로 제시된다.

그 후 여미주는 그 남성이 이복언니 여희주와 결혼할 정연경이라는 사실을 알게 되지만, 결코 자신의 욕망을 포기하려 들지 않았다. 오히려 정연경이 만취 상태에서 정신을 차리지 못하고 누워 있는 틈을 타서, 자신을 희주로 오인하는 정연경과 동침하기에 이른다.

조곰도 슈치함이 업셔 생의 호탕한 풍졍을 여지업시 행하되 미쥬ㅣ 조금도 경동슈괴한 빗이 업시 도리혀 음밀한 졍태와 가증한 모양이 로류장화에 숑구영신하는 쳔창의 교태ㅣ 잇스니 생이 흥치 륭흡하든 의사ㅣ 사라지고 분연차탄하며 자차 일셩에 몸을 도라누으며(『임화정연』 下, 221쪽)

동침할 때 여미주의 모습은 음탕한 창녀와 같은 여성으로 그려진다.

미주는 마침내 임신하게 되고 그 사실이 탄로가 나서 부친 여익에 의해 죽임을 당할 위기에 처하게 되어, 어쩔 수 없이 가출할 수밖에 없었다.

또 여미주는 자신의 감정이나 언행을 절제하고 조절하지 못하는 여성이다. 당연히 순간의 애욕을 채운 뒤 닥쳐올 사회적 핍박과 고난을 헤아려보는 여유나 지혜도 없었다. 마침내 미주는 자신의 애정이 이는 대로 애욕을 채웠지만, 그로 인해 임신하게 될 것은 생각하지도 못하고, 그리하여 임신한 채로 보금자리인 집안에서 추방되어 세상 이곳저곳을 떠돌며 온갖 시련을 겪었다.

다음으로 미주는 철저히 이기적이고 자기중심적인 여성이다. 그녀는 자신의 욕망을 성취하기 위해서는 거짓말과 속임수를 서슴지 않았다. 미주는 정연경을 껴안다가 연경에 의해 밀쳐 내지고 그로 인해 얼굴에 상처를 입는데, 강부인·희주 모녀가 내리친 철 방망이에 맞아 상처를 입게 되었다며 자기 잘못을 숨기고 타인에게 뒤집어씌웠다. 이에 친모 소부인이 발악하며 강부인·희주 모녀를 다그쳤다.

일찍이 정연경이 언니 희주의 배필로 결정되자, 미주는 그를 가로채기 위해 호시탐탐 기회를 엿보다가 취중의 정연경과 육체적인 관계를 맺었다. 이때 정연경은, 미주를 희주로 오해하여 희주를 음탕한 여자로 알고 혼사를 미뤘다. 이에 여희주는 부덕을 발휘하여 은인자중(隱忍自重)했는데, 미주는 희주의 그런 점을 본받기는커녕 악용하여 정연경을 한 남편으로 섬기자고 제안했다. 또한 미주는 정연경과 동침한 후에 옥차와 월환을 빠뜨리고 나왔는데, 훗날 그것이 빌미가 되어 정연경에 의해 궁지에 몰리게 되자, 시비 운향을 내세워 정연경이 자신을 겁간하고 옥차와 월환을 빼앗아 갔다고 꾸며대며 오히려 상황을 유리하게 끌고 갔다.

이렇듯 미주는 사회적 규범, 윤리·도덕에 따라 행동하지 않고 오로지 자신의 욕망을 성취하기 위해 몸부림치는 여성이다. 자신의 욕망 등 사적 가치를 성취할 수만 있다면 언니의 행복, 부친의 위신, 가문의 위상, 정인(情人)의 출세 등 그 어떤 것이든 희생하는 것을 개의치 않았다. 여미주는 천성적으로 이기적이며 자기중심적인 인물로 형상화되는 것이다.

마지막으로 미주는 정조를 지키는 여성이다. 미주는 집안에서 축출되어 유모와 함께 가출한 이래, 악소년의 모해, 수월암에서의 은거, 이역 땅에서의 쌍둥이 출생 등으로 이어지는 기나긴 고난을 겪었다. 이런 고난들 앞에서도 미주는 수절하면서 자신의 삶을 지탱해 나갔다. 결국 미주의 수절(守節) 행위가 인정받아 정씨가문의 며느리로 그리고 정연경의 아내로 받아들여지게 된다.

이상, 여미주의 행태를 정리해 보았는데, 앞의 세 가지가 부정적이어서 배척할 것이라면, 정조를 지킨 것은 긍정적이어서 수용할 수 있는 것이다. 이를 두고 정현과 정연경 부자는 논쟁을 벌인다.

> ① 정연경: 추밀이 야야의 하문하심을 듯고 비로소 로긔를 진졍한 후 궤복쥬왈 해아의 팔자ㅣ 괴이하와 대간대음에게 속아 일생의 루덕을 어듬은 동해슈를 기우릴지라도 다 씻지 못하올지라 그럼으로 즁심에 맷친 한이 려공의 쳐사ㅣ 불명하야 음녀를 일코 죽이지 못함을 한하던 바 㐲〃내 흉인에게 속아 내 쏘한 륙례로 마저 당에 안거케 하고 부모ㅣ 사랑하사 식부로 대졉하야 저의 소원을 일우게 함이 통한 무디오며 … 이갓흔 음녀를 일각이나 멈을러 두오릿가 쾌히 죽여 셜분코져 하나이다(『임화정연』 下, 478~479쪽)

② 정 현: 려씨의 행실이 비록 불미타 할지라도 아자를 차져옴은 응당 더러운 계집의 일이 아니니 만일 타문에 갓다가 아자를 차져왓스면 용납할 수 업스려니와 그럿치 아이한 이상에는 막즁한 인명을 경이히 죽이지 못할 것이오 겸하야 골육을 상찬치 못할 것이라(『임화정연』 下, 479쪽)

①에서 보듯, 정연경은 여미주를 '흉인', '음녀'라고 부르기를 서슴지 않고 그녀를 죽이고 싶을 만큼 분노했다. 여기에는 욕망 성취를 위해 수단과 방법을 가리지 않는 여미주에 대한 부정적 시각이 담겨 있다.

하지만 ②에서 보듯, 정현은 문제의 초점을 여미주의 애정애욕적 행태에 두지 않고 여미주가 절개를 지키며 자식을 잘 길러낸 행위를 긍정적으로 보고 그 점에 주안점을 두었다. 아내 진부인, 첩 오씨 그리고 처남 진효렴까지 정현의 의견에 동조하기에 이르고, 마침내 정연경이 부친의 의견을 받아들여 여미주를 아내로 받아들이게 된다. 그에 따라 서술자의 평가도 바뀐다. 서술자는 처음에는 정연경과 같은 서술의식을 보여주었지만,[6] 나중에는 여미주를 온정적이고 긍정적으로 바라보는 시각을 취한다.

여기에서는 미주를 긍정적으로 평가한 진효렴의 발언에 주목해 보자.

상셔는 반향이나 말이 업다가 무릅을 치며 왈 려씨는 진실로 고금에 희한한 지모지녀로다 져ㅣ 종시 슈졀하다가 졍씨를 차져 인륜을 어즈러히지 아니코 소생을 애즁하야 아비를 차져 골육을 완젼케 하얏스니 그 행사가 비

6 미쥬ㅣ 만일 결단셩 잇는 여자일진대 맛당히 죽어 모를 것이로대 원래 임약하야 결단셩이 업고 살기만 탐하는 무식한 음녀어늘 엇지 쥭을 뜻이 잇스리오 다만 망극함을 익이지 못하야 호곡할 쑨이러니(『임화정연』 下, 479쪽)

록 암사한 듯하나 그리지 아니코는 경문에 인연을 엇지 못할 것이오 또는 례를 갓초아 오기는 만무한 일이라 그런데 경형은 인후한 장자라 금번 쳐치하심이 지극히 맛당하고 네 또한 려씨로 더부러 텬연이 업지 아니하야 죠각이 묘하게 돌아왓다 하더라(『임화정연』 下, 493쪽)

미주는 진효렴에 의해 '고금에 희한한 지모지녀(智謀之女)'로 치켜세워진다. 진효렴은 군자형 인물로 인정받고 있었던 만큼, 미주에 대한 그의 긍정적인 평가는 가문 내외적으로 큰 의미를 띤다. 여미주는 형부에게 연정을 품고 불륜을 저질러 임신까지 하여 축출당하지만, 그를 향한 애정을 끝까지 간직한 채 온갖 고통을 당하면서도 절개를 지키다가 마침내 그의 아내로 자리를 잡는, 당차고도 지혜로운 여성으로 부상하는 것이다.

3. 여미주의 애정애욕에 대한 선악의 흑백논리 지양

미주의 성격과 대비되는 여성으로 이복언니 희주가 있는데 그녀는 부모의 의사에 순종하고 부덕과 현숙을 겸비한 여성이다. 그녀는 미주가 정연경을 유혹한 사실을 알게 되지만, 미주의 악행을 누설치 말라는 모친의 분부를 순종하고, 미주의 애정애욕적 행태를 누설치 못하도록 시비들을 단속한다. 그리고 미주가 정연경에게 행한 행위를 마치 희주 자신이 행한 것으로 여겨 부끄러워한다.

이처럼 희주는 처음부터 끝까지 선한 여성으로 제시되는 반면, 미주는 애정 욕망을 성취하기 위하여 수단과 방법을 가리지 않는 악한 여성으로 제시된다. 고전소설의 일반적인 서사 문법에 따르면, 선악의 이분법에 따라 권선징악(勸善懲惡)의 결론을 내면 그만이다. 그런데 여미주가 온갖 고초를 겪으면서도 사랑하는 남성의 아이를 낳아 기르며 그를 향해 수절함으로써 종래의 권선징악 구도는 새로운 돌파구를 맞이하게 된다.

그 지점에서 여미주라는 여성 인물은 다음과 같은 흥미롭고도 진지한 문제를 제기한다. '어떤 여성이 남성보다 앞서서 애정애욕의 감정을 품고 그 남성이 크게 취한 틈을 타서 몰래 다가가 육체관계를 맺었을 때 그 여성은 응당 부정적인 음녀로 평가받을 만하다. 그런데 그 여성이 수절하면서 정조를 지킨다면 어떻게 볼 것인가?'

여미주의 수절은 그녀의 부정적인 성격과 밀착되어 형성된 것이라는 점에서, 부덕 성향의 여주인공이 취하는 수절과는 사뭇 다르다. 미주는 애정애욕을 추구하고, 자신의 감정을 절제하지 못하며, 철저히 이기적이고 자기중심적인 성격의 연장선상에서 자신이 선택하고 사랑한 남성을 위해 수절했다. 이런 미주의 수절은, 애초부터 애정애욕을 내세우지 않고 이성에 따라 감정을 절제하며 가부장의 의견에 순종하는 성격의 여주인공이 취하는 수절과는 그 결이 다른 것이다.

고전소설에서는 일반적으로 여성의 부덕과 여성의 애정애욕은 양립하는 것으로 제시되지 않고 양자택일해야 할 것으로 제시된다. 즉 '부덕-수절'의 여성은 여사지향형 여성으로서 긍정시되고, 반대로 '애정애욕-훼절'의 여성은 음란한 여성으로 제시된다. 그런데 여미주는 각각 한 쪽을 가져와서 애욕과 수절이 양립하고 공존하는 '애정애욕-수절'이라는 새로운 성향의 여성 인물로 창출되기에 이른다. 그와 관련하여 미주를 어떻게 평가해야 할지를 두고 등장인물들이 논쟁을 벌이는데, 그 논쟁은 그런 '애정애욕-수절'의 여성 인물이 부상하는 것과 상응한다.

'애정애욕-수절'의 여성 인물이 창출되는 과정에서 뒤쪽의 수절에 결합한 긍정적인 시선이 강조되었음은 부인할 수 없다. 그런데 뒤쪽의 긍정적인 성향이 앞쪽으로까지 영향을 미쳐서 애정애욕을 향한 부정적인 시각마저 약화하는 지점도 보인다.

등장인물 가운데 악인이 징치 당하기도 하고, 악인이 개과하기도 하는데, 이러한 양상은 17세기 이후 우리 소설사에서 하나의 흐름을 형성한다. 〈창선감의록〉의 엄숭이 그렇고, 〈임화정연〉에서만 보더라도 진상문이 그렇다. 여성이 투기를 부리며 온갖 악행을 저지르다가 나중에 현모양처가 되는 경우도 있다. 대개 특정 악행이 제시되다가 그 악행에 대한 철저한 회개가 이루어지면서 선인이 되는 과정을 밟는다.

여미주도 마찬가지다. 미주는 훗날 정연경의 신실한 아내로 받아들여지는 과정에서 자신의 나쁜 성향을 고쳤다. 이를테면 정연경의 아내로 받아들여진 후로 남편의 냉대를 받는 동안, 미주는 자기중심적이고 이기적이며, 절제력이 없는 부정적인 성향을 철저히 반성했다. 그런데 주목할 것은, 여미주가 자신의 애정애욕의 성향에 대해서는 회개하지 않았다는 것이다.

여미주가 먼저 남성을 향해 드러낸 애정애욕의 성향을 보였다가 그로부터 배척을 당했다. 그런데도 여미주는 애정애욕의 마음을 버리지 않고 중병이 들어 죽을 지경에 이르고 만다. 그 사실을 안 친정아버지에 의해 집에서 쫓겨나고 말았다. 아버지와 남편, 두 인물이 가부장제의 중심인물이라는 점에서 여미주가 그들에게 배척되었다는 것은 삶의 터전을 잃었다는 것을 의미한다.

여미주의 고통은 시종일관 자신이 저질렀던 악행 때문에 죽을 만큼 수치스러웠던 고통이 아니라, 사랑을 성취하지 못해서 죽을 만큼 고통스러웠던 고통이다. 그녀의 고통은 그녀가 집에서 쫓겨난 후에는 다른 남성들의 유혹을 뿌리치며 정조를 지키는 과정에서 새로운 고통으로 이어진다. 그 고통은 자신의 애정애욕을 지켜내기 위한 데서 필연적으로 감수해야 할 고통이었다.

거기에서 주목할 것은 애정애욕과 수절의 양립과 결합이다. 그 때문에 여미주는 시숙 진효렴에 의해 지혜로운 여성으로 치켜세워졌다. 마침내 남편에 의해 그런 미주가 수용되기에 이르고, 주변 사람들에 의해서도 미주의 남편을 향한 일편단심의 사랑이 긍정적으로 평가되기에 이른다. 이로써 여미주는 '애정애욕-훼절'과 '부덕-수절'의 이분법을 뛰어넘어 '애정애욕-수절'의 여성 인물로 새롭게 창출되었다.

한편 상층 여성의 애정애욕 문제는 보다 확대된다. 진상문의 제2처(이소저), 제3처(유취랑)의 경우가 그렇다. 먼저 이소저의 삶을 정리하면 다음과 같다.

① 진상문의 풍채에 반해 부모를 졸라 상문의 제2처가 됨.

② 진상문이 귀양 간 뒤에 죽었다고 소문내고 장생에게 개가함.

③ 개부(改夫) 장생의 추한 용모를 한탄하며 장생을 휘어잡음.

④ 진상문이 해배되자 장생에게서 야반도주하여 진상문에게 돌아가, 그동안 죽은 것으로 소문내고 숨어 살았다고 거짓말함.

⑤ 진씨가문에서 의심하자 도망쳐 떠돌다가 장생에게 잡혀 죽음.

이소저는 부모를 졸라 첫눈에 반한 남성과 혼인할 만큼 애정애욕을 중시하는 여성이다. 그러나 이소저의 애정애욕적 행태는 상황에 따라 달라진다. 즉 사랑하던 남편이 귀양을 가게 되자 다른 남자에게 개가하여 애욕을 충족하고자 하다가 그 남자의 추한 모습에 정이 떨어진 채로 지내는가 하면, 전 남편이 풀려나자 그를 그리워하여 그에게 돌아가기도 했다. 이로 보건대 이소저는 곁에 자신의 애정을 쏟을 만한 남성이 없으면 다른 남성을 선택해서라도 그 애욕을 성취하고자 하는 '애정애욕-훼절'의 여성 인물의 모습을 띤다.

세세한 점에서는 다르지만, 애정애욕을 드러내며 훼절한다는 점에서 이소저는 〈사씨남정기〉의 교채란과 유사하다.[7] 이소저는 애정 추구 욕망을 보인다는 점에서는 여미주와 비슷하지만, 사랑의 대상을 바꾼다는 점에서는 전혀 다르다. 이러한 이소저는 일반적인 악인형 여성으로서 그 결말은 우리 고전소설의 처리 방식대로 사필귀정의 경로를 밟는다.

다음으로 유취랑의 형상에 대해 살펴보면 다음과 같다.

① 유시중이 뇌물·벼슬을 탐내어 진상문·연소저의 혼사를 주선함.

② 유시중, 원부인, 딸 유취랑이 연소저를 취하기 위해 공모함.

③ 진상문에게 반한 유취랑이 부친을 졸라 진상문의 셋째 부인이 됨.

④ 진상문의 악행이 드러나 귀양 가게 되자 진상문과 동행함.

---

7 ㉠교녀는 남편 유연수가 집을 비운 사이에 동청과 간통한다. ㉡글씨체를 흉내 내어 사씨가 외간 남자와 통정(通情)하는 것처럼 모의한다. ㉢옥지환을 훔쳐내어 냉진에게 주고 사씨를 그의 정인(情人)인 것처럼 꾸민다. ㉣교녀와 동청이 공모하여 유연수를 죽이려 한다. ㉤동청이 위기에 몰리자 교녀는 그를 버리고 냉진에게 붙는다. ㉥냉진이 도적과 사귀다가 잡혀 죽자, 교녀는 청루 창기가 된다. (조광국, 앞의 논문, 210~212쪽, 215~216쪽)

⑤ 진상문이 회개하여 벼슬길에 다시 오르면서 행복해짐.

유취랑 역시 애정애욕에 사로잡힌 여성이라는 점은 이소저와 다르지 않다. 그러나 유치랑은 남편이 귀양 가게 되었을 때, 귀양길에 동행하여 끝까지 지조를 지켜냄으로써 긍정적으로 수용되기에 이른다. 한 남자를 먼저 사랑하고 그를 위해 수절하는 유취랑의 모습은 여미주와 흡사하다. 이들 여성을 정리하면 다음과 같다.

선인형 여성	캐릭터 창출	악인형 여성
'부덕-수절'	'애정애욕-수절'	'애정애욕-훼절'
여희주	여미주, 유취랑	이소저

선인형 여성으로는 여희주가 있다. 희주는 가부장의 의견에 순종하며, 남편이 음탕한 여자로 오해해도 그 일이 순리대로 밝혀지기를 기다렸다. 미주의 악행을 누설하지도 않고 미주의 개과를 기다렸고, 남편으로부터 음녀라고 오해를 사고 배척을 당해도 수절했다. 이와 정반대의 악인형 여성이 있다. 앞에서 언급했듯이 이소저는 애정애욕을 충족시키기 위해 정절을 깨는, '애정애욕-훼절'의 악인형 여성으로 설정된다.

〈임화정연〉은 거기에서 그치지 않고 두 캐릭터를 양극단에 놓고 그사이에 '애정애욕-수절'의 여성 인물을 창출했다. 바로 여미주와 유취랑이다. 유취랑은 부친 유일이 호부시랑으로 그 가문은 환로형 가문이거니와 상층 여성에 해당한다고 해도 무리가 없다.

또한 여미주는 내로라하는 상층 가문의 딸이다. 부친인 여익은 벼슬이 금오에 올랐고, 고모는 여귀비(황제의 후궁)가 되었다. 이처럼 여씨가문의 구성원 중에는 고위직을 차지한 자도 있고 황실과 혼맥을 형성한 이도 있다. 여익은 3처 10희를 거느렸는데, 첫째 부인 강씨에게서 4자 중옥과 딸 희주를 낳았고, 둘째 부인 황씨 사이에 3자 계옥을 두었으며, 셋째 부인 소씨에게서 장자 성옥, 2자 정옥 그리고 문제의 딸 미주를 낳았다. 희주·미주 이복자매와 정연경 사이의 일부이처혼을 통해 여씨가문은 정씨가문과 가문연대를 이룸으로써 권문세가의 위상을 더욱 견고히 한다.

요컨대 〈임화정연〉은 '애정애욕-수절'의 상층 여성을 창출한 작품이라 할 것이다.

4. 여미주 캐릭터의 시대적 함의

조선시대 양반 중심의 세계는 양반의 여성 관계를 통해서도 드러난다. 양반의 여성 관계는 둘로 나눌 수 있는데, 하나는 정실 관계고 다른 하나는 기녀 관계다.

양반은 순수한 혈통과 신분을 후대로 지속하기 위하여 정실을 사회적 제도와 규범으로 얽어맸다. 정실은 대체로 사족 여성이었는데, 실절(失節)은 엄하게 다스려졌다. 세종 때 유감동,[8] 성종 때 어을우동,[9] 연산군 때 아내였던 옥금[10]은 사족 여성이었는데 종실이나 관료의 아내가 되어서 음행을 저지른 죄로 처형당했다. 문학적으로 형상화된 인물로는 〈사씨남정

8 『세종실록』 권37, 9년 8월 계유·갑신. 『세종실록』 권37, 9월 신축·갑인.

9 『성종실록』 권121, 11년 9월 기묘. 『성종실록』 권122, 11년 10월 갑자.

10 『연산군일기』 권38, 6년 12월 갑오.

기〉의 교채란, 〈소현성록〉의 교영, 〈난학몽〉의 위녀 등이 있는데 모두 비극적으로 끝난다. 이러한 것들은 양반의 순수혈통 의식이 정실에게 전가되어 정절 의식으로 자리를 잡은 것을 보여준다.

한편 양반은 자신들의 풍류와 향락을 위해 기녀제도를 존속시켰다. 법적으로는 기녀가 양반의 수청 요구에 응하지 않아도 되었지만, 기녀가 질병 등의 특별한 사유 없이 사대부의 수청 요구를 거절했을 때는 처벌당하는 것이 현실이었다. 당대 사회에서 기녀 계층이 정조 윤리로부터 자유로운 만큼, 양반들이 기녀를 대상으로 자신들의 성욕을 충족시키는 데 무리가 없었다. 기녀가 남성 양반의 욕망을 채워주는 수단으로 충실하면 된다는 양반의 풍류향락 의식이 기녀에게 전가되었을 때, 그 기녀의 의식을 기녀 의식이라 할 수 있다.

조선 중기까지는 '사족 여성-정조 의식'과 '기녀-애정애욕 의식'의 틀이 양립했다. 즉, 양반 남성들은 사족 여성을 통해 순수혈통을 지켜내면서 기녀를 대상으로 애정애욕을 충족할 수 있었다. 그런데 조선 후기에 이르러 변화의 조짐을 보이게 된다. 양반 의식이 이원화되어 사족 여성과 기녀들에게 전가되던 것에 균열이 생기게 된 것이다. 즉, 사족 여성은 애정애욕의 성향을 표출하기에 이르고, 기녀는 정조를 거론하기에 이른 것이다.

이로써 사족 여성과 기녀가 양반의 의도대로 움직여주지 않는 형국을 이루게 된다. 기녀들은 정조를 내세워 사랑하는 한 남자를 섬기겠다고 항변하기에 이르는데, 이는 기녀가 정조를 내세우지 않고 양반의 성욕을 채워주면 좋았던 것과 배치된다. 그 대표적인 캐릭터가 춘향과 옥단춘이다. 기녀의 정조 의식은 양반의 풍류향락 의식에 저항하는 시대 의식으로 자리를 잡기에 이르는 것이다.

사족 여성들은 애정애욕을 표출하면서 자신들이 사랑하는 남성을 선택하기에 이르는데, 이는 그동안 가부장에 의해 결정되던 혼인 관습과 남녀의 사랑에서 남성이 주도권을 지녀야 한다는 통념에 어긋난다. 그 대표적인 캐릭터가 바로 여미주다. 물론 사족 여성의 애정애욕이 여전히 정조 의식의 견고한 틀에 갇혀 있고 미미한 것에 불과하지만, 그 애정애욕의 시대적 파장은 작지 않다. 여미주와 같은 권문세가의 여성이 첫눈에 반한 남성을 향해 애정애욕을 성취했을 때, 친정 가문과 남편 가문에서 축출될 수밖에 없었던 것은 그것을 방증한다. 이로써 여미주를 통해 표출·형상화된 사족 여성의 애정희구 의식 내지는 애욕충족 의식은, 사족 여성은 양반의 순수혈통을 보존하기 위한 수단적 존재에 불과하다는 양반 의식에 대립하는 시대적 의미를 띤다.

여기에서 주목할 것은, 그동안 양반에 의해 사족 여성과 기녀라는 신분에 따라 이원화되었던 여성의 의식이, 조선 후기에는 신분을 초월하여 두 의식이 한 여성 안에서 하나로 통합되는 양상을 띠게 된다는 것이다. 사족 여성이나 기녀가 다들 한 여성으로서 자신이 사랑하는 남자를 선택하고 그를 위해 수절하고자 하는 것이다. 이는 양반 의식이 여성들에게 강요될 수 없게 되었음을 의미하는 것이기도 하다.

19세기에 이르면 남성을 향한 애정애욕을 평·천민 여성이나 상층 권문세가의 여성이 공히 지니고 있었을 것인데, 이러한 것은 단지 개인의 차원에 한정되지 않고 사회적·시대적 의식의 한 흐름을 탔던 것으로 보인다. 여미주 캐릭터는 상층 여성의 애정애욕이 개인 차원을 벗어나 사회적으로 수용될 수 있음을 보여준다. 여미주는 애정애욕과 수절이 양립되는 여성 인물, 즉 그 둘이 한데 합쳐진 '애정애욕-수절'의 여성 인물로 창출되었다는 시대적, 작품적 함의를 지닌다.

5. 마무리

지금까지 여미주의 캐릭터에 대해 논의했는데, 이를 요약하면 다음과 같다.

여미주는 남자에게 선택받기에 앞서서 한 남자를 사랑할 수 있는 여성 그리고 그 남자와 결합하기 위해 수단과 방법을 가리지 않는 집요한 여성, 그 남자의 아이를 잉태하고 그 남자를 위해 수절하는 여성으로 형상화된다. 무엇보다도 남자 중심으로 되어 있던 당시의 사회적 통념을 깨고 초지일관 자신의 애정애욕을 관철하면서도 수절을 고수하여 정죄당하지 않는 여성 인물로 창출된다. 즉 애정애욕과 수절이 양립하는 여성 인물로 창출된다.

여미주 성격이 허구 세계에서 창출된 것이지만 그것은 당대 여성의 애정애욕이 소설로 이입된 것임을 부인하기 어렵다. 19세기 상층 여성의 애정애욕은 문학의 작품세계를 넘어 사회적으로 파장을 일으켰다고 할 것이다. 그와 관련하여 여미주가 상층 사대부, 권문세가 규중심처의 여성으로 설정된 것은 새삼 주목할 만하다.

권문세가 여미주의 애정애욕에 대한 긍정적 형상화는, 가문 중심, 가문연대의 견고한 틀을 바탕으로 하는 조선 후기 사회가 그 내부에서부터 변화를 맞고 있음을 보여준다. 20세기로 들어오면서 우리 사회가 가문 중심의 사회에서 벗어나게 된 것은 단지 외부 세계의 충격으로 이루어진 것만은 아니다. 다른 한편으로 19세기부터 일었던 우리 사회의 내부적 변화, 의식상의 변화에서 비롯된 측면도 부인할 수 없다.

연애라는 것이 20세기에 서구와 일본을 통해서 이입된 것만은 아니다. 참고로 〈임화정연〉과 같은 대소설의 범주에 드는 〈유효공선행록〉에 '연애'라는 용어가 들어 있어서 소개한다.

> 싱이 대로ᄒᆞ야 쳘여의로 어즈러이 치고 ᄡᅳ어 난간하의 ᄂᆞ리치니 이은이 혼졀ᄒᆞ야 인ᄉᆞ롤 모ᄅᆞ눈지라. … 싱이 그 ᄉᆡᆨ태용광을 보며 광증 가온대 더욱 년ᄋᆡ(戀愛)ᄒᆞ야 옥슈롤 잡고 폴을 ᄲᅢ혀 쥬표롤 보니 임의 흔젹이 업ᄂᆞᆫ지라(권5)

사족 여성은 양반 남성의 순수혈통을 보존하기 위한 수단으로서가 아니라 애정애욕을 성취하고자 하는 능동적인 존재라는 것을 스스로 인식하기에 이르렀다. 여기에 여성 인물 여미주의 시대적 의미가 있다.

제4장

상층 여성의 애정애욕에 대한 소설사적 지평

I 대소설에 구현된 상층 여성의 애정애욕에 대한 조망

1. 문제 제기

대소설에 등장하는 상층 여성의 애정애욕적 성향이 작품별로 어떻게 펼쳐졌을까? 대소설에서 상층 여성의 애정애욕은 획일적이지 않고 다채롭게 펼쳐지며, 그뿐 아니라 작중인물들에 의해 긍정적으로 수용되는 흐름을 보이기도 하며, 당사자가 자신의 애정애욕적 성향을 꺾지 않고 펼쳐내기도 한다.

우리 고전소설의 애정애욕에 관한 선행 연구를 정리하면 다음과 같다. 먼저 애정전기소설, 야담 그리고 단편소설의 작품세계에 구현된 남녀의 애정에 초점을 맞춘 연구가 있다.[1] 주지하다시피 사랑을 하는 남녀의 신분이 상층 계층은 아니었다. 단적으로 애정전기소설의 경우 여주인공의 신분은 기녀(배도), 궁녀(운영, 영영) 그리고 태수의 딸(김 낭자), 승상의 딸(선화, 소숙방) 등으로 넓게 포진되어 있다.

1 선행 연구 정리는 고은임, 「〈명주기봉〉의 애정 형상 연구」, 서울대 석사논문, 2010, 3~9쪽.

그 후로 대소설에서 상층 인물의 애정애욕을 분석하는 작업이 뒤따랐다. 일찍이 〈창란호연록〉을 대상으로 애정 갈등을 분석한 연구가 있었고, 그 후로 대소설 작품론을 펼칠 때면 으레 애정 갈등에 관한 분석을 곁들였다. 그런 중에 송성욱은 〈명주기봉〉 〈옥난기연〉 〈소현성록〉 〈유씨삼대록〉 등에 들어 있는 여러 가지 이야기를 다루는 과정에서 애정담에 관한 논의를 펼치기도 했다.[2]

그 후로 애정담 중심의 심화된 작품론이 나오기 시작했다. 대표적으로 〈명주기봉〉의 애정 형상에 대한 고은임의 논문을 꼽을 수 있다.[3] 나는 그런 시각을 예각화하여 〈유이양문록〉이 첫눈에 반한 사랑에 초점을 맞춘 작품임을 밝혔고, 〈천수석〉은 상층 사회에서 에로스의 관능화·수단화 풍조를 전방위적으로 형상화한 작품임을 밝힌 바 있다.

그 과정에서 나는 상층 여성의 애정애욕에 대해 밀도 있게 논의할 필요가 있다고 보고, 〈임화정연〉의 여미주 캐릭터와 〈유이양문록〉의 이차염 캐릭터에 대한 논의를 펼쳤다. 그 과정에서 〈벽허담관제언록〉이 상층 여성의 애욕에 대한 부정적인 서술 시각을 강화한 특징적인 작품임을 밝혀내기도 했다.[4]

---

2 양연찬, 「창난호연록의 애정 갈등」, 고대 석사논문, 1984; 양혜란, 「창란호연록에 나타난 양반 가문의 애정혼 고찰」, 『고소설연구』 2, 한국고소설학회, 1996; 송성욱, 『한국대하소설의 미학』, 월인, 2002.

3 고은임, 「〈명주기봉〉의 애정 형상 연구」, 서울대 석사논문, 2010; 조광국, 「〈유이양문록〉에 구현된 '첫눈에 반하는 사랑'의 양상과 의미」, 『국문학연구』 22, 국문학회, 2010, 103~128쪽; 조광국, 「〈천수석〉에 구현된 에로스의 양상과 작가의 비판의식」, 『고소설연구』 43, 한국고소설학회, 2017, 91~125쪽.

4 조광국, 「〈임화정연〉의 여미주 성격에 대한 고찰」, 『언어와 진실』, 국학자료원, 2003, 495~515쪽; 조광국, 「〈벽허담관제언록〉에 구현된 상층 여성의 애욕담론」, 『고소설연구』

이로써 대소설에서 상층 여성의 애정애욕이 어떻게 펼쳐졌는지 그 양상과 흐름을 조망할 수 있는 동력을 얻게 되었다. 그 점을 제시하기 위해 제3장에서 다룬 것을 대폭 보완하고 체계화하여 다음 순서에 따라 논의하고자 한다.

먼저 대소설에 영향을 끼친 〈사씨남정기〉 〈창선감의록〉에서 처음부터 애욕훼절형 여성이 예각화 되어 있음을 살펴보고자 한다. 그다음에 대소설 초기 작품인 〈소현성록〉에서 애욕훼절형 여성의 편폭이 확대되고, 그 자장 안에서 애정애욕형 여성이 설정된 지점에 대해 고찰하고자 한다.

그리고 〈벽허담관제언록〉 〈천수석〉에서 상층 여성의 애정애욕 성향이 훼절과 필연성을 갖는 쪽으로 그 부정적 시각이 강화된 것에 대해 살펴보고자 한다. 한편으로 〈유이양문록〉에 이르면, 여성의 애정애욕이 긍정적으로 수용되는 틈새를 확보하게 되었음을 살펴보고자 한다. 그리고 〈임화정연〉과 〈화문록〉에서 더 나아가 애욕수절형 상층 여성이 창출된 것에 대해 고찰하고자 한다.

여기에서 거론하지 않은 많은 대소설 작품이 있다. 대부분 상층 여성의 애정애욕형 여성을 빼놓지 않고 설정했는데, 그 모습은 여기에서 제시한 틀에서 크게 벗어나지 않으리라 생각한다.

30, 한국고소설학회, 2010, 285~314쪽; 조광국, 「〈유이양문록〉의 이차염 캐릭터론: 애정애욕형에서 여사지향형으로 경계 넘기」, 『한중인문학연구』 51, 한중인문학회, 2016, 43~68쪽.

2. 〈사씨남정기〉와 〈창선감의록〉에 구현된 사족 첩실의 애정애욕

〈사씨남정기〉와 〈창선감의록〉은 애정전기소설과는 사뭇 다른 지점을 개척했다. 여성 캐릭터의 경우에 심성론적·윤리적 선악의 이분법을 부여하여, 여사지향형(女士志向型) 선인과 애정애욕형(愛情愛慾型) 악인을 설정해 낸 것이다. 그러한 배타적 대립구조는, 남성은 물론 여성의 애정애욕을 인간의 보편적인 속성으로 본 애정전기소설과 전혀 다른 점을 노출한다. 즉, 애정전기소설에 여성의 애정애욕에 대한 부정적 시선이 없는 것과 달리, 두 작품에서는 여성의 애정애욕을 부정적인 것으로 간주하고 그런 성향을 지닌 여성을 처음부터 애욕훼절형 악인으로 그려낸 것이다.

그와 관련하여 두드러지는 게 하나 더 있다. 정실과 첩실의 신분이 모두 사족(士族)인데 그중에 정실은 여사지향형 선인으로 설정하고 첩실을 애정애욕형 악인으로 설정했다는 것이다. 거기에는 첩실이 사족 출신일지라도 그 첩실이 애정애욕적 성향을 띠면 가문이 존폐 위기에 처할 수 있다는 주제 의식이 자리를 잡고 있다. 첩실은 정실과는 달리 몰락 사족의 딸로 설정되거니와,[5] 여기에는 애초부터 첩실을 겹핍의 여성이자 탐욕의 여성으로 보는 시각이 자리를 잡고 있다고 생각해 볼 수 있다.

조월향(〈창선감의록〉)은 담장 너머 이웃집 화춘과 서로 눈이 마주치자마자 사랑에 빠졌고, 화춘이 던져준 옥팔찌를 품에 품었으며 얼마 지나지

---

5 교채란은 본래 사족의 딸이었으나 어려서 부모를 잃고 오라비에게 의지하고 있었고, 조월향은 원래 선비 집안 출신으로 집이 가난한 탓에 아비는 등짐 장사하러 갔다가 죽었고 병든 어미와 함께 살면서 수놓아서 생계를 꾸려가고 있었다(김만중, 류준경 옮김, 『사씨남정기』, 2014, 32쪽; 이지영 옮김, 『창선감의록』, 문학동네, 2010, 44쪽)

않아 서로 떨어지지 못할 만큼 사랑이 깊어졌다. 한편 교채란(〈사씨남정기〉)은 처음부터 애정애욕적 성향을 표출한 것은 아니었지만, 첩실로 들어와 아들을 낳은 후로 남편을 차지하는 과정에서 애정애욕적 성향을 드러냈다.

그 지점에서 애정애욕적 성향의 교채란과 조월향의 행태가 애욕훼절적인 쪽으로 나아간다는 것에 눈길이 간다. 두 첩실은 모두 훼절과 재혼을 일삼고 온갖 악행을 저지르다가 비참한 종말을 맞고 만다. 요컨대 두 첩실의 경우, 애정애욕적 성향, 훼절과 악행 사이에 연결고리가 형성됨으로써, 애정애욕형 악인을 넘어서 '애정애욕-훼절-재혼-악행'의 모습을 띠는 애욕훼절형(愛欲毁節型) 악인으로 부상한다.[6]

반면에 정실 사정옥(〈사씨남정기〉)과 임씨(〈창선감의록〉)는 여사지향형 선인에 해당한다. 정실은 첩실에 의해서 생명을 잃을 위험에 처하고 훼절 당할 상황에 놓이기도 하지만 그 위기를 모두 모면하고 행복한 결말을 맞는다. 그리고 그 과정에서 애욕훼절형 첩실이 총부에게 해를 끼치며 결과적으로 가문을 몰락하게 하는 위험인물로 제시된 것과는 달리, 여사지향형 정실은 수절과 인내로 가문의 존립을 지켜내는 총부로 부상한다.[7] 이로써 두 정실은 '여사지향-수절-인내-선행'의 모습을 띠는 여사지향형(女士志向型) 선인으로 설정된다.

이를 정리하면, 다음과 같이 두 부류의 상층 여성이 배타적으로 대립

---

6 두 첩실은 욕정적, 색욕적, 성욕적 성향을 띠는 팜므파탈의 모습을 구현하고, 상대 남성은 그와 비슷하게 옴므파탈의 삶을 보여주거니와, 교채란·동청·냉진과 조월향·범한·장평 둘 다 팜므파탈과 옴므파탈의 결합 형태를 보여준다. (조광국, 『한국 고전소설의 이념과 사랑』, 태학사, 2019, 138쪽, 각주 10)

7 위의 책, 72~73쪽.

하는 구도를 이룬다.

상층 여성	여사지향형 선인	애욕훼절형 악인
형상	'여사지향-수절-인내-선행'	'애정애욕-훼절-재혼-악행'

그런데 〈창선감의록〉의 경우 흥미로운 게 있다. 그것은 배타적 대립을 넘어서는 틈새를 마련했다는 것이다.

양아공주·유성희 커플의 경우에서 그 모습이 드러난다. 양아공주는 유성희에게 반한 모습을 보여준다. 주렴 사이로 보는(從簾隙望見) 공주의 시선과 여러 번이나 그 멋있음을 일컫는(稱艶再三) 공주의 감탄은 공주의 사랑이 첫눈에 반한 사랑임을 잘 말해준다.[8] 그녀의 첫눈에 반한 사랑은 부모와 주변 인물에게 인정을 받고 공주는 행복한 결혼식을 올리게 된다. 게다가 공주는 시비 이팔아의 마음이 남편을 향해 있음을 알고, 자원하여 그녀를 첩실로 들이게 했다.[9] 이렇듯 공주는 물론이고 시비의 애정까지 긍정적으로 수용되기에 이른다.

그리고 공주는 몰락한 집안이었던 남편의 집안을 일으켜 세우는 데 내조했다. 또한 공주가 이팔아를 남편의 첩실로 들인 것은 그 자체로 처첩 관계에서 투기하고 질투하는 부정적인 아내의 모습과는 거리가 멀다. 이

8 안남왕의 딸 양아공주(순교)는 용모가 뛰어나고 뜻이 높아서 마음속으로 몰래 천하의 영웅에게 시집가겠다고 마음먹고 있었다. 그런데 잔치가 벌어지던 날, 주렴 사이로 유성희가 눈에 들어왔다. 빼어난 눈썹과 봉의 눈매, 게다가 팔 척의 키, 그를 본 양아공주는 여러 번 감탄했다. 왕비 탁씨가 얼핏 그 마음을 눈치채고 그날 밤 왕에게 조용히 말했다. (이지영 옮김, 『창선감의록』, 225쪽)

9 해당 문단은 조광국, 앞의 책, 154~157쪽 참조.

러한 일련의 행태는 공주가 부덕을 갖춘 여성임을 잘 보여준다.

이처럼 양아공주는 애정애욕적 성향과 여사지향적 성향이 양립하며 공존하는 인물로 부상한다. 그런데 작품 전체에서 볼 때 양아공주는 오랑캐 나라의 공주로 격하되어 있으며 그녀의 작품적 위상 또한 크지 않고, 더욱이 그녀의 애정애욕이 음욕과 성욕의 성향을 띠는 쪽으로 나아가지 않는다. 양아공주는 '애정애욕-훼절-재혼-악행'과 '여사지향-수절-인고-선행'의 대립구조를 넘어서는 틈새의 상층 여성으로 자리를 잡는 것이다.

이상, 여성의 애정애욕과 관련하여 〈사씨남정기〉와 〈창선감의록〉이 성취한 소설사적 의의를 제시하면 다음과 같다. 첫째, 두 작품은 '애정애욕-훼절-재혼-악행'(첩실)과 '여사지향-수절-인고-선행'(정실)의 배타적 대립구조를 선보였다는 것이다. 둘째, 그중에 〈창선감의록〉은 그런 대립구조에 머물지 않고 양아공주를 통해 애정애욕형과 여사지향형이 공존하는 틈새를 마련했다는 것이다. 두 작품에서 성취한 그런 대립구조는 대소설에서 확대·심화된다.

3. 상층 여성의 애정애욕에 대한 부정

3.1. 〈소현성록〉: 애욕훼절형 악인과 여사지향형 선인의 대립

〈사씨남정기〉 〈창선감의록〉에서 성취한 애욕훼절형 악인과 여사지향형 선인의 배타적 대립구조는 대소설의 초기 작품인 〈소현성록〉으로 이어진다. 그중에 앞의 캐릭터는 소교영, 명현공주, 정강련 등 세 상층 여성으로 넓혀지되 그 행태가 분산되는 양상을 띤다.

먼저 소교영(제1대 소현성의 누이)은 '애정애욕-훼절'의 모습을 보여준다. 유배지에서 남편과 사별한 후에 이웃집 유장과 사통(私通)했는데, 그 때문에 소교영은 모친 양부인으로부터 사약을 받게 된다. 이 사건은 다른 사람을 무고하거나 살해를 사주하는 악행을 저지르지는 않았음에도 훼절 행위가 그에 못지않은 악행으로 간주됨을 잘 보여준다. 이로써 소교영은 '애정애욕-훼절'의 악인 성향을 띠는 애욕훼절형 여성으로 자리를 잡는다.

정강련(제2대 소운명의 셋째 부인)의 경우도 소교영과 비슷한데, 훼절의 모습이 재혼으로 설정되고 거기에 악행이 더해져서 '애정애욕-악행-재혼'의 모습을 띤다. 그녀는 정참이 소운명을 사위로 정하고[10] 사혼을 통해 소운명의 셋째 부인으로 들어오는데, 둘째 부인 이옥주를 시기 질투하여 이옥주가 간음하여 임신했다고 모함했을 뿐 아니라 이옥주 살해를 사주했고, 겉으로는 남편에게 이옥주는 죄가 없다고 말하여 남편의 총애를 받았다. 정강련의 그런 악행은 남편의 총애를 얻고 싶은 마음, 남편을 사랑하는 마음에서 비롯된 것인바, 그녀는 애정애욕형 악인으로 설정된다고 할 수 있다. 그런데 그녀는 죄가 밝혀져 죽임을 당하지는 않으나, 이혼을 당하고 쫓겨나는데 그후에 향민과 재혼한다. 재혼은 한 남성을 향한 절개를 깼다는 것을 의미하는바, 정강련은 애정애욕적 성향 때문에

10 조광국, 「〈소현성록〉의 벌열 성향에 관한 고찰」, 『온지논총』 2001, 103쪽; 조광국, 『조선시대 대소설의 이념적 지평』, 태학사, 2023, 71쪽. (이 논문과 책에서 정강련이 소운명을 보고 반했다고 기술했는데, 그 내용을 본문의 내용으로 고침.)

훼절하는 애욕훼절형 여성 인물로 설정된다.

다음으로 명현공주(제2대 소운성의 첫째 부인)는 '애정애욕-악행'의 양상을 보여준다. 공주는 첫눈에 반한 소운성과 혼인하기 위해서 황실의 권세를 이용하여 그전에 맺어진 소운성과 형강아의 약혼을 깨뜨리게 했다. 결혼한 후에는 남편 소운성이 총애하는 다섯 기첩에게 형벌을 내렸고, 둘째 부인 형강아를 살해하고자 했다. 남편이 끝내 자신의 사랑을 받아주지 않자 병들어 죽게 되는데 그즈음 문병온 남편을 칼로 찌르려고 했다. 그런 악행에 그치지 않고 집안의 웃어른인 시할머니 양태부인과 동렬로 앉는가 하면, 양태부인과 시부모에게 무례하게 구는 등 집안의 위계질서를 깨뜨렸다. 시아버지 소현성이 공주의 악행을 태종에게 알리고 강상죄로 다스리려고 하자, 공주는 마지못해 사죄했지만, 병들어 죽는 것으로 처리된다. 명현공주는 애욕훼절형은 아니지만, '애정애욕-악행'의 모습을 띠는 애정애욕형 여성으로 설정된다.

〈소현성록〉에서 애정애욕과 관련한 악인형 상층 여성은 다음과 같다.

악인형 상층 여성	
ⓧ[1] '애정애욕-훼절'의 애욕훼절형 여성	소교영
ⓧ[2] '애정애욕-악행-재혼'의 애욕훼절형 여성	정강련
ⓧ[3] '애정애욕-악행'의 애정애욕형 여성	명현공주

세 여성은 세부적으로 편차가 있지만 그 셋을 한데 모으면, '애정애욕-훼절-재혼-악행'이 된다. 여기에서 살펴볼 게 있다. 애정애욕적 성향과 악행은 인과관계를 형성한다. 명현공주가 소운성과 형강아의 약혼을 깨

뜨리고 혼인을 강행한 것은 첫눈에 반한 사랑[11]을 성취하기 위해서였고, 그녀가 남편이 총애하는 다섯 기첩에게 사사로이 형벌을 내리고, 둘째 부인 형강아를 살해하고자 한 것은 사랑하는 남편을 빼앗기지 않으려 했기 때문이다. 정강련이 시기 질투하고 악행을 저지른 것 또한 남편의 총애를 얻고 싶은 마음에서 비롯된 것이다.

이는 여성의 애정애욕적 성향이 악한 것이며, 그런 성향을 지닌 여성은 필연적으로 다른 악행을 저지를 수밖에 없다는 작가 의식의 일환이다. 그 점은 〈사씨남정기〉와 〈창선감의록〉에서 설정된 것과 비슷한 양상을 보여준다.

그런데 〈소현성록〉의 애정애욕형 여성의 출신 신분은 〈사씨남정기〉와 〈창선감의록〉과 비교해 볼 때 다른 점이 있다. 교채란과 조월향이 몰락 사족의 딸인 것과 달리, 소교영, 명현공주, 정강련 등 세 여성은 이미 상층 가문으로 자리를 잡았거나 바야흐로 상층 가문에 들어서는 집안의 딸이다. 그리고 아내로서 그 위상도 높아지는데, 〈사씨남정기〉와 〈창선감의록〉에서는 첩실에 그쳤다면, 〈소현성록〉에서는 정실 혹은 셋째 부인으로 설정된다.

이상, 〈소현성록〉의 소설사적 위상을 요약하자면, 첫째, 〈사씨남정기〉 〈창선감의록〉에서 성취한 애욕훼절형 악인과 여사지향형 선인의 배타적

11 공쥬 져 쇼년이 한원 고쟈로 휘쇄ᄒᆞ미 풍우 ᄀᆞᆺ트믈 보고 그 얼골은 업ᄃᆡ여시므로 ᄌᆞ시치 못ᄒᆞ여 다만 ᄉᆞ모 아ᄅᆡ 흰 귀밋치 옥이 윤ᄐᆡᆨᄒᆞ고 ᄭᅩᆺ치 반ᄀᆡ홈 ᄀᆞᆺ트니 황홀ᄒᆞ여 … 공쥬 져의 나가ᄂᆞᆫ 거동을 보니, 풍ᄎᆡ 쇄락ᄒᆞ고 긔되 편편ᄒᆞ여 신장이 표연ᄒᆞ고 용뫼 슈려ᄒᆞ여 옥계의 가ᄂᆞᆫ 버들이오 풍젼의 붓치ᄂᆞᆫ 목난 ᄀᆞᆺ트여 옥슈의 아홀을 밧고 소안의 ᄉᆞ모ᄅᆞᆯ 슉여시며 보익의 홍포ᄅᆞᆯ 가ᄒᆞ엿시니 태을진군이 옥계의 ᄇᆡ회홈 ᄀᆞᆺ튼지라. 보고 곳쳐 보ᄆᆡ 심졍이 뉴출ᄒᆞ고 의ᄉᆡ 무르녹으니(권9)

대립구조를 수용하되 애정애욕형 악인을 새로 보완했고, 둘째, 그 여성들의 계층을 상층 여성으로 예각화했다는 것이다.

3.2. 〈벽허담관제언록〉 〈천수석〉: 애욕훼절형 상층 여성의 확대

〈벽허담관제언록〉은 여사지향형 선인의 여성과 애욕훼절형 악인의 여성이 대립하는 상황을 일부이처혼 세 커플과 일부삼처혼 한 커플, 총 네 커플을 통해 다채롭게 펼쳐냈다. 뒤쪽 애욕훼절형 악인은 윤교혜, 숙영공주·왕옥도, 노요화, 주교염 등 다섯 명인데 이들은 공통적으로 유부남을 보고 한눈에 반하여 둘째 부인이 되는 것을 전혀 개의치 않을 만큼 애정애욕적 성향이 강한 면모를 보여준다.[12]

그중에 숙영공주, 왕옥도, 노요화, 주교염 등 네 여성의 애정애욕적 성향은 친인척 관계로 얽힐 정도로 한층 강화된다. 숙영공주와 왕옥도는 사촌 자매 사이였거니와, 왕옥도가 먼저 유부남 하경연(4남)에게 반해 숙영공주에게 도움을 요청했는데 공주는 그 사랑이 맺어지도록 도움을 주려다가 본인도 하경연을 보고 첫눈에 반하여, 마침내 두 여성은 황제의 사혼을 얻어내 둘째 부인과 셋째 부인으로 들어갔다.

주교염은 고모 선의군주의 남편인 고모부 하경안(8남)에게 첫눈에 반해, 하경안에게 몽환약(夢幻藥)을 탄 술을 먹여 혼미한 상태에 빠지게 한 후 육체관계를 맺었으며, 그 사실을 주변에 알려 둘째 부인이 되었다. 노요화가 첫눈에 반한 남성은 유부남 하경한(6남)이었는데 그의 둘째 부인

12 왕옥도, 숙영공주, 주교염의 경우: 조광국, 「〈벽허담관제언록〉에 구현된 상층 여성의 애욕담론」, 『고소설연구』 30, 한국고소설학회, 2010, 295~296쪽.

은 이복언니 노요주였지만, 만취한 하경한과 육체관계를 맺은 후 깨어난 하경한에게 들통나자, 도망쳐서 이여필의 양녀가 된 후, 황제의 사혼을 얻어내 하경한의 셋째 부인으로 들어갔다.[13]

하지만 애정애욕적 성향이 강한 여성은 모두 남편의 외면과 냉대를 받고 만다. 그 이유는 그 여성들의 애정애욕적 행태가 음욕황음(淫慾荒淫)으로 받아들여졌기 때문이고, 그들이 여사지향형 선인을 해코지하고 가문의 존립을 위태롭게 했기 때문이다. 윤교혜와 숙영공주·왕옥도는 남편이 첫째 부인을 사랑하면 그 정실을 해코지하고 살해하고자 했으며, 노요화와 주교염은 남편이 부실(副室)을 사랑하면 정실과 공모하여 부실에게 해코지를 가했고, 자신들의 뜻대로 첫째 부인 자리에 오른 후에는 정실을 독살하거나 병들어 죽게 했다.

이들 애정애욕적 성향을 띠는 여성은 대부분 첫눈에 반한 사랑의 열정을 표출하는데, 대표적으로 노요화(각로 노계진의 둘째 딸)를 보자.

> ᄎᆞ시 요홰 우연이 발을 것고 츈경을 보다가 댱하(墻下)의 쇼년의 무빵ᄒᆞᆫ 긔질을 보ᄆᆡ 졍혼(精魂)이 니톄(離體)ᄒᆞ야 ᄇᆞ라ᄂᆞᆫ 눈이 쑤러질 ᄃᆞᆺᄒᆞ더니 그 쇼년이 쏘ᄒᆞᆫ 냥구(良久)히 보거ᄂᆞᆯ 힝혀 저ᄅᆞᆯ 유의(有意)ᄒᆞ민가 깃거 함ᄐᆡ쳠앙(荅態瞻仰)이러니 그 쇼년이 가연이 ᄉᆞᄆᆡᄅᆞᆯ 쩔쳐 도라가니 … 요홰 믄득 함누왈 '하ᄉᆡᆼ이 날과 젼세(前世) 원개런가 우연이 보ᄆᆡ 심혼(心魂)이 다 저의게 도라가니 비취병니(翡翠屛裏)의 셔로 ᄃᆡ치 못ᄒᆞᆯ진ᄃᆡ 망부셕 되기ᄅᆞᆯ 면치 못ᄒᆞ리로다' … 향쇄 위로 왈 '하공ᄌᆡ 놉히 올나 관망ᄒᆞ믄 쇼져ᄅᆞᆯ 권년(眷戀)ᄒᆞ미

13 위의 논문, 295쪽.

라 가히 일봉셔(一封書)를 닷가 쥬시면 쇼비(小婢) 혼 번 가 쇼져 졍회(情懷)를 고ᄒᆞ리이다' 요홰 깃거 년망(連望)이 셔간을 일워 쇼를 맛져 부탁ᄒᆞ야 보ᄂᆡ니(권15)

정혼(精魂)이 이체(離體)하는 마음, 부끄러워서 피하지 않고 상대의 눈을 뚫어지도록 바라보는 모습, 상대가 나를 좋아하는 것이라는 착각, 상대에게 쏠리는 심혼(心魂) 그리고 연애편지 등, 이런 것들은 첫눈에 반한 사랑의 열정에 빠진 노요화의 모습을 잘 보여준다.

그 반대로 여사지향형 선인으로는 사성염, 영현요, 노요주, 소봉란 등 4인은 오직 부덕에 충실함으로써 남편의 호감과 애정을 얻고 정실 자리에 안착하여 화목한 가정을 이루거니와 행복한 결말을 맞는 것으로 그려진다.

그런데 애정애욕적 성향의 여성이 부덕을 갖추는 여성으로 거듭나는 길이 차단되어 있다. 다섯 여성 가운데 윤교혜는 시가에서 쫓겨난 후에 자신이 죽었다고 소문을 낸 후 초왕에게 개가했고, 숙영공주는 왕옥도를 꾀어 다른 남자를 대상으로 애욕을 충족하고자 했으며, 훗날 숙영공주는 오랑캐 견융에게 개가했다. 이들은 '애정애욕-훼절-재혼-악인'의 여성으로 설정된다. 거기에서 그치지 않았다. 두 여성을 포함하여 다섯 여성은 시가와 친정을 위기에 빠뜨렸음은 물론이고 국가를 위기에 빠뜨려 놓더니, 마침내 팜므파탈의 비극적 종말을 맞고 만다.[14]

14 〈윤하정삼문취록〉의 여수정과 여혜정도 그런 범주에 든다. 여수정은 윤세린을 보고 첫눈에 반해 늑혼을 통해 그의 아내가 되지만, 악행을 저지르다가 쫓겨나는데 그 후에 차순우와 통정한다. 여혜정은 윤성린에게 첫눈에 반해 처음부터 음란하게 행동했으며, 윤

이렇듯 〈벽허담관제언록〉은 여사지향형 선인과 애욕훼절형 악인의 선명한 대립구조를 설정하여 애정애욕형 여성이 부덕을 갖춘 여사지향형 선인으로 거듭나는 길을 철저히 차단했다. 작품에 따라 편차는 있지만, 대소설은 대체로 그런 대립구조를 설정했는데, 그 점을 다섯 여성을 통해 반복적으로 밀도 있게 보여준 작품이 바로 〈벽허담관제언록〉이라 할 것이다.

〈천수석〉 또한 여사지향형 선인의 여성과 애욕훼절형 악인의 대립구조를 선명하게 설정한 작품이다. 〈벽허담관제언록〉에서 뒤쪽의 악인을 다섯 여성을 통해 다채롭게 펼쳐냈다면, 〈천수석〉에서는 그 모습을 한 명의 여성 이초혜에 초점을 맞추었고, 그녀와 공모하는 간옥지 또한 음탕한 남성으로 그려냈다. 이초혜와 간옥지는 부부로 맺어지기 전후 과정에서 그리고 이혼한 후에도 끊임없이 위보형과 설옥영을 갈라놓고 가로채고자 했다.

일찍이 이초혜는 위보형을 처음 본 순간 사랑에 빠져 그 즉시 그와 하나가 되지 못함을 한탄했다. 그때 이미 위보형이 설옥영과 약혼한 사이였음을 이미 알고 있었지만, 위보형을 향한 짝사랑을 멈출 수는 없었다. 그 열정은 식을 줄을 모르고 지속되거니와, 이초혜는 매파에게 속아 깜깜한 방에서 간옥지를 위보형으로 오인하고 농염한 정사를 벌였는데 그 장면은 역설적으로 위보형을 향한 이초혜의 열정적인 사랑의 감정을 밀

성린과 혼인하기 위해 남자로 변장하여 과거에 급제한 뒤에 임금의 사혼을 얻어내지만, 남편의 사랑을 받지 못하자, 악행을 저지르다가 원금과 정을 통하고 그게 발각되어 쫓겨난다. 그 후에는 동오국의 세자인 엄표와 육체적 관계를 맺는다. 여수정과 여혜정은 처형당하는 비극적 결말을 맞는다. (장시광, 『한국고전소설과 여성 인물』, 보고사, 2006, 235~240쪽)

도 있게 보여준다.[15]

그 일로 이초혜는 간옥지와 억지 결혼을 하지 않을 수 없었지만, 위보형을 향한 이초혜의 사랑의 열정은 식을 줄 모르고 위보형을 찾아가 사랑을 맹세할 만큼 무모한 행위로 이어진다. 그때 인사불성인 위보형을 향한 이초혜의 모습을 보자.

> 부마의 얼골을 ᄌᆞ시 보니 … 니시 음심(淫心)이 표탕ᄒᆞ니 … 부마의 의ᄃᆡ(衣帶)ᄅᆞᆯ 글너 벗기고ᄌᆞ 금구(衾具)ᄅᆞᆯ 덥고 동숙(同宿)ᄒᆞ니 부ᄃᆡ 젼연(全然)이 모로더라 니시 도위[위보형] 원비(猿臂)ᄅᆞᆯ 아로만져 읍탄(泣嘆) 왈 '위랑아 그ᄃᆡ 호남ᄌᆞ(好男子)의 풍ᄎᆡ로뼈 ᄂᆡ 게 은ᄋᆡ (恩愛)ᄅᆞᆯ 빌니지 아니나뇨 만일 금야(今夜) 인연을 일우지 못ᄒᆞᆫ즉 그ᄃᆡ와 후ᄉᆡᆼ(後生)의 부부 되기ᄅᆞᆯ ᄆᆡᆼ세ᄒᆞ고 ᄒᆞᆫ가지로 죽으리라' 늣기고 초챵(怊悵)ᄒᆞ여 ᄉᆞ경의 도위 번신(翻身)ᄒᆞ여 도라 누으ᄆᆡ ᄉᆞᄅᆞᆷ이 ᄌᆞ긔ᄅᆞᆯ 휴슈졉체(攜手接體)ᄒᆞ고 교면졉구(交面接口)ᄒᆞ엿ᄂᆞᆫ지라 (권4)

첫사랑 위보형을 향해 이초혜의 사랑의 열정이 폭발하는 정사 장면이

---

15 [이초혜의 모습] 쇼졔 ᄯᅩᄒᆞᆫ ᄂᆡ러나 ᄉᆡᆼ의 옷ᄉᆞᆯ 븟들고 늣겨, '쳡이 귀가(貴家) 일녀(一女)로 부귀 극ᄒᆞ여 혼취(婚娶)ᄒᆞ기ᄅᆞᆯ 어이 근심ᄒᆞ리오마ᄂᆞᆫ 평ᄉᆡᆼ 어린 원(願)이 잇셔 ᄯᅳᆺ의 찬 호걸(豪傑)을 ᄎᆞ자 셤기기ᄅᆞᆯ 원ᄒᆞᄃᆞ가 상공의 풍광(風光)이 셰상의 ᄌᆞᄌᆞᄒᆞᄆᆡ ᄒᆞᆫ번 보기ᄅᆞᆯ ᄇᆞ라더니 양부인의 ᄀᆞᄅᆞ치믈 닙어 곽부 연상(宴床)의셔 낭군의 풍ᄎᆡᄅᆞᆯ ᄇᆞ라보고 ᄆᆡᆼ셰ᄒᆞ여 타셩(他姓)을 아니 셤기랴 ᄒᆞ니 부뫼 념녀ᄒᆞᄉᆞ 간ᄉᆡᆼ이 셜쇼져ᄅᆞᆯ 취ᄒᆞᆫ 후ᄂᆞᆫ 군ᄌᆞ(君子) ᄃᆞ른 졍을 취ᄒᆞᆯ가 ᄒᆞ엿더니 군ᄌᆞ 셜시의 옥낭이 되니 쳡이 속졀업시 ᄒᆞᆫᄀᆞᆺ 외로은 단장(斷腸)으로 셰월을 보ᄂᆡ더니 오ᄂᆞᆯ 부득이 군ᄌᆞ의 ᄌᆞ최ᄅᆞᆯ ᄯᆞ라 침셕(寢席)의 도라보믈 어드니 쳡이 임의 군ᄌᆞ의 일ᄀᆡ(一家)니 낭군이 만일 ᄇᆞ리디 아니면 부모긔 고ᄒᆞ여 취ᄒᆞᆯ 거시니 엇디 쳡이 스ᄉᆞ로 됴츌 녜(禮) 잇스리잇고'(권1)

다. 인사불성인 위보형의 옷을 벗기고 한 이불 속에 드러누워 위보형의 몸을 어루만지더니 그의 손을 끌어 제 몸에 대고 입을 맞추는 이초혜의 모습이 실감 난다.

그런데 그 정사는 유부녀의 혼외정사에 해당하거니와, 그 사실을 알게 된 간옥지로부터 이혼을 당하지 않을 수 없었다. 그때는 간옥지와 이초혜가 억지 결혼한 후에 위보형·설옥영 부부를 갈라놓고 각자가 첫사랑을 빼앗기로 합의한 상태였지만, 그랬을지라도 간옥지로서는 이초혜의 애정 행각을 견딜 수 없었다. 그 후로 위보형을 향한 이초혜의 사랑은 끝나고, 그 후로 이초혜는 위보형과 그의 집안을 향해 원한을 풀기 위해 악행을 저질러댔다.

그리고 이초혜는 애정애욕을 주체하지 못하고 마음껏 발산하는 쪽으로 방향을 바꾸었다. 이초혜는 황제 의종을 유혹하여 유희적, 관능적 육체관계를 맺더니, 거기에서 한 걸음 더 나아갔다. 이초혜는 의종 몰래 전 남편 간옥지를 궤 속에 넣어 수레에 싣고 들어와 방안의 겹바람벽 사이에 숨겨놓고 정사를 벌였다. 주도적으로 농염하게 성적으로 즐기는 이초혜의 모습이 잘 드러나 있다.

이처럼 이초혜의 상대 남성은 첫사랑 위보형을 비롯하여 간옥지, 의종, 황소 등 네 남성에 이르고, 네 남성을 상대로 펼쳐낸 이초혜의 애정 행각은 음욕과 성욕의 양상을 띤다. 마침내 이초혜는 황소의 난을 진압하는 이극용과 위보형에게 잡혀서 처참한 최후를 마쳤고 그때 동행했던 간옥지도 처형당하고 만다.[16]

---

16 조광국, 「〈천수석〉에 구현된 에로스의 양상과 작가의 비판의식」, 『고소설연구』 43, 한국고소설학회, 2017, 97~102쪽.

〈벽허담관제언록〉과 마찬가지로 〈천수석〉은 여사지향형 선인과 애정애욕형 악인의 선명한 대립구조 아래, 뒤쪽 여성이 앞쪽 여성으로 거듭나는 길을 철저히 차단하고 애욕훼절형으로 치닫는 방식으로 이야기를 풀어냈다. 그 과정에서 〈천수석〉은 이초혜와 간옥지를 비윤리적이고 부도덕한 팜므파탈·옴므파탈 커플로 내세워 위보형·설옥영을 갈라치고 상대를 교환하는 지점을 설정하여 이초혜라는 애욕훼절형 악인을 치밀하게 구현해 낸 것이 흥미롭다.[17]

4. 상층 여성의 애정애욕에 대한 긍정

4.1. 〈현씨양웅쌍린기〉 〈명주기봉〉 연작: 애정애욕형 상층 여성의 우인화와 선인화

〈현씨양웅쌍린기〉 〈명주기봉〉 연작은 여사지향형 선인과 애정애욕형 악인의 대립 구도를 바탕으로 하되, 그에 머물지 않고 다음과 같이 그 중간에 끼는 여성을 설정했다.

- 여사지향형 선인으로 행복한 결말을 맞는 여성
- 애정애욕형 악인에서 우인(愚人)으로 바뀌는 여성
- 애정애욕형 악인에서 여사지향형 선인으로 거듭나는 여성

17 〈사씨남정기〉와 〈창선감의록〉의 팜므파탈·옴므파탈 커플에서 두 첩실이 형상화한 애욕훼절형 악인보다 한 걸음 더 나아갔다.

· 애욕훼절형 악인으로 죽임을 당하는 여성

여기에서는 애정애욕형 악인(愚人)에서 우인으로 바뀌는 여성과 애정애욕형 악인에서 여사지향형 선인으로 거듭나는 여성을 중심으로 살펴보고자 한다.

전편 〈현씨양웅쌍린기〉는 애정애욕형 악인에서 우인(愚人)으로 바뀌는 여성을 설정했다. 육취옥은 일찍 부모를 여의고 외삼촌(주명기) 슬하에서 자랐지만, 외삼촌 집안이 상층 가문이어서 그 영향권에 드는 여성이다. 그녀는 용모가 평범하고 덕성도 갖추지 못한 탓에 아무도 그녀를 며느리로 들이려 하지 않았는데, 흥미롭게도 그녀는 애정애욕이 강한 악인의 모습을 보여준다.

육취옥은 사촌 자매인 주소저의 남편 현경문을 처음 보자마자 "삼혼칠백(三魂七魄)이 유유(悠悠)한" 상태에 빠지고 말았고, 그 즉시 그를 남편으로 삼고자 결심했다. 현경문의 소매를 잡고 큰소리를 치며 현경문이 규수를 모욕한다면서 여자의 몸이 다른 데 결혼할 수 없는 지경이 되었으니, 현경문과 혼례를 올려달라고 소리쳤다(권1). 거짓임이 밝혀져 헛수고가 되었지만, 이튿날 등문고를 쳐서, 황제에게 현경문을 죽어서라도 좇을 것이고 현경문의 종이 되어도 좋다고 했고, 그의 "옥면영풍(玉面英風)과 청아옥성(淸雅玉聲)"을 대하면 "규녀의 염치를 잃을 적이 많았음"[18]을 알리고, 황제의 허락을 받아냈다.

---

18 신첩이 만일 현자(玄者)에게 허신치 못할진대 죽어 장새되어 경문을 좇을지니 첩을 이르지 말고 종이 될지라도 감심하오리니 … 옥면영풍과 청아옥성을 들을 적이면 규녀의 염치를 잃을 적이 많사오니, 만일 경문의 처첩 중 충수(充數)하올진대 석사(夕死)라도 무한일까 하나이다. 삼공 육경과 제왕 공자가 구름 의상과 황금 집으로 취하려 하나 첩은 불원하나이다(권3)

그녀의 애정애욕은 성욕[19]으로 뻗친다. 장시랑의 도움으로 육취옥이 부부관계를 맺는 장면을 보자.

> 늑시 자셩각의 드러가 싱(生)을 구호(救護)ᄒᆞ며 그 옥골션치(玉骨仙采) 취ᄒᆞᆫ 가온ᄃᆡ 더옥 긔특ᄒᆞ여 옥면(玉面)이 취홍(醉紅)ᄒᆞ여 깁히 좀든 거동(擧動)이 ᄎᆞ마 어엿부니 그 낫츨 어로만져 ᄉᆞᄉᆞ로 쑴인가 의심ᄒᆞ여 …… 문득 ᄉᆞᄉᆞ로 옷슬 벗고 ᄯᅩ 남후를 벗겨 ᄒᆞᆫᄀᆞ지로 침즁(寢中)의 누어 환희ᄃᆡ락(歡喜大樂)ᄒᆞ며 옥보향신의 텬향(天香)이 만실(滿室)ᄒᆞ물 ᄋᆡ즁(愛重)ᄒᆞ더니 반야(半夜)의 남휘 ᄉᆞᄉᆞ로 ᄭᆡ여 취ᄒᆞᆫ 눈을 ᄯᅧ보ᄆᆡ 임의 촉이 업고 ᄌᆞ긔 부인으로 일침(一寢)의 잇시니 이 분명 쥬소져로 아라 취즁(醉中)의 은졍(恩情)이 더옥 발양(發揚)ᄒᆞ여 졍신을 일으ᄆᆡ 늑시 평싱 쳐음으로 이런 풍졍(風情)을 당ᄒᆞᄆᆡ 몸이 등션(登仙)ᄒᆞᆯ 듯ᄒᆞ더라 남후ᄂᆞᆫ 본ᄃᆡ ᄉᆞ숭(思想)ᄒᆞ미 남다른지라 젼일 쥬소져의 졍ᄃᆡ(正大)ᄒᆞ미 업셔 ᄌᆞ긔를 단〃이 붓들고 누어 거동(擧動)이 ᄒᆡ연음난(駭然淫亂)ᄒᆞᆫ지라 크게 고이히 녀겨 낭즁(囊中)을 더듬어 야명쥬(夜明珠)를 취ᄒᆞ여 비최ᄆᆡ 이 다르 니 아니오 늑시 벌거벗고 ᄌᆞ긔 겻ᄒᆡ 누어 눈을 멀거케 ᄯᅳ고 ᄌᆞ긔를 물그름 보ᄂᆞᆫ지라(권25)

남편이 술에 크게 취하여 정신을 차리지 못할 때 먼저 옷을 벗고 남편의 옷을 벗긴 후에 환희대락(歡喜大樂)하고, 등선(登仙)할 듯한 성적 기쁨의

19 육취옥은 〈현씨양웅쌍린기〉 〈명주기봉〉 〈명주옥연기합록〉 3부작에서 성욕, 식욕, 물욕 등 일차원적 욕망을 드러내는 주변 인물이자 시가에서 뿌리를 내리지 못하는 경계인의 모습을 보여준다. (박은정, 「〈현씨양웅쌍린기〉 연작의 '육취옥' 연구」, 『고전문학 연구』 51, 한국고전문학회, 2017, 227~234쪽)

상태가 제시되어 있다. 그때 마침 술에서 깬 남편 현경문의 눈에 비친 그녀의 모습은, 남편을 단단히 붙들고 누워 성적 즐거움을 누리는 음녀였다.

그런데 흥미로운 것은 육취옥은 비극적 종말을 맞지 않고 첫눈에 반한 사랑을 성취하는 적극적인 여성으로 그려진다는 것이다. 황제는 "육녀가 지인(知人) 하는 안총(眼聰)이 기특하여 따르는 정(情)이 망부석이 되고자 하니"(권3)라고 하여, 육취옥을 두둔했다. 시가 쪽에서도 마찬가지였다. 육취옥이 정실(주소저)을 질투하며 우람광패(愚濫狂悖)한 짓을 일삼지만, 시가에서는 대수롭지 않게 여겼고, 시가 쪽의 장시랑은 그녀가 부부관계를 이루게 하는 길을 열어주었을 정도다.

하지만 육취옥은 선인으로 거듭나지 않는다. 그녀는 나이가 차도록 인사(人事)를 몰라 주씨의 영광을 부러워하고 시기하는 빛이 있어 안색이 붉으락푸르락 하여(권15) 주변의 탄식과 웃음을 살 뿐이었다. 즉, "악인은 아니고 바보 같은 인물"[20] 즉, 우둔한 인물로 그려질 뿐이다.

한편 속편 〈명주기봉〉은 애정애욕형 악인에서 여사지향형 선인으로 거듭나는 여성을 설정했다. 권1의 초반부에서부터 남성 현웅린과 쌍둥이 여성 사마예주(동생)와 사마영주(언니)가 '군자지향형 남편-여사지향형 정실-애욕애정형 재실'의 삼각관계를 형성하는데, 거기에서 사마영주의 애정애욕적 행태가 삼각 갈등의 근간으로 자리를 잡는다. 두 집안 사이의 혼맥은 내로라하는 상층 집안 사이의 혼맥이거니와[21] 사마영주는 상

20 이지하, 「〈현씨양웅쌍린기〉 연작 연구」, 서울대 석사논문, 1992, 52~55쪽; 한길연, 대하소설의 능동적 보조 인물 연구, 서울대 석사논문, 1997, 30쪽.

21 현씨 집안은 상층 벌열이었고 현웅린은 재주가 뛰어나 문중으로부터 큰 기대를 받는 종손이었다. 사마양은 처사였지만, 그의 집안은 대대로 교목세신(喬木世臣) 백년구족(百年九族)이었다.

층 여성의 애정애욕적 행태를 밀도 있게 펼쳐낸다.

> 영쥐 년긔 십셰 되여 문득 탁문군의 다다(多多)ᄒᆞᆫ 즁졍이 이셔 ᄒᆞᆫ번 웅쳔 냥공ᄌᆞ의 풍신월모ᄅᆞᆯ 규시ᄒᆞ고 츅일왕ᄅᆡ(逐日往來) 슈혹ᄒᆞᄆᆞᆯ 보고 삼혼구졍(三魂九精)이 산비(散飛)ᄒᆞᄃᆡ 다시 보건ᄃᆡ 웅린은 긔운이 나ᄌᆞᆨᄒᆞ고 ᄒᆡᆼ동이 유법ᄒᆞ여 젼혀 군ᄌᆞ 긔틀이로ᄃᆡ 쳔린은 장텬(長天)의 비등(飛騰)ᄒᆞᆯ 위봉(威鳳)의 거동이오 태산을 다듬 ᄆᆡᆼ호(猛虎)의 풍신(風身)이라 불관(不關)ᄒᆞᆫ 노ᄅᆞᆷ노리라도 다 굿세고 엄슉ᄒᆞ여 녀ᄌᆞ의게 굴슬(屈膝)ᄒᆞᆯ 위인이 아니오 웅닌의 ᄇᆡᆨᄒᆡᆼ(百行)이 슉요ᄒᆞᄆᆞᆯ 흠모ᄒᆞ여 필경은 ᄂᆞᆺ출 드러 단장을 졍히 ᄒᆞ고 ᄯᅳᆺ을 시험ᄒᆞ니 웅린이 ᄒᆡ연ᄒᆞ여 ᄎᆞ후ᄂᆞᆫ 홀노 쳐ᄉᆞ 부즁(府中)의 왕ᄅᆡ치 아니나 셩졍(性情)이 침묵(沈默) 언희(言稀)ᄒᆞ고 ᄉᆡᆨᄉᆡᆨ 엄졍ᄒᆞᆫ고로 비례지언을 창셜ᄒᆞ기ᄅᆞᆯ 더러이 너겨 불츌구외(不出口外)ᄒᆞ더니 쳐ᄉᆡ 냥공ᄌᆞ의 위인을 보ᄆᆡ 영쥐ᄂᆞᆫ 임의 슉녀 아니니 군ᄌᆞ호귀(君子好逑) 부당ᄒᆞᄆᆞᆯ 알ᄃᆡ ᄎᆞ녀ᄅᆞᆯ 위ᄒᆞ여 의ᄉᆞ기우나 션발(選拔)ᄒᆞ기 불가ᄒᆞ여 잠잠ᄒᆞ고 영쥐ᄅᆞᆯ 위ᄒᆞ여 가합(可合)ᄒᆞᆫ 낭자ᄅᆞᆯ 유심ᄒᆞ더니 공규의 난최 ᄀᆞᆷ초엿시나 암향(暗香)이 먼니 ᄡᅩ이ᄂᆞᆫ지라 예쥐 소져의 향명(香名)이 ᄌᆞᄌᆞᄒᆞ더니 샹부의셔 웅닌 공ᄌᆞ 쟝셩ᄒᆞ니 간졀이 쳥혼ᄒᆞᆫᄃᆡ 쳐ᄉᆡ 과연 예쥐 소져로ᄡᅥ 허혼ᄒᆞ니 영쥐 몬져 유의(留意)ᄒᆞ고 망부셕이 되엿던 ᄇᆡᆨ년 낭군을 예주의게 속ᄒᆞ엿ᄂᆞᆫ지라 대로ᄒᆞ여 ᄉᆡᆼ각ᄒᆞᄃᆡ 부뫼 ᄎᆞ례ᄅᆞᆯ 건너 아오로 몬져 의혼(議婚)ᄒᆞ고 날을 무용지물(無用之物)을 삼으니 ᄂᆡ ᄆᆡᆼ셰코 예쥐로 더브러 냥립(兩立)지 아니니라 ᄒᆞ고 일ᄉᆡᆼ을 작희(作戲)ᄒᆞ리라 ᄒᆞ여 시녀 교란으로 더부러 쥬ᄉᆞ야탁ᄒᆞ여 ᄭᅬᄅᆞᆯ ᄉᆡᆼ각ᄒᆞ더라(권1)

인용문에서 보듯 사마영주는 탁문군에 비견될 만큼 연모의 정이 큰 여성으로 서술된다. 그런데 그녀가 남성을 선택하는 과정은 여느 대소설과 다른 독특한 지점을 드러낸다.

먼저 사마영주에게 첫눈에 반한 남성이 둘로 제시된다. 현웅린과 현천린, 두 사촌 형제는 사마양의 제자로서 그 집을 드나들고 있었는데, 그때 영주는 그들을 몰래 훔쳐보다가 "삼혼구정(三魂九精)이 산비(散飛)"함을 느꼈다. 다음으로 짧은 순간이지만 둘 중에서 더 마음이 가는 자를 선택하는 영주의 마음이 제시된다. 영주는 현천린이 호걸형이어서 여성의 마음을 잘 헤아려 주지 않을 것으로 생각하고, 기운이 나직하고 행동에 법도가 있는 군자형 현웅린을 마음속에 품기에 이른다.

그리고 현웅린을 향한 영주의 애정은, 단장하고 얼굴을 들어 현웅린의 마음을 떠보는 행동으로 옮겨지기에 이른다. 현웅린은 그런 영주를 요음(妖婬)이라고 단정했다. 심지어 부친에 의해서도 영주는 부정적으로 받아들여진다. 부친은 그녀가 현숙하지 않음을 잘 알고 있던 터라 예주의 짝으로 현웅린을 정하고, 영주의 혼처는 다른 곳에서 구하고자 했다.

그 후 사마영주의 삶은 악행으로 치닫는 일련의 과정이 펼쳐진다. 그녀는 간교하고 시기심이 많아 시비 교란과 공모하여 쌍둥이 동생 예주를 음녀로 뒤집어씌워 귀양살이하게 하고 현웅린과 신체를 접촉하여 황제의 사혼을 얻어냈다. 이처럼 영주의 삶은 애정애욕을 성취하고자 하는 삶으로 제시된다. 결국 그녀의 죄상이 밝혀져 그녀는 귀양살이를 면치 못한다. 영주의 삶은, 애정애욕 성향의 여성이 악행을 일삼다가 비극적으로 끝나는 대소설의 서사 문법에서 어긋나지 않는다고 할 것이다.

그런데 흥미롭게도 사마영주가 동생 예주의 도움으로 요조숙녀로 거듭나고 남편과 시가에 수용되는 길을 확보한다. 예주는 자매 사이의 의리 그리고 처처 사이의 의리를 중요하게 보고 남편에게 영주를 받아들이라고 요구했다. 그 약속이 이행된 후에 남편이 영주를 가까이 하지 않자, 다시 영주와 화목할 것을 재차 요구했고 마침내 그 뜻을 이루었다. 이처럼 영주는 병사하거나 쫓겨나지 않고 상층 가문에서 삶의 자리를 잡음으로써 우리 대소설에서 애정애욕을 성취한 상층 여성으로 부상하기에 이른다.

요컨대 전편 〈현씨양웅쌍린기〉의 육취옥은 애정애욕을 인정받았으나 우둔한 여성의 모습을 벗어나지 못한 인물로 설정되고, 속편 〈명주기봉〉의 사마영주는 여사지향형으로 거듭남으로써 시가에서 온전히 자리를 잡은 인물로 설정되었다고 할 수 있다.

4.2. 〈유이양문록〉: 상층 여성의 애정애욕에 대한 긍정적 틈새의 확대

〈유이양문록〉은 여사지향형 선인과 애정애욕형 악인의 대립구조를 바탕으로 하되, 그 중간에 새로운 여성들을 확보했다. 다음과 같다.

· 여사지향형 선인으로 행복한 결말을 맞는 여성
· 여사지향형 선인에 애정애욕적 성향을 가미한 여성
· 애정애욕형 악인에서 여사지향형 선인으로 거듭나는 여성
· 애욕훼절형 악인으로 죽임을 당하는 여성
· 애욕훼절형 악인이지만 활로의 틈새를 확보하는 여성

여기에서는 짙게 음영 처리한 세 가지 경우를 중심으로 살펴보고자 한

다. 여사지향형 선인에 애정애욕적 성향을 가미한 여성은 최일벽·차벽의 쌍둥이 자매다. 이들 쌍둥이 커플은 처음 만나는 순간부터 쌍방이 '흠애하는 정이 간절함'을 느꼈다. 그런데 이들 두 커플은 '장강(莊姜)의 고움과 임사의 덕량(德量)'을 겸비한 자매와 정인군자(正人君子) 형제 사이에 맺어졌다는 것이 눈길을 끈다. 그런데 이들의 첫눈에 반한 사랑의 열정은 매우 강렬해서 주변 사람들이 경악하고 불평할 정도였는데, 이는 그런 성향의 남녀가 서로 사랑하게 되는 것이 매우 예외적임을 시사한다. 그러한 부정적인 시각을 다소 둔화시키기 위해, 이들 남녀의 인연을 전생에서 역모에 얽혀 억울하게 희생되었다가 이 세상에서 환생하여 서로 끌리는 것으로 처리했을 듯싶다. 그 후 이들 커플은 외부 인물에 의한 파란만장한 혼사 장애를 거치지만, 마침내 맺어지게 된다.

다음으로 애정애욕형 악인에서 여사지향형 선인으로 거듭나는 여성으로는 이차염과 양연화가 있다. 이차염은 설영문을 처음 보는 순간 마음을 빼앗기고, 설영문은 이차염의 미모에 정신이 산란해진다. 이들은 편지를 주고받으며 몰래 만나 연정을 나누었으며 서로 상사병에 빠져들었는데, 양가에서 그 사실을 알고 혼인을 허락하지 않을 수 없었다. 그리고 처음부터 장계성은 양연화의 빼어난 미모에 반했고, 양연화도 인사불성의 상태였다. 두 남녀는 편지를 주고받으며 연정을 키워나갔고 몰래 결혼했다.

애정애욕적 성향이 강한 이차염과 양연화 두 여성은 각각 결혼한 후로 여성의 부덕과는 거리가 먼 악행을 저질러댔다. 양연화는 투기 질투를 부리며 남편이 사랑하는 첫째 부인과 첩실을 박해하고 독살을 사주할 정도였다. 이차염도 세부적인 악행은 달랐지만 마찬가지였다. 하지만 이들 두 여성은 여사지향형 여성으로 거듭나는 길을 밟았다. 특히 이차염은 자신의 애정애욕적 성향을 철저히 부정하는 모습을 취했는데, 그게 결벽증 증세를 보일 정도였다.

〈현씨양웅쌍린기〉 〈명주기봉〉 연작에서 애정애욕형 악인이 여사지향형 선인으로 거듭나는 여성은 후편 〈명주기봉〉에서 한 명에 불과했는데, 〈유이양문록〉에서는 둘로 확대되는 모습을 보여준다. 그와 더불어 간과해서는 안 될 것이 있다. 〈유이양문록〉에서 여성의 첫눈에 반하는 사랑이 긍정적 시각을 일정 부분 확보했다는 것이다. 두 남녀가 만나기도 전에 백두옹이 양연화에게 현몽하여 장계성과의 인연을 어기지 말라고 지시했다. 유필염은 이차염의 앞날이 잘 풀릴 것으로 보고 적극 시부모를 설득했다. 몽중지시와 선견지명이 여성의 애정애욕에 대한 긍정적인 시각으로 작동한 것이다.

한편 애정애욕형에서 한 걸음 더 나아가 파멸을 맞는 애욕훼절형 여성으로 한소주, 윤운빙, 여경요, 영릉공주가 있다.[22] 예컨대 영릉공주는 이창희에게 반하여, 'ᄎᆞ인(此人)의게 ᄆᆞ옴이 도라가믄 텬의(天意) 이시믈 알디라 만일 이 사ᄅᆞᆷ의게 도라가디 못ᄒᆞ면 결단ᄒᆞ여 셔방 맛디 아니리라'(권72)라고 생각하고, 그보다 앞서 다른 남자와 결혼하라는 황제의 사혼 명령에 따르지 않고 궁궐 밖으로 나가, 자신의 이름을 주소저로 바꾸고 신분을 속인 채 이창희에게 애걸복걸하며 연분을 맺어달라고 요청하며 음욕을 동하게 하는 술을 먹이고 정분을 맺은 후에[23] 그의 첩이 되었

---

22 남녀 쌍방이 첫눈에 반하는 사랑에 빠지는 경우의 여성은 여사지향형으로 거듭나는 길을 확보한다. 이차염과 양연화에서 찾아볼 수 있다.

23 영능이 … 음녀(淫女)의 경혼(精魂)이 … 흐터뎌 위ᄒᆞ야 병톄홰(竝蒂花) 되고 년니디(連理枝)

다. 훗날 공주는 자신의 죄상이 드러나자, 황제에게 고집을 부려 사혼처를 이창희 쪽으로 바꾸게 했을 정도다. 다른 세 여성도 각자 편차가 있지만 비슷한 모습을 보여준다. 특히 윤운빙은 액살 당한 한소주가 환생한 것으로 설정되어 있는데, 그녀는 한소주의 궤적을 따르면서 한소주보다 더 심한 욕정적 상황을 펼쳐내기에 이른다. 이들 여성은 처음 본 남성에게 반하여 상사병에 걸리더니, 황제의 사혼(賜婚)을 통해 그 남성과 결혼하기에 이르는바, 공통적으로 애정애욕적 성향이 매우 강한 여성으로 그려진다.

하지만 네 여성은 남편의 사랑을 받지 못하자, 악담과 저주, 편지 위조, 이간질, 미혼주 먹이기, 정실 살해 공모, 첩실 추방, 실해 공모 등 악행을 저질렀다, 그 과정에서 윤운빙, 여경요, 영릉공주, 세 여성은 애욕을 억제할 수 없어서 다른 남자와 육체관계를 맺었다. 여경요는 시가에서 쫓겨난 후, 조왕의 미희가 되어 환락에 빠져들었다. 윤운빙이 남편이 아닌 다른 남자에게 반하는 모습을 보면, 다음과 같다.:

> 그윽이 상냥ᄒᆞ되 ᄂᆡ 창원을 흠션(欽羨)ᄒᆞ여 조ᄎᆞ문 그 젼혀 풍모ᄌᆡ화ᄅᆞᆯ 혹(惑)ᄒᆞ미러니 구ᄎᆞ히 구러 이의 니르런 지 ᄒᆡ 지나되 운우지낙(雲雨之樂)은커니와 면목 어더 보기도 어려오니 십오 쳥츈이 속졀업시 늙으미 우읍지 아니랴 뉴셰창의 풍뉴문댱(風流文章)이 창원의게 지지 아니ᄒᆞ고 창원 ᄆᆡ몰(埋

되야 평ᄉᆡᆼ을 즐기고져 ᄒᆞ야 … 드ᄃᆡ여 오ᄉᆞᆯ 벗고 드러누으니 니한님(李翰林)이 다만 독ᄒᆞᆫ 주긔(酒氣)의 총명이 아조 ᄡᅡ뎌 옥 ᄀᆞᆺ고 ᄭᅩᆺ ᄀᆞᆺᄒᆞᆫ 미인이 드러누어 겻지으ᄆᆡ 방탕ᄒᆞᆫ 취ᄀᆡᆨ(醉客)이 엇디 삼갈 일이 이시리오 죵야(終夜)토록 환호ᄒᆞ야 즐거오믈 다ᄒᆞᄆᆡ … 음녀(淫女)의 삼ᄉᆞ삭(三四朔) ᄆᆡ치고 ᄆᆡ친 졍욕이 쾌ᄒᆞ야 즐겨ᄒᆞᄂᆞᆫ 거동이 블가형언(不可形言)이라(권72)

沒)ᄒᆞᆫ 뉘 아니라 호화(豪華)ᄒᆞᆫ 긔샹(氣像)이 미인의 ᄃᆞ졍댱뷔(多情丈夫)니 진짓 나의 ᄇᆡ필이어마는 ᄂᆡ 그릇 창원 적ᄌᆞ(賊者)의 긔물(奇物)이 되여 텬인(賤人) 가치 임의로 ᄉᆞ람을 좃지 못ᄒᆞᆯ 거시니 엇지ᄒᆞ여야 뉴가(劉家)의 긔물(奇物)이 될 쥴 알니오 듀ᄉᆞ야탁(晝思夜度)ᄒᆞ여 번민초젼ᄒᆞ여 좀을 일우지 못ᄒᆞ거ᄂᆞᆯ (권36)

위 인용문은 두 지점을 잘 보여준다. 첫째는 윤운빙이 첫눈에 반한 남편 이창원과 흡족한 사랑을 나눌 것으로 기대했지만, 그렇게 하지 못해서 한스러웠다는 것이다. 둘째는 그즈음 유세창을 본 후로 번민초전(煩悶焦煎)하지 않을 수 없게 되었는데 그 이유는 다른 남자를 보고 사랑에 빠진 것이 비천한 것임을 알면서도 그런 사랑의 마음을 추스르지 못했기 때문이라는 것이다. 이 두 지점을 관통하는 것은 윤운빙의 애정애욕적 성향이거니와, 그런 성향은 신분을 숨기고 이름을 바꾼 뒤 유세창을 미혹하여 육체관계를 맺는 것으로 이어진다.

한편 영릉공주는 남편 이창희의 사랑을 받지 못하며 청춘을 한탄하고 있었는데, 그 모습을 본 전근이 미소년 영강을 불러 여장시키고 채월각으로 데려와, 영릉공주를 겁칙하게 했다. 처음에는 영릉공주가 이창희를 향한 정조를 잃었다고 슬퍼했지만, 이후로 영릉공주가 영강을 감추어두고 황음(荒淫)하기에 이른다. 다른 두 여성, 여경요와 한소주의 경우에도 비슷하다. 한소주, 윤운빙, 여경요 그리고 영릉공주, 네 여성은 죄상이 밝혀져 액살 당하기도 하고, 능지처참을 당하기도 하며, 유배형을 당하거니와, 모두 팜므파탈로 예각화된다. 즉, 네 여성은 애욕훼절형 여성으로 파국적 결말을 맞는다.

흥미롭게도 영릉공주는 애욕훼절형 여성으로 죽임을 당해야 했는데, 그렇지 않고 활로의 틈새를 확보하는 여성으로 설정된다. 공주는 사형 형벌을 받았지만, 신하들의 만류로 감형되어 유배형을 받게 된다. 그 유배길은 정인 연강과 사랑을 지속할 수 있는 기회로 주어진다.

> ᄎᆞ시 녕능이 뎍소로 가ᄆᆡ 연강이 ᄯᆞ라가 본ᄃᆡ 슈듕의 ᄌᆡ물(財物)이 만흐니 … 연강의 즁[쥰]아ᄒᆞ물 ᄉᆞ랑ᄒᆞ야 경ᄉᆞ(京師)의 이실 뎨 ᄌᆞ식을 나하 감쵸와 이의 도라와 긔탄 업시 슬하의 완농(玩弄)ᄒᆞ며 연강의게 이ᄌᆞ이녀(二子二女)ᄅᆞᆯ 나하 얼골과 ᄌᆡ죄(才操) 무ᄡᅡᆼ(無雙)ᄒᆞ니 신명이 뉴의ᄒᆞ야 삼가의 ᄌᆡ얼을 깃친 ᄇᆡ라 망망ᄒᆞᆫ 텬슈ᄅᆞᆯ 면키 어렵더라(권77종)

영릉공주는 일찍이 연강(혹은 영강)과 자식을 낳고 감추어두었는데, 유배지에서 연강과 함께 슬하에 2자 2녀의 귀여움을 즐기는 삶을 살아갈 수 있었다. 영릉공주는 죽어야 마땅했지만, 앞의 세 여성과 달리 죽임을 당하지 않고 살길을 얻은 것이다.

아마도 영릉공주는 황실 출신이기 때문에 죽임을 당하는 것만큼은 모면할 수 있었을 듯하다. 그 전에 시모 연부인은 아들과 남편에게 공주의 음행 사실을 알리고 공주를 영릉궁으로 보내어 제 마음대로 하도록 두었는데, 그런 처사는 영릉공주의 신분과 무관하지 않은 것으로 보인다. 어쨌든 영릉공주에게 시부모와 남편의 묵인 속에 새 정인과 가정을 꾸리며 살아갈 수 있는 길이 주어진 셈이다.

〈유이양문록〉에서 일일이 거론하지 않았지만, 부덕을 갖춘 여성은 해피엔딩을 맞는다. 그리고 앞에서 살펴본 대로 애욕훼절형 여성은 악행을 저지르다가 비극적 결말을 맞는 틀이 유지된다. 그런 중에 상층 여성의 애정애욕과 관련하여 〈유이양문록〉에서 특징적으로 성취된 것은 다음 세 가지다. 첫째, 애정애욕형 악인에서 여사지향형 선인으로 거듭나는 여성이 설정되었다는 것이고, 둘째, 여사지향형 선인에 애정애욕적 성향을 가미한 여성이 창출되었다는 것이고, 셋째, 애욕훼절형 여성으로 죽임을 당하는 여성 중에서 활로의 틈새를 얻는 여성이 설정되었다는 것이다.

4.3. 〈임화정연〉 〈화문록〉: 애욕수절형 여성 인물의 창출과 확대

한편 일부이처의 틀에 여사지향형 선인과 애정애욕형 악인의 두 캐릭터를 내세워, 애정애욕형 악인에서 여사지향형 선인으로 거듭나는 과정을 흥미롭게 펼쳐내고, 거기에서 한 걸음 더 나아가는 여성 캐릭터는 없을까? 그런 캐릭터가 〈임화정연〉과 〈화문록〉에 들어있다. 두 작품은 여사지향형 선인과 애정애욕형 악인의 대립구조를 바탕으로 하면서 다음과 같은 여성 인물을 새롭게 설정했다.

· 애욕수절형 여성

애욕수절형 여성은 애정애욕적 성향과 여사지향적 성향이 서로 배타적인 것이 아니라 양립하는 것으로 설정된 인물이다.

〈임화정연〉에서 그에 해당하는 인물이 유취랑과 여미주다. 유취랑은 진상문의 풍채에 미혹되어 결혼한 셋째 부인이다. 남편은 출세를 위해 소인 무리와 한통속이 되었다가 죄상이 밝혀져 귀양을 가게 되는데, 그녀는 남편을 떠나지 않고 유배지까지 따라가 사랑을 지켜내며 아내로서 도리를 다했다. 훗날 진상문이 과오를 뉘우치고 벼슬길에 복귀하게 됨으로써 유취랑은 남편과 행복한 가정을 꾸리게 된다. 〈임화정연〉은 유취랑을 통해 한 소인배 남성을 향한 애정애욕과 수절이 양립하고 그 두 가지가 결합하는 지점을 보여준다.

여미주의 애욕은 유취랑에 비해 그 성향이 도드라진다. 여미주는 처녀의 몸으로 밤중에 길을 가고 있던 이름도 모르는 선비(정연경)를 흠모하여 껴안았으며, 사랑하는 사람의 품에 안기는 기생 어중선을 보고, 그런 기녀와 같이 사랑하는 이의 품에 안기지 못하는 자신의 처지를 한탄하기도 했을 정도다.

심지어 여미주는 성애적 성향을 보여주기도 한다. 정연경과 여희주(이복언니)의 혼삿날, 여미주는 몰래 숨어 들어가 술에 취해 인사불성인 정연경과 육체적인 관계를 맺었다.

> 미쥬 조금도 경동슈괴한 빗이 업시 도리혀 음밀한 졍태와 가증한 모양이 로류장화에 숑구영신하는 쳔창의 교태ㅣ 잇스니 생이 흥치 륭흡하든 의사ㅣ 사라지고 분연차탄하며 자차 일셩에 몸을 도라누으며(『임화정연』 下, 221쪽)

서술자의 말을 따르면 여미주의 은밀한 정태는 가증스러운 천창(賤娼)의 교태와 같거니와, 천박할 만큼 음욕적인 성향을 띤다.

이런 여미주의 모습은 〈벽허담관제언록〉에서 이복언니의 남편인 형부에게 애정애욕을 성취하려고 온갖 악행을 저질러댄 노요주의 모습과 흡사하며, 〈천수석〉에서 이초혜가 인사불성의 위보형을 향한 모습과 흡사하다. 여미주는 노요주나 이초혜와 같이 비극적 종말을 맞아도 될 인물이다. 남편 정연경이 여미주에게 애정애욕형 악인의 잣대를 들이대며 흉인·원수라고 일컬으며 죽이고자 한 것은 그 점을 잘 보여준다.

하지만 〈임화정연〉은 그런 결말과 전혀 다르게 여미주에게 행복한 결말을 부여하는 쪽으로 방향을 틀었다. 먼저 여미주의 수절 행위를 그녀의 서사에서 중요한 것으로 설정했다. 여미주는 사랑하는 이에게 받아들여지지 않고 처녀의 몸으로 임신하게 되자 친정아버지의 노여움을 피하여 가출하게 되는데, 도중에 다른 남성의 유혹과 성적 요구에 직면했지만 끝까지 물리쳤고, 집을 떠난 온 여성의 몸으로 쌍둥이를 지키기 위해 허드렛일을 하는 등 심한 고난을 기꺼이 감수했다.

그리고 그녀의 수절 행위는 둘째 부인으로 받아들여지는 요인이 된다. 그녀는 이름과 신분을 속이고 시가의 일을 돕는 사람으로 들어갔고, 쌍둥이가 시아버지 정현의 품에 안겨 노는 것을 볼 수 있게 되었다. 마침내 여미주의 정체가 밝혀지기에 이르는데, 그때 여미주의 수절이 부각된다. 여미주의 수절 행위와 애정애욕적 행위를 두고 정씨 가문 안에서 격론을 벌이는 장면에서다.

시아버지(정현)를 비롯하여 시어머니(진부인), 시아버지의 첩실, 시삼촌(진효렴) 등은 그녀의 수절 행위를 두고 그녀가 지혜로운 여자라고 치켜세웠다.[24] 남편 정연경은 한 치도 물러서지 않고 여미주의 애정애욕적 성향을 부정적인 것으로 비난할 뿐이었다. 흥미롭게도 남편의 비난은 받아들

24 조광국, 「〈임화정연〉의 여미주 성격에 대한 고찰」, 『언어와 진실』, 2003, 495~515쪽.

여지지 않고, 여미주는 둘째 부인으로 들어앉게 된다. 그녀의 수절 행위 때문에 과거의 애정애욕적 행태가 부정적인 것으로 비판받지 않고 수용되는 것으로 마무리된 것이다.

그렇다고 해서 여미주가 과거에 보였던 애정애욕적 행태를 철저히 반성하는 모습을 보이는 것은 아니었다. 지난날의 애정애욕적 행태를 타박하는 남편을 대하면서 불평하지 않고 침묵하는 모습을 보였는데, 이는 여미주가 고생하는 동안 부덕을 갖추었기 때문이지, 자기의 애정애욕적 행태를 철저히 부정했기 때문은 아니었다. 이로써 여미주는 애정애욕형 악인에서 여사지향형 선인으로 거듭나는 과정에서 지난날 자신의 애정애욕적 행태를 철저히 부정하는 여성 인물과는 다른 지점을 확보한다.

이렇듯 〈임화정연〉에서는 유취랑과 여미주 두 여성이 애욕과 수절을 아우르는 애욕수절형 여성으로 창출되었다. 그중에 애욕수절형의 모습을 곡진하게 보여주는 인물은 여미주고, 부수적으로 보여주는 인물은 유취랑이다.

〈화문록〉은 〈임화정연〉과 마찬가지로 애욕수절형 여성에 호홍매와 소빙란 두 여성을 설정했다.[25] 그중 애욕수절형의 모습을 정면에서 보여주는 인물은 호홍매이고, 부수적으로 보여주는 인물은 소빙란이다.

먼저 호홍매에 대해 살펴보자. 화경·이혜란·호홍매의 일부이처 커플에서 정실 이혜란은 여사지향형 선인이고, 둘째 부인 호홍매는 애정애욕형 악인이다.

화경과 호홍매가 먼저 만났는데 서로 첫눈에 반한 사이였다. 호홍매는

25 장리화, 「〈화문록〉의 호홍매 연구」, 아주대학교 석사논문, 2019, 43~49쪽. 이 논문에서 애욕수절형이라는 용어를 사용했음을 밝혀둔다.

화경을 처음 보자마자 넋을 잃고 은근히 정이 일었다. 화경은 늘 그녀를 품에 안고 싶어 했으며, 호홍매는 화경과 결혼하지 않으면 죽어 고혼(孤魂)이 되겠다고 결심했다. 그때 화경과 이혜란이 양가 부친의 주도로 혼인하게 되는데, 화경은 이혜란을 물리치고 호홍매와 결혼하고 싶다는 뜻을 밝혔으나, 뜻대로 되지 않았다. 화경을 향한 사랑의 열정에 사로잡힌 호홍매는 결단코 '타인을 섬기지 않을 것'이라는 뜻을 밝히고 마침내 화경의 둘째 부인이 되었다. 친정 부친은 딸이 화경의 둘째 부인이 되는 것을 섭섭하게 생각했지만, 결국 결혼을 승낙했던 것은 화경을 향한 딸의 고집스러운 사랑을 인정하지 않을 수 없었기 때문이다.

호홍매는 둘째 부인이 된 후에 첫째 부인(이혜란)을 시기하여 이혜란 모자를 해치고자 했는데, 그 악행이 밝혀져 남편에게 쫓겨나고 만다. 그 후에도 호홍매는 첫째 부인을 살해하고자 했는데 그 살해 시도는 세 차례 걸쳐 이어졌다. 호홍매는 애정애욕형 악인으로 그려지는 것이다.

하지만 거기에서 비극적 종말을 맞지 않는다. 호홍매의 수절 행위가 인정받는 길을 확보하기 때문이다. 그녀는 쫓겨난 후 사영영에게 겁탈당할 위기에 몰리자, 강물에 몸을 던짐으로써 사랑하는 이를 위한 절개를 지키고자 했다. 훗날 첫째 부인이 그 점을 높이 사서 여자의 절행(節行)은 강상(綱常)의 대본(大本)이라며 호홍매를 옹호하고 나섰다. 이로써 호홍매는 애정애욕과 수절이 맞물리는 지점에 들어서게 된다.

그때 호홍매는 첫째 부인 이혜란에게 감화되어 자신의 악행을 뉘우치고 애정애욕형 악인에서 여사지향형 선인으로 거듭나기에 이른다. 그런데 그 지점에서 주목해야 할 게 있다. 그것은 호홍매가 정실을 향해서 시기 질투하며 악행을 저지른 것에 대해서는 반성했지만, 남편을 향한 애정애욕의 행태는 변함없이 고수했다는 것이다.

그 점에서 호홍매의 모습은 〈임화정연〉의 여미주와 비슷하다. 그런데 호홍매는 한 걸음 더 나아갔다. 훗날 여미주가 가출하여 고생하는 동안 부덕을 갖추게 되어, 지난날의 애정애욕적 행태를 타박하는 남편을 대하면서 불평하지 않고 침묵하는 모습을 보였다면, 그와 달리 호홍매는 여전히 자기의 애정애욕적 행태를 비난하는 남편을 대할 때 남편을 책망하면서 칼로 자해하는 행동을 서슴지 않았다. 그때 호홍매가 남편에게 쏟아낸 말을 보자.

> 명공의 말이 비록 쾌ᄒᆞ나 홀노 쳡의게 다다라 잔혹ᄒᆞ미 심ᄒᆞ도다 셕일 쳡이 허물 지음도 명공이 제가(制可)의 편벽(偏僻)ᄒᆞ무로 비로ᄉᆞ미라 명공이 만일 제가의 공번되고[공평하고] 쳡의게 엄졍히 경계ᄒᆞ여시면 쳡이 엇지 방ᄌᆞ(放恣)ᄒᆞ여 원비(元妃)를 ᄒᆡᄒᆞ리오 ᄋᆞ녀자로 ᄒᆞ여금 졈졈 교긍(驕矜)ᄒᆞ믈 길너 동노동혈(同老同穴)과 청산녹슈로 언약하니 어린 녀ᄌᆞ 독ᄒᆞᆫ 쥴 몰나 졈졈 ᄃᆡ죄의 ᄲᆡ지미 ᄯᅩᄒᆞᆫ 명공의 허물이로ᄃᆡ 이졔 다다라 홀노 쥰졀(峻節)ᄒᆞ미 이ᄀᆞᆺᄒᆞ니 쳡이 원컨ᄃᆡ 그ᄃᆡ 압ᄒᆡ셔 쥭어 마음을 쾌히 ᄒᆞ리니 ᄉᆞ오년 은의(恩誼)를 뉴련(留連)ᄒᆞ거든 시슈(屍首)를 거두어 무드믈 청ᄒᆞ노라(권7)

호홍매의 분노 어린 발언과 자해 행위에는 남편을 향한 자신의 사랑이 받아들여지지 않은 것에 대한 큰 반발감이 서려 있다. 그녀의 분노와 자해는 초지일관 화경 한 사람만을 사랑했고 그의 사랑을 얻어낼 수만 있다면 그것으로 충분하다는 평소의 생각이 받아들여지지 않은 데에서 나온 것이었다. 호홍매는 애욕과 윤리가 괴리되지 않는 여성 인물[26]로 부상한다. 즉, 호홍매는 오롯이 애욕과 수절을 아우르는 애욕수절형 여성으로 창출된다.

다음으로 소빙염을 보자. 이강·장씨·소빙염의 일부이처 커플에서 정실 장씨는 여사지향형 선인임에 반해, 둘째 부인 소빙염은 애정애욕형 악인의 모습을 보여준다. 소빙염은 호홍매에 비해 부차적으로 다루어짐에도 상대 남성에게 자신의 신분을 속이고 육체관계를 맺는 지점에 들어섰다는 점에서 그녀의 행위를 가볍게 넘길 수 없다.

소빙염은 남형제 소창의 친구인 이강의 얼굴을 엿보고 첫눈에 반하고 말았다. 며칠 동안 음식을 입에 대지 못하며 상사병에 걸리더니, 밤이 되자 염치를 버리고 이강의 침소로 나아가 자신이 부모 없는 천민이라고 속이고 이강과 육체관계를 맺었다. 이렇듯 소빙염의 애정애욕적 행태는 음욕적이고 성애적 성향을 띤다. 더욱이 소빙염은 호홍매에 비해 더 당돌한 행동을 취했기에 그녀는 악한 음녀로 그려지고 그 결말이 팜므파탈로 끝나도 전혀 이상할 게 없다.

하지만 소빙염은 거기에서 비켜난다. 육체관계를 맺은 후, 자신이 소창의 누이임을 밝히면서, 법도에 어긋난 행실을 할 수밖에 없었던 것은 이강의 풍모에 반했기 때문이라는 속마음을 털어놓았다. 그리고 이강에게 버림을 받으면 자문(自刎)함으로써 실절(失節)을 면하겠다는 의지를 밝히고, 이강에게서 훗날 재취하겠다는 약속을 받아냈다.

이처럼 소빙염의 첫눈에 반한 사랑 그리고 서슴지 않는 육체관계는 상

26 차충환, 「〈화문록〉의 성격과 장편 규방 소설에 접근 양상」, 『인문학연구』 7, 2002.

대 남성에게 전혀 거슬리지 않고 오히려 긍정적으로 수용되는 지점을 확보한다. 훗날 소빙염은 재실로 들어앉은 후, 정실을 질투하고 악행을 저질렀다가 남편에게 배척당한 호홍매와 달리, 시종일관 정실과 잘 지냈는데, 그것은 사랑의 열정이 충족되었기 때문이었다.

호홍매는 상대 남성과 동시에 첫눈에 반하는 사랑에 빠진 여성이라면, 소빙염은 자신이 먼저 남성에게 첫눈에 반한 모습을 보여준다. 어쨌든 두 여성의 애정애욕 서사는 첫눈에 반한 상대 남성으로부터 사랑을 받아냄으로써 행복한 결말을 맞는다. 〈임화정연〉과 〈화문록〉은 각각 두 명의 여성을 애욕수절형으로 설정했는데, 두 작품의 애욕수절형 여성을 비교해보면, 〈임화정연〉에 비해 〈화문록〉에서 애욕적 성향이 보다 강화되었다고 할 것이다.

5. 마무리

대소설의 양대 축은 가부장제 이념과 남녀 사랑(에로스)이다. 우리 소설에서 그런 사랑에 대한 이념 우위의 형식은 일찍이 〈사씨남정기〉와 〈창선감의록〉에서 처음 확립되었다. 두 작품에서 남녀 사랑은 가문 중심적 가부장제 이념에 의해 철저히 통제되는 양상을 보여준다. 남녀 사랑이 정신적인 사랑과 육체적인 사랑의 이분법적 구도로 설정된 것은 그 점을 잘 보여준다. 즉 앞엣것은 가부장제 이념에 부합하는 것이어서 행복한 결말을 맞고, 그 반면에 뒤엣것은 가문 존립에 정면 배치되는 것이어서

비극적 종말을 맞는다.[27]

그중 여성의 경우 정신적인 사랑과 육체적인 사랑은 각각 여사지향형 선인과 애정애욕형 악인의 배타적 대립구조를 형성하며 구현된다. 특히 위의 두 작품에서는 애정애욕형 여성이 애욕훼절형 여성으로 예각화되는데, 그러한 형식은 대소설의 초기 작품인 〈소현성록〉으로 이어졌다.

그런데 〈소현성록〉은 〈사씨남정기〉와 〈창선감의록〉과 다른 지점을 확보했다. 그것은 애욕훼절형에서 약간 비켜서 애정애욕형 상층 여성을 보완했다는 것이다. 하나 더 있다. 애정애욕형 여성 내지는 애욕훼절형 여성의 신분을 상층 가문의 딸로 설정하고 아내로서의 위상을 정실이나 셋째 부인으로 설정했다는 것이다. 이는 〈사씨남정기〉와 〈창선감의록〉에서 몰락 사족의 딸이 첩실이 되는 것과 대비된다.

요컨대 대소설 〈소현성록〉은 상층 가문을 다처제로 설정하여 정실이든 그 이하의 부인이든 상층 여성에 초점을 맞춰 애정애욕형 악인과 애욕훼절형 악인으로 스펙트럼을 넓혔다고 할 수 있다.

그 후로 상층 여성의 애정애욕을 더욱 완강하게 옥죄는 쪽으로 몰아가기도 했다. 〈벽허담관제언록〉 〈천수석〉에서다. 두 작품은 여사지향형 선인의 여성과 애욕훼절형 악인 여성의 선명한 대립구조를 설정한 것이다. 더욱이 두 작품에서 애정애욕적 성향의 여성은 부덕을 갖춘 여사지향형의 인물로 거듭나는 길이 철저히 차단된다.

그중 〈벽허담관제언록〉은 애욕훼절형 여성의 모습을 다섯 여성을 통해 반복적으로 밀도 있게 펼쳐냈다. 〈천수석〉은 그런 여성을 한 명으로

27 해당 문단의 내용은 『한국 고전소설의 이념과 사랑』(태학사, 2019) 27~37쪽의 내용을 요약한 것임.

초점화하여, 그녀와 상대남을 비윤리적이고 부도덕한 팜므파탈·옴므파탈 커플로 내세워 다른 군자형·여사지향형 커플을 대상으로 상대 교환을 꾀하고자 하는 지점까지 나아갔다. 〈사씨남정기〉와 〈창선감의록〉에서 선보인 팜므파탈·옴므파탈 커플보다 한 걸음 더 나아간 것이다.

한편 대소설은 그 이후 여사지향형 선인과 애정애욕형 악인의 대립 구도를 바탕으로 하되, 거기에 상층 여성의 애정애욕을 점차 수용하는 길을 열었고 그 편폭을 넓힘으로써 그런 성향을 긍정적으로 설정하는 흐름을 보이기도 했다. 대표적으로 〈현씨양웅쌍린기〉 〈명주기봉〉 연작과 〈유이양문록〉 그리고 〈임화정연〉 〈화문록〉에서다.

〈현씨양웅쌍린기〉 〈명주기봉〉 연작의 경우, 전편 〈현씨양웅쌍린기〉에서는 애정애욕형 악인에서 우인(愚人)으로 바뀌는 여성으로 육취옥을 설정했고, 속편 〈명주기봉〉에서는 애정애욕형 악인에서 여사지향형 선인으로 거듭나는 여성으로 사마영주를 설정했다. 육취옥은 애정애욕을 인정받는 길이 주어졌지만, 우둔한 여성으로 귀결되었고, 사마영주는 여사지향형으로 거듭나 시가에서 자리를 잡는 여성으로 창출되었다.

〈유이양문록〉은 애정애욕형 상층 여성이 수용되는 길을 확대했다. 먼저 악인에서 여사지향형 선인으로 거듭나는 여성을 둘로 확대하는 한편, 여사지향형 선인에 애정애욕적 성향을 가미한 여성을 새롭게 설정했고, 애욕훼절형 악인에게 죽음 대신에 삶의 길을 부여하기도 했다.

〈임화정연〉과 〈화문록〉은 〈유이양문록〉에서 더 나아가 새롭게 애욕수절형 여성 인물을 설정했다. 애욕수절형 여성은 애욕적이고 음욕적인 모습을 보이지만 사랑하는 이를 향한 수절을 수반함으로써 긍정적으로 수용되는 지점을 확보한 것이다. 흥미롭게도 해당 여성은 애정애욕적 행태에 대해 철저히 반성하는 모습을 보이지는 않는다. 〈임화정연〉의 여미주와 유취랑이 그렇고 〈화문록〉의 호홍매와 소빙염이 그렇다. 특히 〈화문록〉의 애욕수절형 여성은 자기의 애욕적 행태를 비난하는 남편에게 분노를 터뜨리며 정면 돌파하는 것으로 되어 있다.

일반적으로 대소설은 여성의 애정애욕에 대한 가부장제 이념의 우위 형식을 지닌다. 그 형식을 보여준 대소설 초창기 작품이 〈소현성록〉이고, 그 형식을 더욱 견고하게 한 작품이 〈벽허담관제언록〉과 〈천수석〉이다. 한편 〈현씨양웅쌍린기〉 〈명주기봉〉 연작과 〈유이양문록〉 그리고 〈임화정연〉과 〈화문록〉은 그러한 형식을 유지하면서도 가부장제 이념에서 자유롭기를 바라는 상층 여성의 애정애욕적 성향을, 제한적이지만 긍정적으로 펼쳐낸 대소설에 해당한다. 일정 부분이지만 그 작품적 비중은 작지 않으며, 우리 소설사에서 간과할 수 없는 지점이다.

II [보론] 천민 기첩의 팜므파탈
〈청백운〉

1. 문제 제기

본고의 목적은 〈청백운〉[1]에서 기녀로 등장하는 나교란과 여섬요 2인의 인물 형상에 대해 살펴보고 이를 바탕으로 이들 기녀 자의식 표출의 시대적 의미를 추출해 보는 데 있다. 이 작품에서 기첩(妓妾)의 이야기를 심도 있게 다루고 있는바, 두 기생이 펼쳐내는 욕망과 삶의 궤적은 작품에서 큰 비중을 차지한다. 기녀가 두 명인 것도 그 위상이 크다는 것을 시사한다.

그간 나교란·여섬요에 대해 언급한 선행 연구는 이렇다. 먼저 정병욱 교수는 두 기생의 욕망 충족 과정에서 구질서의 해체를 읽어냈다. 이 견

* 「〈청백운〉에 구현된 기첩 나교란·여섬요의 자의식」(『정신문화연구』 통권91, 2003, 135~155쪽)의 제목과 일부 내용을 고쳤음.

1 한국정신문화연구원 장서각본(10권 10책). 창작 연대 및 작자, 필사연대가 밝혀지지 않았다. Skillend의 작품 목록에는 제목이 보인다. 원래 이 작품은 낙선재 소장본이었는데 현재 한국정신문화연구원 장서각에 소장되어 있다. 김기동이 편찬한 『필사본 고전소설전집』 24(아세아문화사, 1983)에 영인 되어 있다. (이하 인용문에서 제목 〈청백운〉은 생략)

해는 일군의 낙선재본 소설을 해명하는 중에 나왔는데, '조선왕조 말기 소설'이라고 언급한 데서 알 수 있듯이 거대 담론의 성향을 띤다.[2] 그 후로 여러 편의 논문이 나왔지만[3] 두 기생의 욕망에 대한 심도 있는 논의는 미흡한 편이었다.[4]

본격적인 연구와 함께 두 기생에 대한 분석이 비교적 상세하게 이루어진 것은 장기정의 논문에서다. 그는 작품의 대칭구조 및 작가 의식에서의 양면성을 위주로 논의하면서 두 기생의 악행에 대한 논의를 일부 할애했다. 그 후 이승복은 처첩 갈등의 가정소설과 가문소설을 다루는 자리에서 이 작품을 부부관계 축이 강조되는 유형(〈일락정기〉 〈쌍선기〉 〈청백운〉)으로 분류하고, 별도 항목을 설정하여 이들 작품의 부실과 첩실의 욕망을 제시했다.[5] 그런데 앞의 두 연구자의 시각이 나교란·여섬요의 신분인 기녀 신분에 초점을 맞춘 게 아니어서 여전히 논의할 여지가 있다.

내가 기녀 자의식(妓女自意識)에 초점을 맞추어 논의하고자 하는 것은

---

2 정병욱, 「이조 말기소설의 유형적 특징」, 1969.

3 줄거리를 제시한 김기동이 있었고, 그 후 인물, 갈등, 플롯, 위기를 중심으로 한 유병환의 연구가 뒤따랐다. 그리고 장편소설의 현황을 설명하는 자리에서 이 작품이 두 기생이 일으키는 문제를 형상화하고 있다는 조동일의 언급이 있었다. (김기동, 『한국고전소설연구』, 교학연구사, 1983, 540~542쪽; 유병환, 「〈청백운〉 연구-분석과 발전적 요소 검출-」, 『한국문학연구』 6·7

4 남상득은 〈구운몽〉 〈사씨남정기〉와의 구체적인 대비를 통해 〈청백운〉의 소설사적 위상을 밝혔다. 여전히 두 기생의 비중을 과소평가하고 있으며 그 결과 〈청백운〉의 소설사적 위상을 밝히는 데에는 한계가 있다. (남상득, 「〈청백운〉의 고소설사적 위상-〈구운몽〉 〈사씨남정기〉와의 서사구조 대비 및 발전적 양상을 중심으로-」, 공주대 석사논문, 1996, 56~58쪽)

5 장기정, 「〈청백운〉 연구」, 서울대 석사논문, 1987; 이승복, 「처첩 갈등을 통해서 본 가정소설과 가문소설의 관련 양상」, 서울대 박사논문, 1995, 57~77쪽; 이승복, 『고전소설과 가문의식』, 월인, 2000, 71~3쪽.

다음과 같은 이유에서다. 기녀 자의식이 긍정적인 서술 시각으로 뒷받침되든 아니면 부정적인 서술 시각으로 형상화되든, 그런 기녀의 자의식은 근대로 이행하는 과정에서 나타나는 현상이라고 보기 때문이다.

여기서 정병욱 교수의 주장이 새삼 주목할 만하다. 그는 나교란·여섬요가 부정적 인물이긴 하지만 욕망 충족의 면모를 충실히 보여주고 있다는 점에서 근대적인 성향을 보인다고 평가했다. 이 견해는 〈청백운〉에서 기녀의 욕망이 상세하고 생동감 있게 구현되었다는 점에서 설득력을 지니지만, 그 논의가 기녀의 욕망과 행위를 직접적이고 직관적으로 언급한 것이어서, 섬세한 논의가 뒤따라야 한다고 본다.

그 일환으로 기녀의 특수천민 신분과 자의식에 대한 심도 있는 논의와 기녀의 인물 형상과 서술의식의 관계에 대한 논의가 이루어져야 한다. 단적으로 두 기생의 자의식이 적극 표출되고 있지만, 두 기생에 대한 서술의식이 부정적으로 흐르고 있는데, 이와 같이 서로 엇갈리는 것을 어떻게 보아야 할까, 그에 대한 해명이 있어야 한다. 그와 관련하여 기녀의 자의식과 기녀에 대한 서술의식의 괴리·상충이 극대화되고 있고 그게 조선 후기의 사회 현상과 맞물린다는 것을 읽어낼 수 있다면, 그 지점에서 두 기생의 자의식을 근대지향성의 차원에서 논의할 수 있을 것으로 보인다.

나는 기녀담과 기녀 등장소설을 대상으로 기녀 자의식을 해명하는 작업을 한 바 있는데,[6] 그 연구는 〈청백운〉의 기녀 자의식을 규명하는 데 도움을 줄 것으로 보인다. 본 연구는 다음과 같은 순서를 밟는다. 첫째, 서사 세계에서 나·여 두 기생이 보여주는 삶의 궤적이 큰 비중을 차지하

6 조광국, 『기녀담 기녀 등장소설 연구』, 월인, 2000.

고 있음을 살펴볼 것이다. 이는 두 기생의 자의식이 삽화적인 것이 아니라 작품의 근간 구조에까지 영향을 미치고 있음을 확인하는 작업이 된다. 둘째, 나·여 두 기생의 욕망과 행위를 살펴보고 이를 통하여 기녀 자의식의 면면을 살펴보고자 한다. 셋째, 이상의 논의를 토대로 두 기생의 자의식을 조선 후기 소설의 흐름 속에서 살펴보고, 그 자의식이 조선 후기 사회에서 어떤 의미가 있는 것인지, 가늠해 보고자 한다.

2. 기첩 문제의 작품 내적 위상

먼저 〈청백운〉의 서사적 흐름을 제시하면 다음과 같다. 다음 표는 서사적 흐름에 따라 주요 내용을 작품의 권수에 맞추어 정리한 것이다.

표

번호	내용	권수
①	두쌍성이 선도에 입문 및 하산	권1
②	두쌍성·호강희의 결연 및 화락	권1
③	두쌍성 장원급제 및 출사	권1
④	두문·한문·호문 3문의 통혼	권2
⑤	'두쌍성-두 기생(나교란·여섬요)'의 성관계 및 결연	권2, 권3
⑥	두 기생의 정실 호강희 무고 및 한현진 부부 모해	권4
⑦	두 기생의 결탁·간음 및 살해 모의·사주	권5
⑧	정실 호강희의 위기 모면 및 정실 모녀의 해배	권6
⑨	두 기생의 도주 및 나교란·목평질의 서하왕 의탁	권6, 권7

번호	내용	권수
⑩	나교란의 충동질로 서하왕의 침입, 두쌍성의 출정	권7
⑪	정실 호강희의 두쌍성 구호 및 두쌍성의 총기 회복	권8
⑫	나교란을 비롯한 악류 치죄	권9
⑬	두쌍성과 한현진의 공적	권9
⑭	여섬요 치죄	권9
⑮	두문·한문·호문의 2대들의 결연	권10
⑯	3문 가부장의 강호가도 및 선도로의 입문, 별세	권10

〈청백운〉의 서사는 크게 16개 단위로 요약된다. 그리고 그 서사는 크게 선도(仙道)와 관련되는 것, 가문연대와 관련되는 것, 기첩에 관련되는 것, 이렇게 세 가지로 묶을 수 있다.

선도와 관련되는 것을 보면, '선도 입문', '세상 출타', '선도 재입문'으로 이어진다. ①과 ⑯이 각각 '선도 입문'과 '선도 재입문'에 해당하는 것이고 나머지 항목은 '세상 출타'에 해당한다. 주인공 두쌍성은 어려서 스승 진도남의 눈에 띄어 선도에 입문한다. 진도남은 모친 설부인의 동의를 얻는데, 설부인과 진도남은 친척관계로 설정되어 있다. 그다음 두쌍성은 예정된 운명에 따라 세상으로 잠시 나가 입신양명과 환란을 거치다가 결말 지점에서 선도에 재입문한다. 그때 두쌍성은 한현진, 호승수와 동반하는데, 이는 선도 지향의 서술의식이 확대된 것에 해당한다.

작품 제목에서 백운은 강호가도를 누리는 생활을 의미하며, 청운은 벼슬길을 뜻한다. 서사 세계는 주인공이 청운의 길로 나아가 입신양명하여 부귀공명을 누리다가 사직한 뒤 강호가도를 향유하다가 신선처럼 별세하는 길을 밟는 것으로 되어 있다.

> 다ᄀᆞᆺ튼 삼ᄉᆞ 국공으로 명졀(名節)을 쳥운(靑雲)의 셰우고 념양은 ᄇᆡᆨ의ᄅᆞᆯ 밧고와 조셰에 왕졍의 우의ᄒᆞ고 듕년(中年)의 상ᄌᆞ의 퇴귀(退歸)ᄒᆞ야 삼십년 경종을 안향ᄒᆞ고 ᄉᆞ십년 님쳔(林泉)의 방일(放逸)ᄒᆞ야 나라ᄒᆡᄂᆞᆫ 진튱ᄒᆞᆫ ᄒᆞᆫ 신ᄒᆡ되고 집의 유복ᄒᆞᆫ 한아비되야 계산 누ᄃᆡ의 싸ᄒᆡ 신션(神仙)을 기리지어 슈귀부다남ᄒᆡ로 지낙(至樂)을 겸ᄒᆞ야 나히 구십 ᄀᆞᆺ가이 호연이 도라오니 이 아니 옥뎨 향안젼의 황졍경 일ᄌᆞᄅᆞᆯ 그ᄅᆞᆺ 닑고 잠간 인간의 젹강ᄒᆞ미런가(권10)

신선의 생활은 물론이고 강호가도 또한 선도와 밀접한 관련을 맺고 있다. 이러한 선도 지향의 구조를 큰 틀로 하면서 이 작품은 다시 가문연대와 관련되는 구조와 기첩에 관련되는 구조로 나뉘게 된다. 가문연대와 기첩, 이 두 가지는 선도 지향의 구조에서 보면 '세상 출타'의 항목(②~⑮) 안에서 이루어지는 것들로서 서로 대조적인 짝을 이룬다. 즉, 가문연대는 부귀공명의 극치를 보여주는 반면에, 기첩 문제는 주인공들의 고난을 형상화한다.

가문연대와 관련되는 것을 살펴보자. 두·한·호 3문은 연쇄적인 혼맥을 형성함으로써 연대가문(連帶家門)으로 부상한다. 3문은 자녀로 각각 남매 2명을 두는데, 이들 남매가 꼬리에 꼬리를 무는 방식으로 두쌍성·호강희 부부, 호승수·한경의 부부, 한현진·두혜화 부부로 맺어지게 된다. 두쌍성·호강희 부부와 두혜화·한현진 부부가 맺어진 다음, 호승수·한경의 부부가 맺어지는 양상을 보이는데, 그 결연 과정이 순탄한 것은 아니다. 예컨대 호승수·한경의 결혼은, 호승수가 모친 진부인의 유배지 계주에 머물던 중, 마침 계주 자사로 부임한 한현진이 누이 한경의와 호승수의 혼약을 이행하는 것으로 되어 있다. 이들의 결혼은 어려운 중에도 신의를 중시하는 모습을 보여준다. 그리고 두쌍성·호강희 부부는 혼인한 후에 기첩들의 시기와 모해로 온갖 고통을 겪은 후 재회하는 것으로 되어 있다.

흥미로운 것은, 두·한·호 3문이 사회와 국가에 이바지하는 가문연대 세력을 이루어 나간다는 것이다. 두쌍성과 한현진은 각각 1등, 2등으로 급제한 인재들로서 친한 친구가 되어, 변방의 도발을 진압하고 도탄에 빠진 백성들을 위무한다. 호승수는 이들보다 조금 뒤에 장원급제하여 주요 내직을 맡는다. 두쌍성, 한현진, 호승수는 각각 오국왕, 월국왕, 위국왕에 봉해지고 그 정실들도 수국부인, 월국부인, 위국부인에 봉해진다. 서술자의 말을 빌리자면, '삼공이 요직을 나누어 거하여 각각 중임을 맡으매 사사에 근심하고 시시로 상면하여 … 촉촉한 계교를 잊지 아니하더라'(권10)에서 보듯, 이들 3 가문의 가부장은 국가의 동량이 되었다. 이들의 후손들인 2대 역시 국가의 중심 관료가 된다. 작품 말미에서 그 점이 요약적으로 강조되어 있다.

> 한호 냥공 입조 ᄉᆞ업은 각〃 본젼의 ᄌᆞ셔ᄒᆞ고 ᄌᆞ숀부녀의 셩취시말은 다 쇽의의 이시ᄆᆡ 다만 ᄎᆞ셔와 ᄌᆞ녀 다쇼만 별노 긔록ᄒᆞ고 손항 이하 ᄉᆞ젹은 졈〃만하 ᄎᆞ편의ᄂᆞᆫ 번다ᄒᆞ야 ᄡᅳ지 못ᄒᆞ나 후ᄅᆡ의 두한호 삼가의 명보현신과 문장긔졀이 셔로 무리지어 나 대숑이 맛도록 뇽현훤혁ᄒᆞ니 오희라 삼가의ᄂᆞᆫ 동긔되고 계ᄂᆞᆫ 급난의 깁허도다(권10)

위 내용은 연작이나 파생작이 있음을 암시하는데, 그게 사실이 아닐 수 있다. 그보다 위 내용에서 주목할 것은, 이 작품이 가문연대를 재확인하고 있다는 것이다. 이에 혼맥을 바탕으로 하는 가문연대가 비중 있는 서사구조로 자리를 잡는다고 할 수 있다.

다음으로 기첩에 관련되는 구조를 살펴보기로 한다. 기첩 이야기는 작품의 많은 부분을 차지한다. '세상 출타'의 이야기가 ②~⑮ 항목에 해당하는데, 그중에서 ⑤, ⑥, ⑦, ⑨, ⑩, ⑫, ⑭ 등 7개 항목이 기첩과 직접적인 관련이 있으며, 또한 ⑧(정실 호강희의 위기 모면 및 정실 호강희 모녀 해배 이야기)과 ⑪(정실 호강희의 두쌍성 구호 및 두쌍성의 총기 회복 이야기), 2개 항목도 두 기생의 시기와 모해로 야기된 것이다. 기첩 문제와 직접적 간접적으로 관련된 이야기는 총 16개 항목 중 9개 항목으로 반절 이상을 차지하고 있는 셈이다. 기첩에 관련된 구조가 작품에서 큰 비중을 차지한다고 할 것이다.

이에 상응하여 두 기첩이 야기하는 문제는 가정 차원에서 사회 차원으로, 다시 국가 차원으로 확대되는 양상을 보여준다. 가정 차원의 문제에 해당하는 것으로 두 기생이 호강희의 타이름을 곡해하여 호강희와 그 모친 진부인을 변방으로 귀양 가게 함으로써 두문의 가정을 혼란에 빠뜨리고, 정부(情夫)와 육체적인 관계를 맺는 것을 들 수 있다. 이로 인해 두문은 도덕성이 훼손될 뿐 아니라 폐문의 위기에 처하게 된다.

사회 차원의 문제로는 두 기생이 두문·한문·호문에 위해를 가하는 것을 들 수 있다. 두 기생은 한현진·두혜화 부부가 자신들의 잘못을 꾸짖자, 그들을 모함하여 유배 가게 한다. 이로써 호승수·한경의의 혼약이 깨질 상황에 놓이게 된다. 이는 두 기생의 악행이 두문, 한문, 호문에 대한 위협이자, 3문 사이에 형성된 가문연대에 대한 위협 요소임을 잘 보여준다. 3문의 연대는 세 가문 사이의 혼맥을 통해 형성된 것으로 그 자체가 작은 사회라고 할 수 있는바, 두 기생의 3문에 대한 위협은 사회 차원의 문제에 해당한다.

국가 차원의 문제로는 두 기생의 도주 및 적국 왕 사주, 송나라 침입 등이 있다. 두 기생은 각각 송 왕실의 궁녀와 서하왕의 후궁으로 신분을 바꾸는데, 그 중 나교란은 변방 서하왕의 후궁이 되어 서하왕을 부추겨 송나라를 침입하게 함으로써 나라를 위기에 빠지게 한다.

두 기생에 의하여 국가가 위기에 빠지게 된 것은 역사적 사실을 수용한 것이 아니다. 나교란이 서하왕 조원호를 충동질하여 송나라를 침입한 것은 문학적 형상의 차원에서 허구적으로 설정된 것이다. 역사적 사실과 일치하지 않더라도 역사상 그와 비슷한 사례가 있었던바, 그러한 것을 작품에서 허구적으로 설정한 것은, 기녀에 의해서 국가가 위기에 빠질 수도 있다는 생각을 담아낸 것이라 할 수 있다.

이상, 〈청백운〉의 중심적인 서사 구조로는 선도 문제와 관련되는 것, 가문연대 문제와 관련되는 것, 기첩 문제와 관련되는 것 등 세 가지를 꼽을 수 있다. 그중에 기첩 문제와 관련된 것이 총 16개 항목 중 9개 항목이나 되고, 더욱이 그 분량이 〈권2말〉에서 〈권9〉에 걸쳐 총 10권 중 8권 정도를 차지하거니와, 사건의 핵심적인 흐름이나 분량 면에서 보아 세 가지 중에서 상대적으로 비중이 큰 것은 기첩 문제라 할 수 있다.

그 점을 다른 각도에서 재차 확인해 볼 수 있다. 여기에서는 가문연대 문제와 기첩 문제 중에서 어떤 것이 비중이 더 큰지 확인해 보고자 하는데, 편의상 '세상 출타' 대목을 중심으로 다른 대소설과 비교하고자 한다.

〈청백운〉의 가문연대는 〈임화정연〉의 가문연대와 비슷한 양상을 보이지만, 〈임화정연〉에서 가문연대는 작품의 중심적인 구조임에 비해, 〈청백운〉에서는 그런 성향이 약한 편이다. 복수 가문 출신의 복수 주인공이 활약하는 내용을 골자로 하는 〈임화정연〉과는 달리, 〈청백운〉에서는 두문을 중심으로 한문과 호문이 결탁하는 양상을 보여준다.[7] 결국 〈청백운〉은 중심 가문인 두문의 문제를 주로 다루고 있다 할 것인데, 두문의 현안은 바로 나·여 두 기생의 문제로 모인다.

이에 다음 순서로 두 기생의 성격 형상에 대해 상세히 고찰해 보고자 한다.

3. 기녀 나교란 · 여섬요의 성격 형상

나교란·여섬요 두 기생의 성격을 살펴보기 위해, 앞의 〈표〉에서 제시된 ⑤, ⑥, ⑦, ⑨, ⑩, ⑫, ⑭ 등 두 기생의 악행과 직접 관련이 있는 7개 항목을 추려보면 다음과 같다.

⑤ '두쌍성-두 기생(나교란·여섬요)'의 성관계 및 결연

⑥ 두 기생의 정실 호강희 무고 및 한현진 부부 모해

⑦ 두 기생의 결탁·간음 및 살해 모의·사주

---

7 이러한 점에서 〈청백운〉에서의 가문연대는 〈소현성록〉 〈소문록〉과 비슷한 양상을 보여준다. 이들 작품에서는 다른 가문들과의 정치적 연대가 나타나지 않는 것은 아니나, 이는 부수적으로 다루어지며, 가문 간의 연대와 결합보다는 특정한 한 가문의 발전과 흥왕에 서사의 초점이 놓여 있다. 반면에 〈임화정연〉에서는 한 가문에 한정되지 않고 여러 복수 가문에 걸쳐 가문의 대표적인 인물들이 동시에 출전하여 공을 세우고 마침내 사회와 국가 질서를 지탱하는 세력으로 성장하는 양상을 보여준다. 즉 〈임화정연〉은 '복수 가문의 벌열적 연대'를 구성원리로 하여 작품세계의 통일성을 확보하고 있다. (조광국, 「〈임화정연〉에 나타난 가문연대의 양상과 의미」, 『고전문학 연구』 22, 한국고전문학회, 2002)

⑨ 두 기생의 도주 및 나교란·목평질의 서하왕 의탁

⑩ 나교란의 서하왕 충동질(침략), 두쌍성의 출정

⑫ 나교란을 비롯한 악류 치죄

⑭ 여섬요 치죄

두 기생은 자신들의 욕망을 충족하기 위해서라면 어떤 수단도 가리지 않는다. ⑤에서 두 기생은 두쌍성을 미혹하기 위하여 어부업은주, 산가옥액주, 동정항감주, 포도주, 낙양춘 등 여러 가지 이름난 술로 두쌍성을 취하게 한 다음, 두 기생은 함께 두쌍성과 육체적인 관계를 맺는다. 두쌍성을 1:2의 농염한 성관계로 끌어들인 것이다.

> 아무리 본ᄃᆡ 문의 의지ᄒᆞ야 우ᄉᆞᆷ을 드리ᄂᆞᆫ 슈단으로 임의 쥬랑의 풍뉴ᄅᆞᆯ ᄃᆡᄒᆞᄆᆡ … 비린 거ᄉᆞᆯ 보ᄆᆡ 엇지 ᄉᆞᆷ키지 아니ᄒᆞ리오 이에 셔로 더브러 관을 벗기며 옷ᄉᆞᆯ 글너 슈침의 평안이 ᄒᆞ고 촉을 믈니며 향을 ᄉᆞᆯ오ᄆᆡ 원앙금니의 ᄒᆞᆷ긔 나아 안ᄌᆞ니 … 시랑이 밤즁은 ᄒᆞ야 ᄭᆡ치니 두 미인이 좌우로 뫼셔 온유향이 머지 아니ᄒᆞᆯᄉᆡ 드ᄃᆡ여 취흥을 이긔지 못ᄒᆞ여 년화치ᄅᆞᆯ 잡으니 무산의 ᄭᅮᆷ이 젼도ᄒᆞᆫ지라(권2)

이들은 두쌍성의 건강이 악화될 지경에 이르도록 성적으로 농락하고 미혹하였다. 이러한 음탕한 자질은 이들이 창기로 지냈던 전력에서 비롯된 것으로 두쌍성과 혼인 이후에도 지속된다. 두 기생은 저질적인 음행에 대해 일말의 죄의식도 지니지 않는다. 오히려 두 기생은 음행을 자신들의 또 다른 욕망 달성하기 위한 수단으로 삼을 뿐이다.

두 기생에게 자신들의 욕망을 달성하기 위해 타인에게 고통을 안겨주고, 사회와 국가에 혼란을 안겨주는 것쯤은 대수롭지 않았다. 오히려 자신들의 욕망을 성취하는 데 방해가 된다고 여기면, 그 대상이 누구든 가리지 않고 심지어 남편일지라도 공격의 대상으로 삼는다.

단적으로 두문에 들어간 후 두 기생은 향을 피우고 결의하여 의자매를 맺고 매사에 공동으로 대처하기로 했다. 주색가(酒色歌)로 남편 두쌍성을 미혹하고, 겉으로는 정실 호강희를 칭송하는 체했다. 그때 정실 호강희가 남편을 잘 모시라고 충고하자, 두 기생은 호강희를 공동의 적으로 삼고 호강희가 제때 옷을 대주지 않아 너덜너덜한 옷을 입을 수밖에 없다고 모함했다. 그리고 남편이 노래를 불러달라고 요구하면 호부인이 남편에게 노래를 부르지 못하게 했다고 모략했다.

그리고 두 기생은 호강희의 시비인 춘파를 자기편으로 끌어들이려 했고, 호강희가 설부인과 두쌍성을 비방했다고 거짓말하기도 했다. 심지어 여섬요는 거짓으로 잉태한 것으로 꾸미고 호강희가 준 독약을 먹고 낙태하였다고 참소했고, 별원에 불을 지르고 호강희의 소행으로 뒤집어씌웠다.

또한 이들 두 기생은 자신들에게 방해가 되는 한현진·두혜화 부부를 두문에서 떼어놓기 위해 악행을 서슴지 않았다. 두쌍성에게 충고하는 한현진과 자신들을 꾸짖는 두혜화에게 앙심을 품고, 한현진을 계주 자사로 나가게 했고, 귀양 가는 호강희를 살해하라고 사주했다. 그 과정에서 두 기생은 목평질, 어사 초악 등과 결탁하여 뇌물수수와 간음을 일삼았다.

하지만 두 기생은 자신들의 죄상이 밝혀지게 되어 도주하는데 그때 남편 두쌍성을 향해 분노를 터뜨렸다. 두쌍성을 이용하려고 했다가 그게 여의치 못하게 되었기 때문이었다. 애초에 두쌍성의 첩실로 들어 앉을 때부터 두쌍성의 생각이나 입장은 전혀 고려하지도 않았다.

두쌍성을 향한 두 기생의 복수심은 더욱 커져 갈 뿐이었다. 훗날 나교란은 간부 목평질과 함께 성명을 고치고 서하왕의 후궁이 되어 왕을 부추겨 중국을 침범케 했다. 이번에도 두 기녀는 서하왕을 자기들의 욕망을 달성하기 위한 수단으로 삼았다. 예컨대 서하왕의 충신인 모용충이 중국 침략을 반대하자, 두 기녀는 왕에게 모용충을 참소하여 변방으로 귀양을 보낸 후에 기어코 서하왕이 중원을 침략하도록 꾀었다. 하지만 서하왕이 패배하자, 거짓 항복하게 하여 두쌍성을 살해하도록 종용했다. 한편으로 여섬요는 중국 송 황실의 궁녀가 되어 두쌍성에게 복수할 기회를 엿볼 뿐이었다.

두 기생은 처음부터 끝까지 일관되게 부정적인 인물로 그려진다. 이들에게서 회개나 회심의 모습을 전연 찾아볼 수 없다. 이러한 두 기생의 모습은 '창루의 천한 것이라 이 요계를 일움을 원하고 멀리 신세를 의지함을 계교하매 음란한 행실을 조금도 기탄치 아니하니 세간 주색에 침혹하는 자가 그 가히 진계할진저'(317면)라는 서술자의 진술에 잘 담겨 있다.

두 기생의 악한 형상은 우리 고전소설에서 찾아보기 어려울 정도이다. 〈낙천등운〉에 창기로 전락한 여성의 삶이 구체적으로 펼쳐져 있지만 〈낙천등운〉에서는 〈청백운〉과 같이 기녀들의 악행이 상세하게 그려지지는 않는다.

〈낙천등운〉에는 여성을 요구하는 무리(고관대작이나 가능난과 같은 巨商), 여성을 팔아넘기는 무리(동전채과 석묘랑), 거래 대상이 되는 여성군(동예아, 하선, 혜랑), 창가를 상업적으로 운영하는 무리(후선·가도삼 부부와 후마) 등 네 가지 인물군이 서로 얽혀 있는 모습을 보인다. 그중에서 넷째 부류의 인간군은 창가를 운영하는 무리로 중매의 차원을 넘어서 거대한 인신매매 집단을 형성하며 막대한 실리를 챙기는 악행을 서슴지 않는다.[8]

〈낙천등운〉에서는 기녀의 악행보다는 인신매매를 일삼으며 매음굴을 운영하는 무리가 제시되고, 기녀는 피해자로 그려질 뿐이다. 그와 달리 〈청백운〉에서 두 기생이 자신들의 욕망을 성취하려는 인물로 부상하며, 개인적 욕망을 성취하기 위해 수단과 방법을 가리지 않는 인물로 그려진다. 그렇다면 이들 두 기생의 부정적 행위의 이면에 자리 잡은 욕망이 무엇인가를 살펴볼 차례이다. 이들 두 기생의 욕망은 정욕과 정실 획득 욕망이다.

먼저 정욕을 보자. 두 기생에게는 정욕이 지나쳐서 정조는 전혀 고려할 것이 아니었다. 이들은 두쌍성과 육체적 관계를 맺기 전부터 창모 목건랑의 아들인 목평질 그리고 어사 초악과 정분을 맺었으며, 두쌍성의 첩실로 들어앉고서도 이들과 육체적인 관계를 지속했다. 두쌍성의 첩실로 들어앉은 두 기생은 자신들의 처지를 부자유스럽다고 여기면서 청루에서 여러 남자를 상대하던 지난 시절을 그리워했을 정도다.

다음으로 정실 획득 욕망을 살펴보자. 두 기생의 정욕은 정실을 차지하려는 욕망과 밀접한 관련이 있다. 두 기생이 가장 원했던 것은 정실이 되는 것이었다. 두 기생이 두쌍성을 유혹한 것도, 호강희를 모해한 것도, 그 과정에서 목평질이나 초악과 불륜관계를 맺은 것도 모두 정실이 되기 위한 것이었다.[9] 두 기생은 두쌍성에게 자신들을 정실로 삼아달라고

8 이상택, 「낙천등운고」, 이화여대 한국어문학연구소(편), 『영인교주 한국고대소설총서 I』, 이대출판부, 1971; 조광국, 앞의 책, 342-343쪽.

9 우리 당초 언약이 텬하롤 평명ᄒᆞᆫ 후 홍구롤 난화가져 쟈호롤 홈긔 빗ᄂᆡ쟈 ᄒᆞ더니 이제 원

간청하지만, 두쌍성이 선대로부터 첩으로 처를 삼은 예가 없다고 거절하자, 이에 두쌍성에게 앙심을 품기에 이른다.

㉠ 일싱지원이 원비 두 ᄌᆞ의 잇ᄃᆞ가 ᄯᅩ 이곳의도 엇지 못ᄒᆞ믈 듕심의 ᄒᆞᆫᄒᆞ니(권7)

㉡ 두빵셩은 쳡의 큰 원쉬라 쳥컨ᄃᆡ 이 집을 도륙ᄒᆞ고 져어ᄉᆞ 초악은 신의게 여텬ᄒᆞᆫ 덕과 난망ᄒᆞᆯ 은혜이실 쁜 아냐 ᄌᆡ식이 츌뉴ᄒᆞ고 튱의 과인ᄒᆞ니 이 ᄉᆞ람을 듕임을 맛지시면 대왕이 고침언와ᄒᆞ샤 근심이 업ᄉᆞ리이다(권7)

㉢ 교녜 우러러 보고 ᄌᆞ탄왈 내 져런 ᄉᆞ람을 길ᄂᆡ 셤기지 못ᄒᆞ고 셔하왕도 즉시 여희니 나의 팔ᄌᆡ 긔궁ᄒᆞ도다(권9)

㉠은 나중에 죄가 발각되어 달아났던 나교란이 서하왕 조원호에게 의탁하지만 서하왕의 원비가 되지 못하고 후궁에 머물게 되자, 그러한 자신의 처지를 낙담하는 정황에 대한 진술이다. 나교란이 서하왕에게 의탁하여 송나라를 침략하도록 충동질한 근본적인 이유는 정실로 받아주지 않는 두쌍성에게 복수하고자 했기 때문이다. ㉡은 그러한 나교란이 서하왕을 충동질하는 대목이다. 자신을 사랑하였던 두쌍성은 미워하고 그녀와 불륜관계를 맺고 있던 초악은 두둔하고 있다. ㉢은 나교란이 두쌍성

비의 위 오ᄅᆡ 븨엿시니 샹셔의 쁫이 일양돈연ᄒᆞ니 무슴 쾌ᄉᆡ 잇ᄂᆞ뇨 ᄌᆡ믈 모호기로 ᄒᆞ면 젼븟터 슈노키의셔 나은 기예 잇고 셰간살기로 ᄒᆞ면 슬흔 잠ᄭᆡ여 슈고 만ᄒᆞ니 편ᄒᆞ고 한가ᄒᆞ기 어이 호시의 후ᄒᆞᆫ ᄃᆡ졉 바들 졔만 ᄒᆞ리오 가만이 두면 괘 나기 쉬워 만일 상셰 장가 들면 이ᄂᆞᆫ 패공을 죽이ᄆᆡ ᄯᅩ 패공이 삼기미라 젹년 경영이 엇지 헷수괴 아니리오 맛당이 ᄡᅵ롤 일치 말고 힘뻐 도모ᄒᆞ리니(권5)

에 이어 서하왕에게도 정실로 받아들여지지 못한 자신의 박복한 처지를 한탄하는 대목이다.

여섬요가 송 황실의 궁녀가 된 것도 자신을 첩으로 삼아주지 않는 두쌍성에게 훗날 복수하기 위해서였다.

> 교녜 깃거 왈 내 이졔 ᄒᆞᆫ번 가면 벅〃이 하쥬ᄅᆞᆯ 농낙ᄒᆞ리니 현뎨 ᄯᅩ 힘혀 우로지은을 지을진ᄃᆡ 두빵셩의 녹〃ᄒᆞᆫ 샹원비ᄅᆞᆯ 엇지 족히 닐으리오 내 아모조록 간괘ᄅᆞᆯ 모동ᄒᆞ야 깁히 드러와든 그ᄃᆡᄂᆞᆫ 종듕ᄒᆞ야 병내기ᄅᆞᆯ 막ᄌᆞᄅᆞ고 다만 화친을 쐬ᄒᆞ야 만일 셩하의 밍셰 굿고 ᄒᆡᄂᆡ의 틧글이 자ᄂᆞᆫ 날은 우리 화이의 공이 듕ᄒᆞ미 됴권이 졀노 도라오리니 그 ᄊᆡᄅᆞᆯ 당ᄒᆞ야 위복을 임의로 ᄒᆞ고 신ᄉᆞᄅᆞᆯ 셔로 통ᄒᆞ야 두가의 오ᄂᆞᆯ ᄒᆞᆫ을 쾌히 갑고 다시 형뎨의 묵은 언약을 펴미 됴치 아니랴 너ᄂᆞᆫ 노력ᄒᆞ라(권8)

이처럼 두쌍성에 대한 두 기생의 원한은 두쌍성이 자신들을 '상원비' 즉 정실을 삼아주지 않은 것에서 비롯된다. 어사 초악이 나교란·여섬요와 육체적 관계를 쉽게 맺을 수 있었던 것은, 두 기생의 부정(不貞)과 음욕 때문이기도 하지만, 한편으로 두 기생이 정실이 되고 싶은 욕망을 교묘히 충동질하였기 때문이기도 하다.

이에 두 기생의 모든 악행은 정실이 되고자 하는 욕망에서 비롯된 것이라고 할 수 있다. 두 기녀는 두문을 곤경에 빠뜨리고 나아가 두문·한문·호문 3가문 사이의 유대관계를 파탄의 위기로 몰아넣고, 궁극적으로는 국가를 곤경에 처하게 했다. 그 일련의 서사는 정실 획득 욕망의 서사라 할 수 있다.

첩실의 정실 획득 욕망은 17세기 후반에 출현한 〈사씨남정기〉의 교채란을 비롯하여 그 후 〈일락정기〉의 위계선, 〈쌍선기〉의 부실 윤씨 그리고 〈난학몽〉의 위녀에 이르기까지 두루 확인된다.[10] 그런데 그 욕망은 부정적으로 제시되는바, 그 욕망을 성취하는 과정은 한결같이 악행을 수반하는 것으로 진행되며, 마침내 비극적인 것으로 끝난다. 이는 첩실의 정실 획득 욕망에 대한 부정적인 서술 시각이 견고함을 보여준다.

그런데도 주목할 것은, 상층 가문에서 부실과 첩실의 정실 획득 욕망이 다방면으로 촘촘하게 펼쳐진다는 것이다. 이는 〈사씨남정기〉 〈일락정기〉 〈쌍선기〉 〈난학몽〉 그리고 〈청백운〉에서 양반 중심의 가부장 질서, 축첩제 사회가 안고 있는 문제가 형상화되지 않을 수 없음을 방증한다. 그중에서 〈청백운〉은 첩실 출신이 기녀로 설정되어 있다는 점에서 작품적 특성을 찾을 수 있다.

4. 기녀 자의식 표출의 시대적 의미

〈청백운〉의 서술 시각은 양반과 기녀에 따라 각기 다르게 표출된다. 두 기생의 욕망과 행위는 악한 것으로 규정하고 이에 대해 철저히 응징하는 쪽으로 이야기를 펼쳐내는바, 부정적인 서술 시각이 처음부터 끝까지 변하지 않는다. 그와 달리 기녀에게 미혹된 양반에 대해서는 향락적 생활을 경계하고 반성을 촉구하는 서술 시각이 제시될 뿐이다. 즉, 양반

10 이승복, 앞의 책, 86~91쪽.

의 풍류 행각은 근본적으로 부정되지 않는다.

이러한 서술 시각은 남성 양반 중심의 서술의식과 맞닿아 있다. 기녀는 기첩으로 들어앉기 전에는 양반의 풍류와 향락을 위한 천민으로서 존재가치가 있기에 양반의 성적 대상이 되는 것이 전혀 문제가 되지 않았다. 기첩으로 들어앉은 후에는 이전의 행동을 삼가고 남편을 섬기기 위해 근신해야 했다.

그런 양반 중심의 서술 시각에 따라 나교란·여섬요가 움직여주면 되는데, 실상은 그렇지 않았다는 것, 이게 두 기생의 문제적인 면이다. 두 기생은 두쌍성을 유혹했던 시점부터 첩이 된 후에는 물론이고, 악행이 밝혀져 도망칠 때도 정실 획득 욕망을 성취하기 위하여 물러서 본 적이 없다. 양반 중심의 의식과는 거리가 있는 욕망이기에 악한 욕망으로 규정되는 것이다.

정실 획득 욕망에 대한 부정적인 서술 시각 그리고 악행으로 점철되는 서사 세계가 한데 엉켜 있는데 거기에는 역설적으로 양반 중심의 풍류 생활, 축첩제 질서, 가부장제 질서 등에 역행하는 기녀들에 대한 상층 가문의 반감과 분노가 담겨 있다. 그 이면에는 정실이 되고자 하는 기녀의 욕망을 받아들이게 되면, 가정과 가문의 질서는 물론이고 신분 질서를 포함하여 국가와 사회를 지탱하는 질서가 무너질지도 모른다는 염려가 들어 있다고 할 수 있다. 즉, 두 기생에 의한 가정의 위기에서 사회의 위기를 거쳐 국가의 위기로 확대되는 서사 세계에는 일정 부분 상층의 위기감이 배어 있다고 할 수 있다.

한편 기녀의 정실 획득 욕망과 그 욕망을 실현하는 과정에서 보이는 여러 가지 악행에는 기녀가 더 이상 양반의 향락 대상이 아니며 가부장제 사회질서에 의해 통제되는 수동적 천민일 수 없다는 기녀의 목소리가 담겨 있다. 기녀가 정실이 되기 위해 저질렀던 많은 악행은 그 욕망이 억누르기가 어렵게 되었음을 말해주며, 그 욕망이 기녀의 자의식으로 자리 잡게 되었음을 말해준다.

그렇게 보면, 〈청백운〉은 기첩을 통제하면서 풍류 생활을 누리고자 하는 양반 의식 그리고 그런 양반 의식에 동화되지 않는 기녀 자의식, 이 두 의식이 충돌하는 지점을 선명하게 보여준다. 물론 양반 중심의 세계가 그들의 의도대로 유지되어야 한다는 게 〈청백운〉의 서술의식으로 자리를 잡는다. 하지만 그런 질서에 순응하지 않는 기녀의 자의식이 서사세계 곳곳에서 도드라진다.

두 기녀가 정실을 모함하고 남편을 속인 죄악을 반성하지 않는 것도 그와 무관하지 않다. 예컨대 나교란은 잡혀가면서도 두쌍성을 저주하고 정실이 되지 못한 처지를 한탄했는데, 이는 수단과 방법을 가리지 않고서라도 정실이 되고자 하는 기녀의 의식을 보여준다. 두 기생의 처지 한탄과 남편을 향한 저주는, 신분 상승 욕망이 좌절된 상황에서 기녀 자의식이 부정적인 감정으로 표출된 것이라 할 수 있다.

조선의 가부장제라는 큰 틀에서 보면 양반 남성이 사회제도와 사회구조의 중심에 있었으며, 여성은 그런 양반의 사고나 의식을 수용해야만 했던 주변인에 불과했다. 양반 의식은 다음과 같이 두 가지 경로를 통하여 여성에게 투영·전이된다. 하나는 자기의 순수혈통을 지키려 했던 양반 남성의 순수혈통 의식이 사대부 여성에게 투영·전이된 것, 그게 정조의식이다. 다른 하나는 여러 여성과 육체적 관계를 맺고자 했던 양반의 풍류 의식이 천민 계층인 기녀에게 투영·전이된 것, 그게 기녀 의식이다.

물론 여성들이 일방적으로 의무만 지는 게 아니었다. 일정 부분 사족 여성과 기녀는 각각 상응하는 반대급부(反對給付)를 받았다. 정조 의식을 지니는 사족 여성은 가정과 사회에서 정실로서 보장받게 되었으며, 양반의 풍류를 담당하였던 기녀의 경우 정조를 지키지 않고 자유스럽게 여러 남성과 관계를 맺어도 풍속상 비난받지 않고 오히려 명성을 높일 수 있는 반대급부를 받았다.[11]

대체로 조선 중기까지 그랬던 것으로 보인다. 그런데 조선 후기에 이르러서는 그런 양립 상황이 깨지게 된다. 먼저 사족 정실에게 애욕 내지는 정욕에 대한 긍정적인 인식이 일어나게 된 것을 들 수 있다. 조선 후기 문학작품, 대소설에서 사족 정실의 애욕이 표면화·수용되기에 이르는데, 단적인 예로 〈임화정연〉의 여미주를 들 수 있다.[12] 또한 연암의 〈열녀함양박씨전〉에서 개가한 사족 여성을 옹호하는 모친의 말에서 그 점을 확인할 수 있다.

다음으로 기녀에게는 자아 각성이 일어나게 된 것을 들 수 있다. 기녀는 양반 풍류 의식이 자신들에게 전이된 것을 벗어내고자 했다. 즉, 기녀는 양반 풍류와 향락의 수단이라는 기녀 의식에서 탈피하여 양반의 풍류의식과 일정 거리를 유지하면서 풍류주도 의식, 실리추구 의식, 애정희구 의식, 신분상승 의식 등 기녀 자의식을 표출하기에 이른다.[13]

그 연장선에 〈청백운〉의 나·여 두 기생의 자의식이 놓여 있다. 이전에는 기녀들이 양반 풍류 생활의 수단·도구였다면, 나·여 두 기생은 적극적

11 조광국, 앞의 책, 354~357쪽.

12 조광국, 「〈임화정연〉의 여미주 성격에 대한 고찰」, 『언어와 진실』, 2003, 495~516쪽.

13 조광국, 『기녀담 기녀 등장소설 연구』, 월인, 2000, 305~327쪽.

으로 양반의 풍류를 이용하여 자신들의 욕망을 성취하고자 한 것이다. 이들은 두쌍성에게 예속되지 않고 자유분방한 여러 남성과 관계를 맺었는데 이러한 자의식은 양반에 대한 기녀의 풍류주도 의식에 해당한다. 또한 두 기생은 기녀의 처지와 첩실의 처지를 벗어나 정실이 되고자 했는데, 이는 신분상승 의식에 해당한다. 풍류주도 의식은 신분상승 의식으로 수렴되는바, 이들 두 기생은 두쌍성과 주변 남성들에게 음행을 서슴지 않았으며 사족 정실을 축출하기 위해 가정과 사회를 혼란의 소용돌이에 빠뜨리고 말았다. 거기에는 기녀라고 해서 왜 정실이 될 수 없다는 말인가라는 반문이 들어 있다. 그 반문은 기녀도 얼마든지 정실이 될 수 있다는 자의식에서 비롯된 것이었다.

요컨대 조선 후기에 이르러 사회 일각에서 기녀의 주체적 의식과 행동이 자리를 잡았고 그로 의해 양반의 풍류생활이 위협을 받고 양반 중심의 질서가 혼란에 빠지게 될 기미가 보였다 할 것이다. 그런 양반들의 방어의식 내지는 위기감이 〈청백운〉의 서술의식으로 전가되어 두 기생을 부정적으로 형상화하는 것으로 이어졌다고 할 수 있다.

이 지점에서 주목할 것은, 다른 작품, 예컨대 〈옥루몽〉에서는 기녀가 긍정적으로 그려진다는 것이다.[14] 〈옥루몽〉에서 기녀의 상대로 설정된, 두 부류(양창곡과 황여옥)의 양반 관리들은 공히 풍류 의식을 지녔지만 기녀를 대하는 입장에서 상반된 모습을 보인다. 기녀 자의식을 수용하지 않으려는 황주 자사 황여옥은 부정적으로 그려지는 반면, 기녀 자의식을 수용하려는 양창곡은 긍정적으로 그려진다.

---

14 조광국, 「〈옥루몽〉에 나타난 왕도 패도 병용의 정치이념 구현 양상」, 『고전문학 연구』 15, 한국고전문학회, 1999, 265~266쪽.

이와 결부하여 양반의 풍류 의식과 기녀의 자의식은 두 가지의 상반된 관계를 형성한다. 하나는 상충 관계다. 이는 기녀 강남홍과 탐관오리 황여옥의 관계에서 확인된다. 다른 하나는 상호 조화 관계다. 이는 강남홍·벽성선과 양창곡의 관계, 설중매·빙빙과 양기성의 관계에서 확인된다. 〈옥루몽〉에서는 기녀의 자의식을 수용하지 못하는 황여옥은 부패한 관리, 향락을 일삼는 부정적인 관리로 형상화되는 반면, 기녀 자의식을 수용하는 양창곡은 긍정적으로 그려지고, 한편 자의식을 표출하는 기녀들에게 긍정적인 서술 시각이 가미된다.

이로 보건대 기녀 형상과 관련하여 〈청백운〉은 〈옥루몽〉과 반대의 양상을 보여준다. 〈옥루몽〉에서 강남홍·벽성선 두 기생이 애정희구 의식, 신분상승 의식을 지니면서 정조를 잃지 않는 프로타고니스트로 설정된다. 그와 달리 〈청백운〉에서는 나교란·여섬요 두 기생이 신분 상승을 꾀하지만, 정욕을 버리지 않은 안타고니스트로 설정된다. 그러나 두 작품 공히 신분상승 의식을 지닌 기녀 형상의 측면에서 근대지향적인 움직임을 포착하고 있다는 점은 상통한다.

한편 〈청백운〉은 양반 중심의 서술 시각으로 되어 있음을 고려할 때, 〈청백운〉과 대척적인 위치에 있는 작품이 〈춘향전〉이다. 〈춘향전〉의 서술 시각은 다른 작품에 비해 양반 중심에서 벗어나 기녀(기녀의 딸) 중심으로 되어 있고, 또한 서사 세계에서 기녀 춘향의 욕망과 행위는 긍정적으로 그려진다. 춘향은 이도령, 변학도 그 누구든지 자신을 기녀로 보려는 양반에게는 결코 몸을 허락하지 않으려 했다. 자기를 한 인간으로 인정해 줄 때 비로소 마음이 움직였다. 그 과정에서 기녀는 풍류와 향락의 대상에 불과하다는 이도령의 의식이 바뀌었다. 이도령은 종래의 양반 풍

류 의식을 버리고, 춘향에게 움트고 있던 기녀 자의식을 수용하게 된 것이다.[15]

〈청백운〉은 〈옥루몽〉 〈춘향전〉 두 작품과 달리 나교란·여섬요 기생의 욕망과 행위가 부정적인 서술 시각으로 채색되어 있다. 하지만 기녀의 성격 창출의 면에서 볼 때 조선 후기, 근대 이행기에서 형성된 기녀 자의식을 충실하게 포착해 냈음은 부인할 수 없다.

5. 마무리

지금까지의 논의를 정리하면 다음과 같다. 먼저 〈청백운〉의 서사 세계에서 나교란·여섬요 두 기생이 보여주는 삶의 궤적이 큰 비중을 차지하고 있음을 살펴보았다. 이 작품의 중심적인 서사구조로 선도와 관련된 것, 가문연대와 관련된 것, 기첩에 관련된 것 등 세 가지를 꼽을 수 있다. 그 가운데 기녀 문제에 해당하는 것이 큰 비중을 차지한다.

이러한 구조적 특성을 바탕으로 기녀 나교란·여섬요의 욕망에 대해 살펴보았다. 나·여 두 기생의 욕망은 정욕과 정실 획득 욕망, 두 가지로 집약되는데, 정욕은 정실 획득 욕망으로 수렴된다. 첩실의 정실 획득 욕망은 17세기 후반에 출현한 교채란(〈사씨남정기〉)부터 그 이후 위계선(〈일락정기〉), 부실 윤씨(〈쌍선기〉)까지 지속되는데, 그러한 선상에 나교란·여섬요 두 기생의 정실 획득 욕망이 자리 잡는다. 그중에서 〈청백운〉의 경우

15 위의 책, 239~265쪽.

는 여타의 작품들과는 달리 첩실의 욕망을 기첩의 욕망으로 초점화했다는 점에서 소설사적 의의가 있다.

마지막으로 기녀 나교란·여섬요의 자의식이 조선 후기 소설의 흐름과 사회문화적 흐름 속에서 형상화된 것임을 밝혔다. 두 기생의 욕망과 행위가 부정적인 서술 시각으로 채색되어 있지만, 기녀의 성격 창출의 면에서 볼 때 조선 후기 양반 중심의 가부장제를 불합리한 것으로 인식하는 의식과 자신들의 삶을 적극적으로 개척하고자 하는 의식을 일정하게 담아냈다. 그렇게 두 기생을 통해 표출되는 기녀의 자의식은 조선 후기 사회에서 근대지향성을 일정하게 담아냈다고 할 것이다. 물론 〈청백운〉의 전체적인 작품세계가 근대지향성을 띤다는 것이 아니다. 다만, 두 기생의 인물 형상과 자의식이 근대지향성을 띤다는 것이다.

참고문헌

1. 자료

〈난학몽〉(『필사본 고전소설전집』 5, 아세아문화사, 1980)

〈명주보월빙〉(100권 100책, 장서각; 고려서림 영인, 1986)

〈성현공숙렬기〉(25권 25책, 규장각)

〈소문록〉(14권 14책, 규장각; 『필사본 고전소설전집』 12·13, 아세아문화사, 1982)

〈소현성록〉(21권 21책, 규장각)

〈쌍렬옥소삼봉〉(『필사본 고전소설전집』 14, 아세아문화사, 1982)

〈쌍천기봉〉(18권 18책, 장서각; 문화재관리국, 1979)

〈엄씨효문청행록〉(30권 30책, 장서각)

〈옥수기〉(서울대 규장각; 『필사본 고전소설전집』 11, 아세아문화사, 1982)

〈옥호빙심〉(4권 4책, 규장각)

〈유씨삼대록〉(김광순; 고려서림 영인본)

〈유이양문록〉(77권 77책, 권74 낙질, 장서각)

〈유효공선행록〉(12권 12책, 규장각: 『필사본 고전소설전집』 15·16, 아세아문화사, 1980)

〈윤하정삼문취록〉(105권 105책, 장서각)

〈임화정연〉 상·하(조선도서주식회사, 1923~1925; 아세아문화사, 1976)

〈창란호연록〉(13권 13책, 국립도서관, 『필사본 고전소설전집』 9·10, 아세아문화사, 1980).

〈청백운〉(『필사본 고전소설전집』 24, 아세아문화사, 1983).

〈화문록〉(장서각; 화문녹 교주본, 한국학중앙연구원출판부, 2011)

〈화정선행록〉(15권 15책, 장서각)

김만중, 류준경 옮김, 『사씨남정기』, 문학동네, 2014. (연세대학교 한문 필사본 『南征記』와 장서각 한글 필사본 『南征記』를 저본으로 교감)

박재연·채윤미, 『천생석』, 학고방, 2013.

이상택 해제, 『천수석』, 이화여대출판부, 1972.

이지영 옮김, 『창선감의록』, 문학동네, 2010(국립중앙도서관 한문 필사본, 『彰善感義錄』을 저본으로 교감)

2. 저서

김기동, 『한국고전소설연구』, 교학연구사, 1983.

박찬식, 『플라톤 철학의 이해』, 정음사, 1984.

송성욱, 『조선시대 대하소설의 서사 문법과 창작의식』, 태학사, 2004.

송성욱, 『한국대하소설의 미학』, 월인, 2002.

이상택, 『한국고전소설의 탐구』, 중앙출판, 1983.

이수봉, 『가문소설연구』, 형설출판사, 1978.

이승복, 『고전소설과 가문의식』, 월인, 2000.

장시광, 『조선시대 대하소설의 여성 반동인물』, 한국학술정보, 2006.

장시광, 『한국 고전소설과 여성 인물』, 보고사, 2006.

정병욱, 『한국고전의 재인식』, 홍성사, 1979.

조광국, 『조선시대 대소설의 이념적 지평』, 태학사, 2023.

조광국, 『한국 고전소설의 이념과 사랑』, 태학사, 2019.

조광국, 『한국 고전문학의 에로스』, 아카넷, 2015.

조광국, 『기녀담 기녀 등장소설 연구』, 월인, 2000.

최기숙, 『17세기 장편소설 연구』, 월인, 1999,

김억환 역, 『피아제의 인지발달론』, 성원사, 1984.
얼 나우만 지음, 김은우 옮김, 『첫눈에 반한 사랑(Love at first sight)』, 뿌리와이파리, 2002.
요한네스 로쯔(저), 심상태(역), 『사랑의 세 단계-에로스, 필리아, 아가페』, 서광사, 1985.
柴宇球(저), 김영수(역), 『5000년 중국을 이끌어온 50인의 모략가』, 들녘, 2005.
趙良(저), 김태성·이은주(역), 『광기의 제왕학』, 한스미디어, 2006.

3. 논문

강문종, 「불륜으로 읽는 〈천수석〉」, 『영주어문』 28, 영주어문학회, 2014.
강은해, 「〈천수석〉과 연작 〈화산선계록〉 연구」, 『어문학』 71, 한국어문학회, 2000.
강은해, 「〈천수석〉의 서술구조와 묘사담론 연구」, 『국어국문학』 113, 국어국문학회, 1995.
고은임, 「〈명주기봉〉의 애정 형상 연구」, 서울대 석사논문, 2010.
김기동, 「화산선계록과 유이양문록」, 『현평효 박사 화갑 기념논총』, 형설출판사, 1980.
김병훈, 「율법주의, 언약적 율법주의, 은혜언약」, 『한국개혁신학』 28, 한국개혁신학회, 2010.
김재웅, 「가문소설에 나타난 도가사상-〈천수석〉을 중심으로」, 『국문학과 도교』, 한국고전문학회, 1998.
김정숙, 「조선 후기 대하소설의 서사구조-〈천수석〉과 〈화산선계록〉을 중심으로」, 『반교어문연구』 34. 반교어문학회, 2013.
김진세, 「벽허담관제언록 해제」, 『국학자료』 17, 장서각, 1974.
김현희, 「에로스와 필리아」, 『민족미학』 14(2), 민족미학회, 2015.
남상득, 「〈청백운〉의 고소설사적 위상-〈구운몽〉 〈사씨남정기〉와의 서사구조 대비 및 발전적 양상을 중심으로-」, 공주대 석사논문, 1996.
박경신, 「임화정연」, 『완암김진세선생회갑기념논문집』, 집문당, 1990.
박경신, 「임화정연의 전반부 중심인물고」, 『진단학보』 64, 1987.
박순임, 「〈천수석〉 연구」, 한중연 한국학대학원 석사논문, 1981.
박은정, 「〈현씨양웅쌍린기〉 연작의 '육취옥' 연구」, 『고전문학 연구』 51, 한국고전문학회, 2017.
박일용, 「〈유씨삼대록〉의 작가 의식 연구」, 『고전문학 연구』 12, 한국고전문학회, 1997.
서정민, 「〈천수석〉과 〈화산선계록〉의 대응 성격과 연작양상 연구」, 서울대 석사논문, 1999.
선한용, 「기독교적 아가페와 에로스에 대한 새로운 이해 시도」, 『신학과 세계』 28, 감리교신학대, 1994.
송성욱, 「〈천수석〉의 텍스트 결함에 대하여」, 『한국고전연구』 10, 한국고전연구학회, 2004.
송성욱, 「조선조 대하소설의 구성원리에 대한 방법론적 접근」, 『한국 고전소설과 서사문학 (상)』, 집문당, 1997.
송성욱, 「혼사 장애형 대하소설의 서사문법 연구」, 서울대 박사논문, 1997.
송성욱, 「〈임화정연〉 연작 연구」, 『고전문학 연구』10, 한국고전문학회, 1995.
신동익, 「임화정연 연구」, 『연거제신동익박사정년기념논총』, 경인문화사, 1995.
양석원, 「에로스의 두 얼굴-라깡의 〈향연〉 읽기」, 『라깡과 현대정신분석』 17(1), 한국라깡과현대정신분석학회, 2015.
양연찬, 「창난호연록의 애정 갈등」, 고대대 석사논문, 1984.
양혜란, 「창란호연록에 나타난 양반가문의 애정혼 고찰」, 『고소설연구』 2, 한국고소설학회, 1996.
양혜란, 「임화정연 연구」, 이화여대 석사논문, 1979.
유병환, 「〈청백운〉 연구-분석과 발전적 요소 검출-」, 『한국문학연구』 6·7 합집, 동국대 한국문학연구소, 1984.

이경하, 「하옥주론: 〈하진양문록〉 남녀주인공의 기질 연구」, 『국문학연구』 6, 국문학회, 2001.

이기백, 「플라톤의 에로스론 고찰」, 『철학』 34, 한국철학회, 1990.

이상택, 「보월빙연작의 구조적 반복원리」, 『한국고전문학 연구』, 신구문화사, 1983.

이상택, 「낙천등운고」, 이화여대 한국어문학연구소(편), 『영인교주 한국고대소설총서Ⅰ』, 이대출판부, 1971.

이수봉, 「유이양문록연구」, 『개신어문연구』 4, 개신어문연구회, 1985.

이승복, 「처첩 갈등을 통해서 본 가정소설과 가문소설의 관련 양상」, 서울대 박사논문, 1995.

이승복, 「〈유씨삼대록〉에 나타난 정-부실 갈등의 양상과 의미」, 『국어교육』 77·78合, 한국국어교육연구회, 1992.

이지영, 「규범적 인간의 은밀한 욕망 -〈창선감의록〉의 화진-」, 『고소설연구』 32, 한국고소설학회, 2011.

이지영, 「중국 배경 대하소설에 나타난 금강산의 의미-〈유이양문록〉을 중심으로-」, 『어문논총』 49, 한국문학언어학회, 2008.

이지하, 「〈현씨양웅쌍린기〉 연작 연구」, 서울대 석사논문, 1992.

이현국, 「임화정연 연구」, 경북대 석사논문, 1983.

임치균, 「〈소현성록〉에 나타난 혼인의 양상과 의미」, 『한국고전연구』 13, 한국고전연구학회, 2006.

장기정, 「〈청백운〉 연구」, 서울대 석사논문, 1987.

장리화, 「〈화문록〉의 호홍매 연구」, 아주대학교 석사논문, 2019.

장시광, 「〈천수석〉의 여성 반동인물」, 『한국 고소설과 여성 인물』, 보고사, 2005.

장시광, 「대하소설의 여성 반동인물 연구」, 서울대 박사논문, 2004.

정규복, 「〈임화정연〉 논고」, 『대동문화연구』3, 성균관대 대동문화연구소, 1966.

정병욱, 「낙선재문고본 해제목록」, 『국어국문학』 44·45, 1969.

정선희, 「영웅호걸형 가장의 시원 -〈소현성록〉의 소운성-」, 『고소설연구』 32, 한국고소설학회, 2011.
정종대, 「〈천수석〉의 가정소설적 성격」, 『국어교육』 85, 한국어교육학회, 1994).
조광국, 「〈천수석〉에 구현된 에로스의 양상과 작가의 비판의식」, 『고소설연구』 43, 한국고소설학회, 2017.
조광국, 「〈유이양문록〉의 이차염 캐릭터론: 애정애욕형에서 여사지향형으로 경계 넘기」, 『한중인문학연구』 51, 한중인문학회, 2016.
조광국, 「〈사씨남정기〉의 사정옥: 총부 캐릭터」, 『고소설연구』 34, 한국고소설학회, 2012.
조광국, 「〈벽허담관제언록〉에 구현된 상층 여성의 애욕담론」, 『고소설연구』 30, 한국고소설학회, 2010.
조광국, 「〈유이양문록〉에 구현된 '첫눈에 반하는 사랑'의 양상과 의미」, 『국문학연구』 22, 국문학회, 2010.
조광국, 「〈하진양문록〉: 여성중심의 효담론」, 『어문연구』 146, 한국어문교육연구회, 2010.
조광국, 「〈유이양문록〉의 작품세계-서사구조와 결연장애를 중심으로-」, 『고소설연구』 26, 한국고소설학회, 2008.
조광국, 「고전소설의 부부 캐릭터 조합과 흥미-〈유씨삼대록〉을 중심으로」, 『개신어문연구』 26, 개신어문학회, 2007.
조광국, 「〈유씨삼대록〉의 가문창달 재론」, 『한중인문학연구』 20, 한중인문학회, 2007.
조광국, 「〈임화정연〉의 여미주 성격에 대한 고찰」, 『언어와 진실』, 국학자료원, 2003.
조광국, 「〈임화정연〉에 나타난 가문연대의 양상과 의미」, 『고전문학 연구』 22, 한국고전문학회, 2002.
조광국, 「〈소현성록〉의 벌열 성향에 관한 고찰」, 『온지논총』 2001.
조광국, 「〈옥루몽〉에 나타난 왕도패도 병용의 정치이념 구현 양상」, 『고전문학 연구』 15, 한국고전문학회, 1999.

진경환, 「〈천수석〉 소고」, 『어문논집』 29, 민족어문학회, 1990.

차충환, 「〈유이양문록〉의 인물과 공간 연구」, 『국어국문학』 151, 국어국문학회, 2009.

차충환, 「유이양문록의 구성적 성격 연구」, 『어문연구』 139, 한국어문교육연구회, 2008.

차충환, 「〈화문록〉의 성격과 장편규방소설에 접근 양상」, 『인문학연구』 7, 2002.

채윤미, 「〈천수석〉에 나타난 영웅의 문제적 형상」, 『국문학연구』 27, 국문학회, 2013.

최길용, 「〈벽허담관제언록〉 연작」, 『조선조 연작소설 연구』, 아세아문화사, 1992.

한길연, 「〈완월회맹연〉의 정인광: 폭력적 가부장의 가면과 그 이면」, 『고소설연구』 35, 한국고소설학회, 2013.

한길연, 「대하소설의 능동적 보조인물 연구」, 서울대 석사논문, 1997.

한국 대소설의 사랑

초판인쇄 2024년 11월 04일
초판발행 2024년 11월 04일

지은이 조광국
펴낸이 채종준
펴낸곳 한국학술정보(주)
주 소 경기도 파주시 회동길 230(문발동)
전 화 031-908-3181(대표)
팩 스 031-908-3189
홈페이지 http://ebook.kstudy.com
E-mail 출판사업부 publish@kstudy.com
등 록 제일산-115호(2000. 6. 19)

ISBN 979-11-7318-028-6 93810

책에 대한 더 나은 생각, 끊임없는 고민, 독자를 생각하는 마음으로 보다 좋은 책을 만들어갑니다.